U0118564

連城三紀彥
RENJO MIKIHIKO

王華懋　譯

CHIISANA IHOJIN

45

日本推理大師經典

小異邦人

連城三紀彥

CONTENTS

日本推理大師，永不墜落的熠熠星團　編輯部　出版緣起
給推理的，最後的戀文　陳國偉　推薦序

戒指　013
無人車站　039
蘭花枯萎之前　089
冬玫瑰　133
風的失算　171
白雨　205
直到天涯海角　253
小異邦人　287

出版緣起

日本推理大師，永不墜落的熠熠星團

編輯部

一九二三年，被譽為「日本推理之父」的江戶川亂步推出〈兩分銅幣〉之後，日本現代推理小說正式宣告成立。若包含亂步之前的黎明期，此一文類經過了將近百年的漫長演化，至今已發展出其獨步全球的特殊風格與特色，使日本成為最有實力的推理小說生產國之一，甚至在同類型漫畫、電影與電腦遊戲的推波助瀾之下，日本著名暢銷作家如桐野夏生、宮部美幸等也已躋進亞洲、歐美市場，在國際文壇上展露光芒，聲譽扶搖直上。

我們不禁要問，在新一代推理作家於日本本國以及台灣甚或全球取得絕大成功的背後，有哪些強大力量的支持、經過哪些營養素的吸取與轉化，能夠在競爭激烈的國際舞台上掙得一席之地？在這些作家之前，曾有哪些重要的作家精耕此一文類、獨領當時風騷，無論在形式的創新或銷售實績上都睥睨群雄、立下典範、影響至鉅？而他們的努力對此一文類長期發展的貢獻為何？此外，日本推理小說的體系是如何建立的？為何這番歷史傳承得以一代又一代地開發出一批批忠心耿耿的讀者，並因此吸引無數優秀的創作者傾注心血，人才輩出？

為嘗試回答這個問題，獨步文化在經過縝密的籌備和規畫之後，於二〇〇六年年初推出全新書系「日本推理大師經典」系列，以曾經開創流派、對於後輩作家擁有莫大影響力的作家爲中心，由本格推理大師、名偵探金田一耕助及由利麟太郎的創作者橫溝正史，以及社會派創始者、日本文壇巨匠松本清張領軍，帶領讀者重新閱讀並認識在日本推理史上留下重要足跡的作家，如森村誠一、阿刀田高、逢坂剛等不同創作風格的重量級巨星。

日本推理百年歷史，從本格派到社會派，到新本格、新新本格的宣言及開創，眾星雲集，但跨越世代、擁有不朽魅力的巨匠們，永遠宛如夜空中璀璨耀眼的星團熠熠發亮，炫目不墜。

獨步文化編輯部期待能透過「日本推理大師經典」系列的出版，讓所有熱愛或即將親近日本推理小說的讀者，親炙大師風采，不僅對於日本推理小說的歷史淵源有全盤而深入的理解，更能從經典中讀出門道、讀出無窮無盡的趣味。

推薦序

給推理的，最後的戀文

陳國偉

在一九八〇年代後期，台灣曾有一段時間，書市中出現不少連城三紀彥的小說，在那些作品裡，主題都與男女情愛有關，所以在台灣許多讀者的印象裡，連城三紀彥與愛情小說，常常是畫上等號的。即便在他的許多作品裡，安排了殺人或死亡的情節，但由於這些犯罪往往與情愛糾葛有關，連城一直以來都有著強烈的愛情小說家面貌。

然而，連城三紀彥其實是作爲一個推理小說家出道的，他在一九七八年以短篇〈變調二人羽織〉入圍第三屆《幻影城》推理小說獎的新人獎，並在《幻影城》雜誌總編輯島崎博（傅博）的建議下，以連城三紀彥爲筆名開始他的作家生涯，持續在《幻影城》雜誌上發表〈藤之香〉、〈菊塵〉、〈桔梗之宿〉、〈返回川殉情〉等多篇「花葬」系列作品，獲得推理文壇的矚目。此後，他更在一九八〇到一九八三的短短幾年間，憑藉〈返回川殉情〉、〈白花〉、〈在Bay City死去〉、〈黑髮〉與《宵待草夜情》等推理小說，多次入圍日本大眾文學的最高榮譽直木獎，作爲一個新人，可見他作品是如何地獲得文學界的青睞與肯定。

這時候的日本推理文壇，剛經歷一九六〇到一九七〇年代，經濟高度成長而國力逐漸復甦的階段，但社會中出現許多新興犯罪問題，甚至上升到國家與國際政治的層次，於是，以松本清張爲核心的寫實主義路線興起，也就是所謂的「社會派」。小說講求對社會與現實的反省、批判，主張犯罪動機應與人性有著密切的關係，並且具有社會性，因此小說可直接對社會提出問題。

只是，這種對於現實與人性的關懷，若稍有不愼，就會讓故事流於純粹反映人性慾望的醜陋，犯罪動機侷限在浮世男女的小情小愛，導致小說庸俗化。所以，出現「清張之前無社會，清張之後無社會」的文學史評價，正是因爲只有少數社會派作家，能夠把小說的問題性提升到一定高度。在這種情況下，寫實主義路線的社會派推理小說，發展隨之停滯。

於是，一九七五年創刊的《幻影城》雜誌，主張在兼顧現實性的同時，回歸本格解謎小說道路的「浪漫的復活」。相應這樣的變化，從《幻影城》出道的連城三紀彥，堪稱是體現這種「現實性的浪漫」最佳代表之一。

在他的推理小說中，事件的發生主要來自人與人的交會。不論是美好的邂逅或厄運的錯身，人的起心動念形成的複雜心理動機，是推動事件的主要力量。其中，男女之間感情的幽微跌宕，潛藏的執著、嗔癡、嫉妒、愛憎衍生情愫的百轉千回，往往扮演最關鍵的動能。這種動機的設定，可說是承襲社會派後期的風格，然而，他逆轉這種遭詬病的定式，透過具有高度文學性的「新感覺派」筆觸，把男女之間的感情，甚至是人與人相遇折射出的情分，透過日本「物哀」美學的轉化，昇華爲藝術性的表現，也讓他筆下「有情的風景」，成爲獨樹一幟的美學標誌。其中《花葬》裡，各篇以花爲隱喻的系列故事，正是最好的代表，亦是他回應推理小說應具有的現實性的重要成就。

另一方面，在連城三紀彥的小說世界中，雖然不見得會出現偵探，卻一定會有一個關照著整起事件發展的敘事者或主角，扮演最後見證眞相揭露的角色。詹宏志先生曾經爲推理小說的情節公式，作出以下的整理「案件發生→偵探登場→探查案情→眞相大白」。若小說主角是偵探，那麼他在故事中登場的位置，是相當明確的。但是，如果見證事件（謎團）發生到眞相大白（解謎）過程的觀看者，是主角或敘述者時，這個人物登場的時間與位置，對於小說的敘事秩序，就會造成關鍵性的影響。許多情節轉折營造的意外性與驚喜，往往來自敘事者的視角被遮蔽，或介入的時間差，引導出抽離現實的陌生體驗。而這種改寫眞實的想像性，即所謂「浪漫的復活」。因而在小說的敘事上，連城三紀彥能透過曖昧的現實感與世界觀，創造出全新的故事形式，並在解謎時提供前所未有的獨特閱讀體驗。

其實，這種由於敘述視角的差異，形成新的解謎美學，在一九八七年後崛起的新本格作家，尤其是以敘述性詭計見長的綾辻行人、折原一作品中可看到重要的影響。甚至近年因影視化聲名大噪的湊佳苗，小說裡常見的透過第一人稱敘述的交替，那些過度曝光的自白造成的眞相闇影與曲角，營造出的見或不見的謎團敘述效果，也如出一轍。這在連城三紀彥一九八〇年代早期的作品中屢見不鮮，可見連城的前衛性。

連城三紀彥曾在一九八四年以愛情小說《情書》（戀文）獲得第九十一屆直木獎，而這本收錄連城二〇〇〇年到二〇〇九年發表的八篇作品的最後短篇集《小異邦人》（註），可說是他留給自己一生努力創造的推理文學世界，一封最後的「戀文」。這些作品幾乎概括他推理創作的主要特色，將「現實性的浪漫」發揮到淋漓盡致。

像在〈戒指〉中，普通上班族在街角看到疑似前妻的身影，召喚出難以言喻的情感記憶，卻在女同事不經意介入後，重置爲眞實與虛構難辨的情感缺口。〈風的失算〉裡，水島課長飽受公司內的無形霸凌，層出不窮的傳言構築出他全部的身世，甚至將其鍍上犯罪者的肖像，無法追究眞僞。同樣地，〈冬玫瑰〉的女主角，徘徊在死亡預知夢與扭曲的現實結界，重複醒來仍釐不清自己的認知，連殺與被殺都難以分辨。抑或是〈蘭花枯萎之前〉裡與舊識重逢的主婦，在日積月累的訴苦日常中，澆灌出殺夫的惡意，原以爲是相互扶持的交換殺人，最終連眞實世界都完全顚覆。

其實，這種高超的敘事「變奏」，在連城三紀彥的筆下已臻化境。同樣處理不倫的題材，〈直到天涯海角〉以鐵道路線爲隱喻，中年的日本國鐵售票員，沿著愛情賜予的生命新軌道拓荒，去到不曾履踐的國境，卻在領略美好風景的同時，發現另一雙監視的目光同行，亦步亦趨。延續〈風的失算〉中日本當代社會最重要的「霸凌」問題，〈白雨〉竟透過女兒在學校被排擠的祕密，與母親童年受壓抑的旁觀他人死亡之記憶對位，映射出被刀傷銘刻在和服上，於上一代三角關係中遭排擠的局外人悲歌。以追凶爲主題的〈無人車站〉，當與重大懸案嫌犯有密切關係的神祕女子，在法律追溯時效截止之夜，形跡可疑地出現在小鎭，尾隨的刑警居然在她似曾相識的面容倒影中，引爆自身無法面對的沉淪記憶，最終同步點燃眞相與毀滅的慾望之火。甚至是以綁架爲題材的〈小異邦人〉，連城爲我們展示八個孩子都安全待在家中時，嫌犯如何能有效地實施綁架。

的確，在連城三紀彥最後人生階段，交出的這樣一本短篇集，既是他回歸推理的初心之作，也是他一生推理創作高超技藝的總結。他爐火純青地遊走於眞實與幻境、推理與愛情的不同象限，透過充滿藝術性的文字，幻化出一幕幕人情風景，變奏爲不同的小說世界景觀，在在讓人驚奇而沉醉不已。他的文學是獨一無二的存在，無法被複製，更難以被取代。我們何其有幸，曾經與他共存於同樣的世界。因爲這世界上出現過一次連城三紀彥，從今以後，再不會有第二次了。

註——《小異邦人》是連城三紀彥過世的五個月後，即二〇一四年三月，由文藝春秋出版的最後一本短篇集，收錄的八篇小說皆是第一次集結成書，出現在讀者面前。同年十一月，講談社出版的《連城三紀彥傳奇傑作推理集》，由綾辻行人、伊坂幸太郎、小野不由美與米澤穗信共編，是從曾出版的連城作品中，精選出的合集。

本文作者簡介：

陳國偉，筆名遊唱，新世代小說家、推理評論家，現爲國立中興大學台灣文學與跨國文化研究所副教授暨「亞洲大眾文化與新興媒介研究室」主持人，著有推理小說及大眾文學的研究專書《越境與譯徑：當代台灣推理小說的身體翻譯與跨國生成》（聯合文學，二〇一三）、《類型風景：戰後台灣大眾文學》（國立台灣文學館，二〇一三），並執行多個有關台灣與亞洲推理小說發展的學術研究計畫。

戒指

他不經意地停佇在街角。

下午五點三十八分，對於一個除了三年前離婚之外，平凡無奇的上班族來說，這時間駐足在離公司不遠的街角，不需要特別的理由。秋季第一道風拂過馬路，驅逐直到昨天還賴著不走的夏意，街道坐落在灰濛濛的暮色中。他，相川康行，今年四十二歲。

要直接回公寓獨自吃飯，還是到新宿的居酒屋喝一杯？

若是平常，他總會猶豫不決，然後想到恍惚，甚至忘了自己在猶豫。不管去哪裡，橫豎都得在不遠處的吉祥寺站搭電車，其實到車站再猶豫就好，他卻老在出公司後第二個轉角處的咖啡廳前停下腳步。

二十年來，他一步也沒踏進過那家店。那家磚造洋樓風格的咖啡廳在他剛進公司時，是吉祥寺罕見的新潮咖啡館，他一直想去坐坐，卻總等不到機會。於是，它就這麼被城鎮的發展拋下，和他一樣，渾身上下染滿類似年歲陳垢的東西。

爲什麼會停在這家店前，他也不明白。硬要說的話，只要站在此地，他便覺得除了公寓和居酒屋，在東京還有第三個去處。至於這家陳舊的咖啡廳，怎會讓他心生這樣的感覺，他依然一頭霧水。

要是同事撞見，可能會以爲他在等女職員出來。若是平常——昨天以前，尋思個一分鐘，他就會帶著猶豫邁開腳步。

然而，今天情況不同。

昨天的女人或許又會經過……

他內心一隅隱約期待著。

昨天幾乎同一個時刻，他在那裡看到一名女子。女子經過他的旁邊，迷迷糊糊捕捉到女人的身影時，只剩下背影。雖然清瘦，但身體曲線從腰部忽然柔軟地朝腳踝畫下的印象，與離異的禮子如出一轍。

短短兩、三秒鐘後，那背影便混入前往車站的人潮消失不見，大概是認錯人吧，他旋即拋諸腦後。但到了今天，他逐漸覺得那可能是禮子。隨著下班時刻接近，彷彿受到秒針催促，腦海的想法凝縮成接近確信。

頃刻之間，女人在康行眼中留下特種行業的印象。顏色忘了，但她一身花俏的服裝，頭髮也染過，香水味留在他的鼻腔裡。之所以會望向擦身而過的女人，就是嗅到那股氣味……濃豔的夜晚香氣。

離異的妻子愛搽香水，但她喜歡淡淡的、嗅了反而寂寞的香氣，衣著都是黑白色調。個性一樣是樸素的單色系，與特種行業的華麗完全沾不上邊，但仔細想想，其實他不清楚一起生活的究竟是怎樣的女人。畢竟住在同一屋簷下七年，她卻毫無預警提出離婚……

從變得濃重的香水味中，彷彿能嗅出一個女人離婚三年後的時光。

而且康行的公司位在車站高架橋往井之頭公園的路上，公園附近有許多出租公寓。依時間推測，不難想像女人是在新宿工作，剛離開公寓前往車站。那麼，今天再度遇到她的可能性很高。

不過，淡淡的期待背後，同樣有著不安：萬一眞是禮子，怎麼辦？

然而，來到路口，那份確信化爲妄想，煙消霧散。康行連自己在等什麼都不清楚，只是一如既往，茫然佇立……

不同以往的，僅有從點燃香菸到邁開腳步，在原地停留將近兩分鐘，及略帶初秋陰影的風捲走百圓打火機的小火焰，害他費了些工夫才點著。

撫弄著打火機火苗的風，捎來那股香氣。他倏然抬頭，香水的主人已剩下背影，就在幾步之前。

一定是昨天的女人。黑底原色直條洋裝應該不是昨天那件，但一樣十分花俏。他被那道背影牽引著，維持幾步的距離，不知不覺緩步尾隨在後……

果然是禮子。

要是妻子反倒麻煩，但愈是擔心，愈是堅信錯不了。女人的身體曲線一覽無遺，像要與洋裝黃綠相間的粗條紋一較高下，近乎嘈雜地與記憶發出共鳴。

走了五分鐘，便來到車站前。女人的背影停在前方的號誌燈下。

今天是星期三，街上卻是車水馬龍。相川康行任職的製藥公司總部在大阪，一直在小分公司擔任會計的他，穿著成爲人生制服的低調灰西裝，混在等紅綠燈的人群中，朝女人的背影走近兩、三步。

女人拎著提包和紙袋。他想仔細瞧瞧她空著的左手。

妻子的手是什麼模樣，他早就不記得。但左手無名指上的戒指，頗像妻子戴了七年的婚戒。沒有任何裝飾，是極爲普通的白金細戒。然而，看著那枚戒指，應該早就遺忘的手指形狀，與眼前女人的手重疊在一起，浮現眼前。纖細修長又神經質的感覺也很相似……

不可能。一離婚，連康行都不曉得把婚戒扔去哪裡，何況是拋棄丈夫離開的禮子，不可能一直戴在手上。

儘管這麼想，相較於花俏的打扮，太過樸素的戒指仍醒目得不自然，彷彿在向康行強調「是禮子」。

爲了仔細端詳，站在女人身後的康行移動視線，脖子微微前傾。

此時，女人的手一動。左手繞到背後，搭在腰上，彷彿在回應康行：

「想看就看個夠吧。」

這女的發現了。

康行忽然有這種感覺。這個背影發現了。不管是有男人尾隨在後，或男人注意到她手上的戒指——還有，那男人在三年前是她的丈夫。

模糊的直覺如此呢喃。

而且手的動作不只這樣。很快地，右手也繞到背後，抓著提包和紙袋，靈巧地蠕動手指，從左手無名指順暢摘下戒指。

交通號誌同時轉爲綠燈。

女人和其他行人一起往前走，瞬間指頭一彈，將戒指扔到路上，彷彿拋向身後的康行……

看似如此。

康行停在原地，以目光掃視腳邊。然而，路面沒有疑似戒指的東西。滾到遠處去了嗎？或者扔出戒指只是錯覺，其實女人握在手裡？

一抬頭，女人的背影早消失在前往車站的人潮中。

忽然間，康行覺得可笑起來。

碰巧罷了。不過是趕赴酒店上班的人妻，在途中發現戴著婚戒出門，連忙摘下。他怎會異想天開，以爲離異三年的妻子一直戴著婚戒？怎會想像成是朝尾隨在後的前夫丟棄戒指，緊張得胸口怦怦亂跳？康行吐出嘆息與苦笑。

下一秒，他心臟真的猛地一跳。

有人從背後抓住他的肩膀。

是女人的手。果然是禮子。如魔術般和戒指一同消失的禮子，不知何時繞到背後……康行回頭。

一名女子面帶笑意站在正後方。怔怔看著那張臉兩、三秒鐘，他一時認不出是剛剛還坐在斜對面座位辦公的倉田和枝。

「相川先生果真不記得我。你半年沒正眼瞧過我了。」

「沒這回事。」

康行急忙笑道。

「我們不是每天對看到都膩了嗎？」

「才沒有。你最後一次看著我，是在春季舉辦的新進員工歡迎會上……後來就算向你搭話，你也不曾回看我。相川先生沒發現嗎？」

她的語氣忽然變得恭敬。在職場談公事的時候也是如此，像是親暱聊到一半，想起康行是年紀大她一輪的上司。

「我怎麼能盯著名花有主的女同事？何況，既然已同居，等於是別人的太太。」

倉田和枝從業務部門調來兩年半。她個性活潑，工作再單調，仍積極去做。儘管是擁有十年資歷的老鳥，對前輩或上司的要求或交代從不推託……然而，不知爲何，這些優點都無法成爲她的魅力。是因爲即使近距離端詳，仍毫無特出之處的容貌嗎？嗓音也沒特色，偶爾她說了什麼笑話，事後回想，卻毫無印象，彷彿根本不曾聽見。

康行以爲她屬於只能跟普通人一樣戀愛、結婚的類型，去年竟傳出她與男人同居的流言。今年春季的迎新會上，有人拿這件事調侃，她大方承認，堂堂公開和比自己年紀小的男人同居。在康行的記憶裡，這確實是關於她的最後印象。

「哼，眞是人不可貌相。」

他記得自己在內心刻薄地嘀咕，隔天就把那張臉和與男人同居的事實趕到意識的死角。

話雖如此，康行也是外表平凡的同類，對她有股淡淡的好感，認爲「她不是個壞女孩」。

「同居是騙人的……我都三十歲了，不賣弄點虛榮，實在無法承受旁人的目光。其實，頂多是一週兩天，男友會來我住處玩而已。」

兩人自然而然並肩走向車站，她若無其事接著道：「能說『只是來玩』嗎？其實就在剛才，他終於用電話甩了我。」

「電話？」

「就是相川先生說『我先走了』，正要離開辦公室時打來的那通電話。我假裝在跟客戶洽公，其實是他在電話裡要求『我們分手吧』……」

「那時妳在講電話嗎？」

「噯，相川先生連我的聲音都不認得嗎？虧我一直都很小心，避免吵到你。」

她的語氣明朗。

「如果你要去喝一杯，能不能帶我去？我想請教一些事……我想知道，究竟我是哪裡惹人厭。」

「不行。」

「為什麼？相川先生很閒吧？」

「……我看起來很閒嗎？」

「在東京，看到交通號誌轉爲綠燈還不走的，就是閒人。你剛剛在做什麼？」

「哦，我說的『不行』，意思是在戀愛方面我沒辦法提供建議。剛剛在等紅綠燈時，我也被甩了。」

她的唇角逸出苦笑。

「被誰甩了？這麼一提，相川先生前面有個打扮得花枝招展的女人。」

「那是我許久以前的太太……」

「……」

「……只是看起來像而已。那一瞬間，總覺得許久以前的太太終於拋棄我。」

走進車站，來到驗票口前，倉田和枝停下腳步，以訝異的眼神詢問他話中的含意。「說是『許久以前』，離婚也只是兩、三年前的事吧？」

「稍後再告訴妳。我要去的是新宿一家便宜的店，妳會一起來吧？」

不等和枝回話，康行率先穿過驗票口。

七年之間，康行模糊地相信妻子禮子是個寡言、過度乖巧，不太有自我的女人。三年前，康行在妻子生日當天不經意提到「妳也三十六歲了，得認眞考慮要不要生小孩」，妻子回答「在懷孕之前，我已在外頭有了男人，能和我離婚嗎？對方向我求婚，他是單身，所以問題只剩你」。原來妻子能如此明確表達意見，比起談話的內容，康行更爲這一點吃驚。他一時無法回答，但妻子淡淡微笑，欣賞風景般看了丈夫一會兒，單色的嘴唇發出堅定不移的聲音。

妻子確實寡言。之後，她只說「我是認眞的。我不喜歡亂開玩笑，所以跟你這種認眞的人處得不錯，但我連外遇都不小心認眞了」，一星期後便打包行李離家。接著，只有自稱妻子高中同學、帶來離婚證書的女律師轉述簡潔過頭的理由：「她不是討厭你，只是更喜歡他。」或許是驚訝過度，康行毫無眞實感，心想既然沒有孩子，而且不是非和禮子在一起不可，便默默在離婚證書上蓋章。律師表示「若是一百萬左右，禮子能夠賠償」，他拒絕了，也沒打探對方是怎樣的男人。比起男方，他更想詢問據說是禮子閨蜜的律師：「禮子究竟是怎樣的女人？」

他們沒有共同的朋友，康行也不知道禮子後來的生活、住在哪裡，驀然回神，三年已過去……

「爲何不打聽？」

眼睛因微醺而泛紅濕潤的倉田和枝問，康行顧忌著自己帶著酒臭的呼吸，小聲答道：

「我無所謂啊。就像剛才提到的，那時我不禁覺得別的女人可能比較好……」

然後，他笑了。

和枝說想談心，然而在新宿的居酒屋吧台並肩坐下喝起來後，立刻向康行打探「許久以前的太太」的事，注意到時，不只是昨今兩天的詳情，他連三年前離婚的原委都全盤托出。

「我也覺得，連對方是怎樣的男人、她過著怎樣的生活都不關心，其實我早就對她沒感情……只是不甘心，哪有人用一句話就離婚的，所以才會自以爲是，認爲她對我有所留戀。要是不這麼想，實在情何以堪……那個像前妻的女人扔掉戒指的時候，彷彿在對我說『少臭美了』。」

「會不會不是相似，眞的是你前妻？可能是這兩天在公司附近埋伏，等你出來，故意引你尾隨。」

和枝忽然湊近康行的後頸細語：「相川先生從以前就會搽不怎麼合適的時髦古龍水呢。」

「我有體味，夏天才會搽。不是趕時髦……只是比一般男人對味道更敏感些。方才也是……」

他想描述女人的香水味，卻又打住。在紅綠燈那裡，或許風是朝著女人背影吹的……那麼，女人應該會察覺康行貼近身後。

和枝讀出康行眼中的話，得意地微笑。

「不管相川先生再敏感，嗅覺仍比不上女人。明天我幫忙調查看看吧……明天她或許還會經過，從服裝和香水我大概能認出來。」

和枝提議，但康行搖搖頭。恐怕是他多心……而且由於剛剛說的話，康行想起搽古龍水的習慣，是妻子曾嘟噥著「我實在受不了你的體味，尤其是現在這種季節」的緣故。那是在婚前，他忽然想到，妻子棄他離去的眞正理由，也許是厭惡他的體味。

「我能理解太太離開的心情。」

「……？」

「太太知道你會一聲不吭，默默蓋章，所以才會離開。如果你眞的愛她，爲何不逼問『那男人是誰』，把離婚證書撕破，堅持絕對不離婚？這麼一來，太太一定不會離開。」

和枝的聲音突然激動起來，感覺不全是醉意所致。

「別說我了，妳呢？抱歉，原本是要談妳的事。」

「不會，反正我的事沒什麼。」

儘管如此，和枝彷彿在應付康行的安慰，不太起勁地道出一年前去小劇場看戲，跟年輕團員交往的經緯。沒沒無聞的菜鳥演員，爲了省飯錢，趁著打工和演戲的空檔，每星期一、兩次，到和枝住處吃她煮的飯兼過夜。但兩人曾前往尾瀨和九十九里小旅行，對方送過一次生日禮物……還有一次以幾乎聽不見的音量低語：「等我將來走紅，要不要跟我結婚？」……

「都是些小事。這麼一提，傍晚講電話的聲音也很小。」

「他說什麼？妳怎麼回答？」

「他說『我不想再跟妳見面了』，我回答『好』……」

「只有這樣？就爲了怕我聽見？」

「不然還能怎麼回答？就像演一整年的戲，僅僅是菜鳥演員在觀摩怎麼演女人……況且我從來不覺得自己被愛過。」

和枝感觸頗深，康行默默喝了一會兒水酒。

「看來我沒必要多說什麼，剛剛妳已親口說出答案。」

和枝是在藉批評康行對待妻子態度的聲音，責罵只用一句「好」答應分手自己吧。她似乎有所自覺，明確應一聲「嗯」，像了結一切，露出燦爛的笑容。

時間已過九點。

康行付完帳，走出店外時，倉田和枝依然帶著笑容仰望夜空。巷弄侷促的夜空上，掛著宛如剖成一半的月亮。不，與其說是掛著，更像是要遭轉涼的風掃落，搖搖欲墜地傾斜。

「小時候，相川先生相信月亮上有兩隻兔子嗎？雖然有人說是一隻。」

「是兩隻吧？要搗年糕(註)啊。」

「那麼，你和我一樣，擔心過萬一剩下半個月亮，另一隻兔子怎麼辦嗎？」

和枝表情忽然變得凶狠，憤憤吐出一句：「眞可恨！」

瞬間，康行以爲是在罵他，但和枝重複道：

「我恨死那傢伙了！」

「要是連說兩次，會變成謊話。」

「相川先生也說了兩次啊，什麼許久以前的太太……」

和枝豁出去般補上一句「直接問身體，就知道是眞是假」，說完才嚇到似地轉向康行。

那雙眼睛充滿猶豫：該笑著敷衍，還是當眞？

康行回望的眼神一樣帶著猶豫。是指我的，還是她的身體？

醉意的一隅，也有一輪半月莫名清冷地懸掛著。康行暗暗心想，率先步出小巷，開口：

「屋裡很亂，不過妳要過來吧？」

隔天早上，康行睽違一年上班遲到。他忘記設定鬧鐘，比平常晚三十分鐘睡醒，雖然趕一下還是來得及，他卻慢條斯理地沖澡，在腋下和後頸搽上更濃的古龍水。他害怕同床共枕幾小時的夜晚氣味會隨體味滲出體外，然而，在辦公桌坐下後，斜前方座位的倉田和枝一如以往自然地打招呼：

「相川先生難得遲到呢。」

和枝在深夜兩點多下床回家，眼中卻不見睡眠不足的血絲。她的長相平凡，彷彿在看著的瞬間便會忘掉，不過，昨晚從新宿巷弄一直到離開位於濱田山的康行住處之間她的各種表情和話語，當然仍烙印在他的腦海。

「哇，亂成這樣，的確沒有容得下太太回來的空間。」

包括她進屋那一刻的驚訝，及離開住處前，制止說著「我送妳」起身的康行，低喃「要是你送我，道別後會更孤單……」的聲音。

然而，和枝彷彿忘了自己那些表情，繼續工作。下午五點過後，她若無其事地拋出一句

註——在日本，傳說中月兔搗的是年糕，而非藥草。

「難得遲到，又難得加班？」便先下班。兩小時後，睽違將近一個月加班的康行訂正帳冊之際，和枝打來。

「那果然是你太太……禮子女士。」

她唐突地說。

「今早我在紅綠燈附近找過，沒瞧見戒指……可是，太太今天也戴著戒指，所以把戒指丟掉，是你看錯。」

「……」

「不過，其餘的部分是你猜中，我似乎想太多。太太住在附近，每天上班前都會在那個十字路口摘下婚戒。」

「妳怎麼知道？」

「她今天也經過同一個地方，所以我下定決心叫住她：『我是相川的現任妻子。』雖是漫天大謊，但昨天我答應要替你調查。她表示昨天和前天完全沒發現你，我提起你的事，她嚇一跳……再來，那果然是許久以前的婚戒。她的再婚對象對這類習俗不關心，沒買給她，才會戴著以前的婚戒……至於是不是眞心話，你直接問她吧。」

然後，和枝繼續道：「我們還在公司附近那間酒吧。我從化妝室打手機，你能出來嗎？

戒指的事，讓我覺得你並非自以爲是。」

「那間酒吧？」

康行隱藏困惑，佯裝不在乎地問。

「相川先生總站在門口發呆的那家咖啡廳。今年春天起，只在晚上經營酒吧，你不知道嗎？」

「不知道……可是，我大概要再一小時才弄得完。」

康行想藉口逃避。

「等一下。」

將近一分鐘後，「太太說一小時她可以等。我待著挺礙事，會找個妥當的時機離開。」和枝只留下這段話，單方面掛斷電話。

過了二十年之久，才第一次踏進這家店，需要勇氣哪……

康行在心裡嘀咕，掩飾緊張，打開店門。店內比想像中狹窄、單調，就像夜晚營業的店，昏暗的燈光混濁了空氣。有種期待落空的感覺，也許是沒看見禮子身影的緣故。僅有吧台坐著一對年輕男女，三張桌位都空著。

不過，牆邊彷彿呈死巷的最裡面桌位擺著一只杯子。

「那桌的客人回去了嗎？」

康行問吧台裡打扮像酒保的男人，得到「剛走」的回答。

「如果馬上追出去，應該還在附近吧。你們有約？」

「不……是女人嗎？年近四十，服裝花俏。」

慎重起見，康行確認道。「是的。」酒保點頭。

「是不是有另一個人？比較年輕的女人。」

「另一位小姐三十分鐘前就先離開……」

康行點了兌水酒，在裡面那張桌位坐下。喝剩的酒杯後方，放著之前客人留下的東西……

一枚小巧的白金舊戒指。

離開公司的時候仍半信半疑，這下只能相信和枝的話。雖然是連姓名英文字首都沒刻的普通戒指，但無疑是禮子的婚戒。光澤消失，徒然變得暗沉的七年歲月，重新擺在眼前……

康行望向左手。無名指沒有絲毫戴過戒指的痕跡……彷彿那七年從未存在。

讓同一個女人溜掉兩次的手指，以男人來說太纖細。若是小指，感覺能輕鬆戴上。禮子是厭惡丈夫過細的手指才離開的吧。然後，這次她以戒指傳達道別之意……

見酒保走近，康行把戒指藏進口袋。

「呃，剛剛坐在這裡的女士說還會再來……」

酒保的話聲像在安慰康行，或許是感覺到「被甩的男人」氣息。但康行應一聲「這樣啊」，喝兩口兌水酒，很快離開店裡。

隔天，和枝什麼也沒問。除了工作外，康行完全沒向她搭話，回到僅止於職場的關係，彷彿從來沒有那一晚。

下班後，康行一樣駐足在那家店前，不同以往的是，他猶豫著要不要進去。一星期後，康行終於下定決心打開店門。

桌位有兩組客人，但沒有他期待的臉孔。約莫是從咖啡廳轉爲酒吧的時刻，康行剛在吧台坐下，上星期的同一個酒保便送來咖啡與酒兩種菜單。

「記得我嗎？」

酒保面無表情地回答「記得」。

康行點了咖啡，若無其事地問：

「之後那位女士來過嗎？」

「不，再也沒光臨……」

「這樣啊。她可能會再來，不好意思，到時方便轉交給她嗎？」

康行將擱在外套口袋一星期的戒指放上吧台。

「可是，不曉得她會不會再來……」

酒保的回覆十分曖昧。

「不，她一定會來。她每天晚上都出現吧？」

「……」

「我說的『那位女士』，是指倉田小姐。倉田和枝。這是我的猜想，她每天晚上下班後都會來這家店吧？爲了見你……」

酒保沖咖啡的背影一逕沉默著。那天晚上，康行信了與和枝通話的內容，但從隔天起，卡在心頭一星期的疑惑，在酒保的沉默下獲得印證。年輕酒保的無言，明確肯定了康行剛才的提問。

酒廊小姐樣貌的女人不是妻子，那天晚上這家店裡只有和枝。和枝在電話中說的都是假的……他會輕易相信，是因有酒保及婚戒作證。若這枚普通的戒指不是妻子的婚戒，且酒保與倉田和枝熟識，在她的請託下，就能輕鬆演出那樣一齣戲……

康行今天會來，主要是想仔細觀察上星期他幾乎沒放在心上的這名年輕人。清瘦卻富彈性的身體曲線帶著些許童稚，像是會向女人撒嬌的眼神。如同這家店，年輕人擁有另一張「菜鳥演員」的面孔……不過，年輕人犯了一個錯。上星期他說「打扮花俏的女人剛離開」，好似空氣沉澱的死巷般的深處座位，卻沒留下絲毫那女人最明顯的痕跡——香水味。

剩下的問題是，和枝怎會有這枚戒指？

「親自交給她如何？你們不是同事嗎？」

酒保送上咖啡，不悅地說。

「不，在公司內外，她是截然不同的人。我想交還戒指的對象，是公司外的她。」

康行回答，喝一口咖啡。

「況且，我希望當成訂婚戒指，由你親手交給她……能不能請你轉告，我想向她求婚？」

康行一本正經地盯著年輕人。

「爲什麼我要幫你做那種事……」

「不，我的意思是，如果你無法接受，就別把戒指交給她，直接丟掉，一句都不必告訴她。」

康行再次嚴肅地注視年輕人，下一瞬間，便將剛剛的話全付諸一笑。

「當然是開玩笑的。我和她在公司外頭碰面，只有那麼一次，還是爲了聆聽關於你的煩惱。這件事你聽她提過吧？我有些同情她，稍微試探你的心意罷了。」

年輕人默默無語，將戒指彈向康行。年輕人的手指意外粗獷，頗有男人味。戒指滾動，碰到康行的手指停下。

「那是你的吧？上星期她在你家找到的。」

康行點點頭，問：「她有沒有透露在哪裡找到的？」

其實，康行隔天就發現那不屬於妻子，而是他的戒指。和枝想必是在他住處找到的……爲了安慰他，利用戒指演出一齣戲。

「洗臉台架子角落，在什麼瓶子後面……她在你那裡過夜？」

康行總算明白年輕人不快的理由。爲了請年輕人協助演戲，和枝告訴他所有康行的事，卻保留上過康行的床。年輕人就是在懷疑這一點，嫉妒不已……

「不，我們只是相互吐了兩小時的苦水。」

「可是，她似乎從以前就對你有意思……她先下班時，經常從那扇窗目送你回去。」

「你太多疑了。」

康行笑著應一句。事實上，和枝不可能對康行有意思。如同她在新宿巷弄裡說的一樣，康行已透過她的身體確定。倉田和枝躺在康行懷中，想的卻是別的男人……不過，在洗手間看到康行的婚戒，她以為康行對妻子戀戀不捨，於是撒了謊，希望給上司一個小小的夢——妻子也對他有所留戀的夢。康行看透真相，動念藉由湊合兩人，當成微薄的謝禮，看來是多管閒事。

「洗手間啊？我以為早就不見，沒想到在那麼近的地方。」

康行喃喃自語，拿起戒指，起身說：「那我走了。」

他打算把戒指丟在那處十字路口。

毫無理由，純粹是想這麼做。

無人車站

西方天際逐漸冒出烏雲。

平時溫柔環繞、守護城鎮的越後群山，看起來彷彿拘束起小鎮，封閉在這裡。

在上越線下行月台角落，觀望西方天色的站務員高木安雄，轉身望向對面的天空。東方天際還沒有烏雲的氣息，透著明亮，群山也悠然佇立，唯獨雄姿格外突出的八海山早一步察覺對面天空邊緣逐漸擴散的烏雲，兀自戒備著。

天空的心情會影響山的心情，隨著那心情的好壞，盆地上的小鎮也忽喜忽憂。明年即將退休的高木，每到傍晚便不由自主地待在月台，觀察天空的心情，占卜明天的天氣好壞。

高木抬起目光，移向在月台柵欄另一頭擴展的圓環。再過去是商店街，就像地方都市，看起來有些落伍的街道，彷彿及早察覺遠方山脈的不悅，將人影一掃而空，悶不吭聲。

新潟縣南魚沼郡六日町。

下午五點五十一分。

從越後湯澤站出發的下行電車，準時滑進月台。

「晚上又要下雨了。」

見熟識的車掌從後方車窗探出頭，高木安雄出聲招呼。

「氣象預報還說今天應該不會下……今年的祭典沒問題嗎？」

車掌擔心著半個月後舉行的祭典。

今年梅雨來得較往年慢，這幾天像要挽救延遲，嘈雜的雨聲響徹山間城鎮。自江戶時代延續至今的六日町祭典，最後一天的煙火是最大的賣點，但看情況，梅雨不太可能在祭典前結束。

電車靠站時間短暫。

一眨眼，六個車門已吐出從湯澤來的通勤族和高中生，載上這個車站的乘客，駛向軌道彼端。

通往驗票口的樓梯吸收下車乘客後，月台如末班車駛離，杳無人影。

不，還有一個人……

高木準備回站務室，打著哈欠走到樓梯，卻在電車行進方向的月台角落長椅上，發現一個女人。

女人把行李箱豎在膝上，托著腮幫子。

剛剛沒看到她，所以是從駛離的電車下來的，卻給人坐了很久的印象。

帶著行李箱，想必是旅客。不過，高木會特別留意，不是因爲梅雨季節難得見到觀光客。

女人恍惚望著電車離去的方向。由於有些距離，瞧不清眼神，但女人穿著不合季節的風衣，染成褐色的頭髮滲出疲勞，讓人覺得神情恍惚。她彷彿是忘記運上剛剛那班車的行李。

高木走過去，難得主動搭話。

「怎麼了嗎？」

女人沒注意到高木走近，回過頭，驚嚇得睜大眼。那身打扮像是年輕女子，但她臉上有著濃妝都遮掩不住的滄桑。高木估計對方約四十五歲，禮貌地問：

「是不是遇到什麼狀況？」

從高木的制服看出是站務員，女人似乎鬆了口氣。

「這條路線到哪裡？」

高木以爲她問的是終點站，便回答上越線到長岡，搭北北線連接北陸本線，可到金澤。

「金澤啊……」

女人低喃著，遞出手中的車票，又問：

「這張票能到哪裡？」

那是在越後湯澤站買的九百五十圓車票。

「應該能坐到……小千谷。」

或許是對「小千谷」這個地名感到陌生，女人蹙起眉。「那地方有什麼好玩的嗎？」

「那裡以皺綢聞名。」

「皺綢？哦，做和服的皺綢……這個嗎？」

托腮幫子的右手裡揑得小小的手帕，是褪色嚴重的黑白皺綢料。

「這麼一提，好像是以前來的時候買的。現在東京也買得到，不太確定……不過應該沒錯，和服太貴，買不起……」

女人喃喃自語，彷彿近視的人般瞇起眼，望著下行路線半晌，繼續道：

「還是在這裡下車好了。」

她倦怠地站起。

——這就是高木安雄和女人全部的對話。三個半小時後，當晚九點半左右，高木在與我的通話中說：

「是的，一開始我以爲她是漫無目的地在旅行，中途隨興在這座城鎮下車，但似乎並非如此。感覺她原本就打算來這裡，才會從東京坐新幹線，只是到越後湯澤站，卻改變心意，或者心生猶豫。這樣啊，果然是東京來的。唔，看得出來。我知道是她從事夜間工作的女人。大衣前襟沒扣，底下無袖薄料的衣服……簡直不能稱爲衣服，跟襯衣沒兩樣，顯然不是良家婦女。不過，即使那身打扮，仍有股脫俗的氣質。不，她沒提及男人。像是一個人旅行，也完全沒跟男人相約碰面的樣子……再多我就不清楚了。如同我剛才說的，其實我們僅僅聊兩、三句。只是……聽她的語氣，以前應該和男人一起來過。她表示『皺綢和服太貴買不起』，聽上去是在解釋和服太貴，不好要男人買給她……到底出什麼事？警方居然特地打電話到家裡。」

下一個目擊者，是當時在站前圓環排班的計程車司機，大島成樹，三十五歲。

女人走下天橋般的車站大廳樓梯瞬間，大島就看出是和男人一起來溫泉旅館的特種行業女子。所以，女人身後沒有男人跟著出現，他有些詫異，但馬上轉念「男方應該是搭晚一點的班次，不然就是在旅館等」。他的想像中，男方一定是連錢包都塞滿贅肉的胖歐吉桑。

遭位於新潟市的公司裁員，大島回到故鄉六日町的計程車公司二度就職，剛滿一年。不過，他搜尋客人的眼光精準，遠遠瞧見女人，便直覺她會搭計程車。

然而，女人不是一下樓梯就直接走到計程車候車處。她往計程車走來，途中在布告欄前停步，盯著煙火祭典的大海報將近一分鐘。從大島的位置瞧不清楚，但女人注視海報一角，彷彿要看穿……行動約莫是如此。

煙火大會在祭典最後一天舉行，大島猜想她是不是在確定日期。不出所料，女人坐進計程車便吩咐：

「到雙葉旅館。」

大島還沒發車，她就接著問：

「祭典是下個月？」

「是的。」

「這樣啊……記得上次來看祭典，差不多是入秋，原來在夏天……記憶眞不可靠。」

她喃喃自語，忽然吐出嘆息般一笑。

「上次是什麼時候？」

「十六年前。由於下雨，延到隔天，最後聽了整晚的雨聲，就回去東京。我與熱鬧的事物實在無緣。記得我和旅伴笑著說『不僅僅是今晚，我的人生老碰上下雨天，而不是煙火』。窮神與雨女作伴，不能指望有好運……今晚也是如此嗎？像要下雨了。」

她透過車窗仰望天空。

果然是要與男人碰面。大島直覺想著，但不便向乘客深究，也沒興趣特意追問。對方並不是大美女，而且大島和站務員一樣，遠遠看去以爲是年輕女子，不料上車後在近處一看，皮膚衰老到連妝都蓋不住。

「車站與城鎮的印象跟記憶中完全不同，好像跑錯地方。」女人感慨。

「不是客人記錯，這七、八年之間，城鎮翻新不少。」大島回答。

「哦，有所發展？」

「算得上發展嗎……？即使表面更新，裝的仍是我這種遭大都會拋棄的人。」

「這樣啊……」

女人似乎對大島有些興趣，從後照鏡瞥他一眼，隨即吃吃笑起來。

「怎麼說得像落魄之人聚集的地方？不太好吧，明明是很不錯的小鎮……我喜歡這裡。不過，既然有我這種女人像被風莫名其妙吹來，或許你多少說中了吧。」

粗啞的菸酒嗓，粗魯不客氣的口吻，但沒有在特種行業世界掙扎過來的女人習於應付男人的酸刺，隱隱透露出她的好性情。

她自稱是東京來的，卻帶有純樸的腔調。大島對她萌生好感，也湧現探究的興趣，但車子已穿過流經城鎮中央的魚野川。旅館「雙葉」就在河岸林立的旅舍中，隨著有一搭沒一搭的對話，車子靠近旅館玄關。

在六日町溫泉鄉，「雙葉」是創業歷史數一數二的老字號旅館，可惜在溫泉風潮興起時重新翻修，半吊子地納入現代元素，反倒變成隨處可見的普通旅館。近兩、三年生意不佳，甚至傳出倒閉的流言。

花崗岩大門仍掛著取代看板的大門燈，亮起的燈上浮現「雙葉」兩個字，及桔梗花紋。

女人注意到逼近擋風玻璃的那兩個字，吩咐：

「啊，停在這裡。門外就好……」

車資是六百四十圓，但女人掏出一千圓，說不必找。

她沒立刻下車，剛要把錢包收進提包，卻停住不動。

「怎麼？」

大島問，這一聲似乎讓她下定決心：「算了，折回車站吧。車資我會另付。」

大島答應，準備發車之際，女人開口：

「啊，等一下，方便借我紙筆嗎？」

她向大島借原子筆和寫營業日誌的用紙，以行李箱代替桌子，在背面振筆疾書。然後，她把紙折得小小的，像古代投書般綁起，交給大島：「不好意思，請幫我拿進去旅館，詢問有沒有姓石田的客人，麻煩旅館職員把信交給對方。如果沒有，就把信帶回來。」

接著，她掏出一千圓遞給大島。

「不用。」

大島回絕一千圓，下車走近大門。

兩、三分鐘後，大島拿著信回到車上：

「客人，妳是說『石田』嗎？旅館職員表示有個姓西田的客人預約，剛剛聯絡會晚點到，可是沒有姓石田的客人。」

「我是說西田，你聽錯了。啊，沒關係，回車站吧。」女人有些困窘，從大島手中收回信箋。

明明聽到的是「石田」，大島難以信服，但沒說什麼，依女人要求迴轉。

車子很快又來到坂戶橋，快過橋的時候，女人喊「停車」。事出突然，大島緊急踩煞車。

「我下車片刻。難得來了，至少在河邊走走。」

女人折回坂戶橋中央，靠著扶手，眺望河面半晌。

說是半晌，其實不到一分鐘。若是平常，岸邊蘆葦隨向晚的風搖曳，水鳥嬉遊，夕陽照染得河水一片淡紅，往往會營造出民間故事般懷念的景色。然而，連續數天大雨，水位高漲，流速增加，加上過於混濁的烏雲覆蓋天空，實在不符向晚的情調，並不適合觀光。

但女人回到車上，仍讚嘆：「很棒的河，像我故鄉的河。」與其說是真心這麼想，更像對等待的司機的客套話。

「您是哪裡人？」

「北上。」

「北上……是東北的北上川？」

「對。啊，原來如此，我會喜歡這個小鎮，是跟故鄉很像的緣故。我現在才發現……我二十幾年沒返鄉，想必也變了許多。」

車子發動，女人瞥見放在儀表板上的附照片名牌，問：

「司機姓大島？」

「對……怎麼了嗎？」

「沒什麼，比起名字，這張照片一點都不像你，彷彿是別人……剛剛那條河感覺也較以前看到的小，如同我說的，記憶真的會騙人，可是照片一樣會騙人。車站的照片，根本是別人……」

女人忽然打住，改口道：「附近有沒有能簡單吃一頓的店？我在電車上什麼都沒吃，肚子餓了。」

她補上一句「不用去車站沒關係」，但彎過下一個轉角就是車站。轉角前有一家大島常去的小吃店。

大島停在那家店前，「只有咖哩和義大利麵，不過味道還不錯。」

雙層木造建築的樓上，是一家叫「燈籠」的小吃店。女人微微不安地仰望通往店門的老舊木梯，似乎不太中意。

大島貼心地指向後車窗，馬路對面掛出白色短門簾的店。「這裡再三十分鐘就打烊，要慢慢坐，那一家居酒屋較合適……」

「那我在這裡隨便吃一下……謝謝。」

她又掏出千圓鈔票，說「不必找」，爬上樓梯。行李箱不是特別大，但不曉得內容物，背影的一邊肩膀傾斜得厲害，看起來非常重。她的背影透著疲憊，不知爲何，大島覺得是今晚會來「雙葉」的男人造成的。

不過，即使是個小鎮，兩人恐怕不會再相遇。如同其他乘客，大島隨即忘記女人，一分鐘後抵達車站。

六點三十二分。

週五夜晚，剛進站的下行列車一如往常吐出大量乘客。每個人都直接通過計程車乘車處，走向公車站。

烏雲如屋頂般籠罩城鎮上方。乾脆下場雨，至少會有人搭計程車。然而，雲層乾得古怪，擠不出水滴。大島下車，和同事抱怨著不景氣，異常感到悶熱，汗水黏在皮膚上。

自以爲忘記女客，其實仍耿耿於懷。大島在車站吐出的人潮中，尋找和女人匹配的中年男子……雖然隱隱約約，他心中有股好奇，想瞧瞧來小鎮與女人會合的是怎樣的傢伙。

女人稱以前一起來溫泉的男人爲「窮神」。今晚約定碰面的，是同一個男人嗎？應該吧……大島直覺認爲。

記得女人提到「十六年前」，意思是造訪小鎮、和男人碰面，都是十六年前的事嗎？不知爲何，大島聽上去就是如此。十六年……對，這個說法令他在意。

一般問到「幾年前」，都會回答約略的數字，比方「十幾年前」或「超過十年」。精確回答「十六年」，彷彿即使相差一年，在兩人之間也具有莫大意義。塞在女人沉甸甸行李箱的，是不是與男人十六年的歲月？

沒特別的根據，大島依稀這麼感覺。兩分鐘後，他發現自己的直覺意外命中紅心。

大島請同事幫忙顧車，抽著菸步向告示板。

當時女人那麼專注，究竟是在看海報上的什麼？

記得她盯著海報右邊……大島接近印著煙火照片的大海報，不禁蹙眉。以華麗的煙火介紹六日町祭典的海報，沒有特別吸引目光的魅力。女人目不轉睛凝視的並非海報，而是貼在一旁的大頭照。

那時聊到我的證件照，女人口中的「車站照片」，應該是指「貼在車站的大頭照」吧。這張照片也是騙人的……是不是這張照片與本尊判若兩人？

較一般海報小一尺寸的傳單上，印著四張面孔。

那些是犯下各種重大刑案，遭全國通緝的嫌犯照片。只有一張面孔帶著笑。雖然是嘴角浮現淡淡微笑，但露出健康的牙齒，加上娃娃臉，散發與其餘陰沉如底片的三張面孔不同世界的明朗，彷彿和犯罪完全沾不上邊。

大島緊盯那男人的照片，並非這些臉部特徵的緣故，而是在意底下印刷的名字。石田廣史。

果然沒聽錯，是「石田」。那女人說的是「石田」，根本不曉得男人用假名「西田」預約旅館……

不，大島無法移開眼光，不單是名字的緣故。

男人疑似殺傷東京都西池袋的酒吧「黛安」的老闆夫婦，搶奪四十二萬圓現金，但吸引大島視線的，是犯案時間。海報上記載的是大島成年那一年，也就是十五年前的六月二十六日。今天是六月二十五日，過了今天，距離案發便是整整十五年……

烏雲遭熬煮般變黑，第一滴雨落在後頸，大島幾乎沒察覺。

如同我的成人式，女人將這起案件當成重要的紀念日，烙印在記憶中……她和男人來到這個小鎮，是案發前一年，所以是十六年前的事……

女人形容她的男伴是窮神。這張照片顯然是騙人的，石田廣史臉形細長，卻沒有窮神那種陰暗憔悴，甚至帶著陽光般的爽朗。

實際上，本人是會爲區區四十二萬圓痛下殺手的凶狠之徒，臉上籠罩著符合罪行的陰影嗎？

大島瞥向手表。

晚上六點四十分。

或許是他多心。女人不一定在看通緝海報，「石田」這個姓氏，可能是碰巧相同，她與這起案件毫無關係。

唯有一點毋庸置疑。

今天午夜十二點過後，石田廣史的通緝照便失去意義。不管石田潛伏在日本的哪一處，明天就不必害怕警方與他人的目光。此刻，全日本最爲時間流逝之緩慢感到焦急、煩躁不堪的，恐怕是石田。當年，大島應該在電視新聞或報上看過這起案子，但由於淹沒在十五年的歲月與期間發生的無數重大案件中，變得像是初次聽聞。隨著一個女人，這起案件突然闖進小鎮和大島渺小的人生。不是我多心……石田這個姓氏也不可能是碰巧相同。那女人的言行絕對不尋常。我親眼目睹，她把原本要我送去的便條信箋從橋上扔進魚野川……但我該怎麼辦？單憑這一點，警方會行動嗎？萬一警方出動，卻發現女人與案子毫無瓜葛……那女人看起來性格滿好，我不想害她無端捲入麻煩。如果女人原本要在這個小鎮會合的，眞是殺人通緝犯……那傢伙肯定在某處，心跳配合著時鐘秒針的節奏，迫不及待明天的到來。

在完全相反的意義上，大島內心也悸動不已。有生以來，第一次面臨這般重大的抉擇。去年的裁員是人生關鍵的轉捩點，但他沒有選擇的餘地，儘管難受，沒必要猶豫。然而，現下他猶豫不決。該報警嗎？還是不要自找麻煩？這番迷惘無法輕易找出答案，手表的秒針卻不斷抹去時間。在山谷間的小鎮，最後一晚隨著雨水落下。這是照片中的男人，望眼欲穿的十五年期效最後一晚……

必須立刻做出決定，等到明天就太遲了。一名殺人犯重獲自由，大島將後悔一輩子、迷惘一輩子。那天晚上，自稱西田，來到小鎮見女人的傢伙，會不會眞的是重案嫌犯？

距離明天，剩下五小時二十分……不，五小時十九分。

十五年前，昭和五十×年六月二十六日，發生在池袋車站西口鬧區酒吧「黛安」的命案，第一發現者是半年前受僱爲酒保的石田廣史。

那天凌晨三點多，石田送走最後一名客人，收拾整理，三十分鐘後離開店裡。老闆夫婦計算著當日營收，但爲了營收數字，老闆和擔任酒吧媽媽桑的妻子起了口角，所以石田簡單收拾，便有些慌亂地下班。正因如此，回到徒步約需二十分鐘的巢鴨公寓，他才察覺忘記帶錢包，於是又折返。

夏至剛過不久，四點半左右石田回到店裡，天色已漸漸發白。店門沒上鎖，他以爲老闆夫婦還在。門一開，他便確定這一點。只不過，老闆夫婦的模樣與一小時前截然不同……老闆向井信二胸口插著菜刀，倒在地上，媽媽桑杉江趴伏在旁邊桌位的沙發上。兩人渾身是血，桌子、吧台，連牆上都濺滿血跡。

要使用店裡的電話，必須跨過兩人的遺體。石田沒那種勇氣，便跑到車站前的派出所，五分鐘後，帶著一名巡查（**註**）過來。

註——日本警察階級中，最基層的警員。

接到巡查通報，調查員從署裡趕來的期間，石田如此向巡查陳述發現慘案的經過。事後回想，石田是想僞裝成第一發現者，擺脫嫌疑。

成爲第一發現者有好處。石田預備衣物，在犯罪現場換掉血衣，卻不曉得怎麼處理手和鞋子沾到的血，及凶器菜刀上的指紋，便藉口「老闆還有呼吸，我忍不住想幫他拔出身上的菜刀」。接著，他耍小聰明，向巡查說提出自己的推理：「最近媽媽桑跟一個客人十分要好，老闆不太高興，會不會是兩人吵架，他衝動抓起菜刀，砍了媽媽桑再自殺……」，又補充店裡的六個小姐，都能證明不僅是今晚，老闆夫婦一直處得不融洽。

雖然聰明，有時卻會做出蠢到難以置信的行爲，大家都有些瞧不起他——

事後一名小姐這麼評論石田。確實，石田的犯行中有個只能說是愚蠢的失誤。等待池袋署警員趕抵之際，巡查爲石田做筆錄，赫然注意到老闆仍有一絲呼吸。儘管奄奄一息，立刻叫來救護車送醫後，奇蹟保住一命。三天後，向井脫離險境，完全恢復意識，指認「凶手就是石田」。

石田看準接近月底的這天，客人都還清賒帳，老闆的手提式保險箱裝滿大量現金，於是鋌而走險。趁著老闆去廁所，他先殺害媽媽桑杉江，再抓著菜刀撞倒從廁所回來、嚇得瞪大眼的老闆。通常老闆負責辦公和經營，不會到外場，但他的興趣是釣魚，有時會親自處理釣到的魚招待客人，所以店裡有一把長三十公分的生魚片刀，這就是凶器。

不必等受害者作證，案發不久，警方便斷定凶手是石田。在老闆被搬上救護車時的混亂中，石田連忙逃亡。凶器的生魚片刀柄上驗出石田的指紋，且透過小姐們的證詞，得知石田賭馬輸一大筆錢，經濟拮据。店裡曾接到金融業者打來，宛如黑道討債的恐嚇電話。

凶案發生在凌晨三點半左右。後來石田回去公寓，似乎是要把搶到的保險箱裡的錢藏在住處。約莫凌晨四點，報童看見石田走進公寓。後來的調查中，警方在石田住處入口發現受害者的血跡。大概是沾在石田鞋底，從現場帶回來的。

救護車載走老闆後，石田醒悟計畫失敗，悄悄離開現場，回公寓拿四十二萬圓和隨身物品逃亡。一名住戶目擊他提著波士頓包，匆匆跑出公寓後門。

沒確定受害者斷氣，就佯裝第一發現者向派出所報案，凶手的愚昧惹來警方的訕笑。這起案件發生在位處非法邊緣，特種場所林立、犯罪頻仍的地區，情節司空見慣，一開始警方沒看得太嚴重，認爲能輕易將歹徒逮捕歸案。

然而，警方的樂觀預測完全落空。石田廣史消失在公寓後方的小巷，十五年之間，竟完全逃過追捕。

不，在公訴時效的法律意義上，這十五年尚未結束，剩下幾小時。正確地說，還有四小時二十七分……

我和計程車司機大島成樹講著電話，望向署裡的壁鐘，確定時間。

晚上七點三十三分。

大島猶豫將近三十分鐘，終於聯絡他的國中同學，任職六日町署的山根。山根忙著加班，簡單轉述通話內容，把此事交給我。山根表示，會在一課的刑警裡挑中我，是想起我曾在尾牙之類的場合上熱烈談論這起案子。

警署玄關貼著通緝海報，但六日町署中，對這起案子最感興趣非我莫屬。案發之際，我隸屬東京上野署，與池袋發生的那起案子沒直接關聯，卻耳聞不少消息，我頗感興趣……當時我三十二歲，與凶手同年，雖然不玩賽馬，但沉迷於賭自行車，扛了一屁股債，以公務員的常識根本無法想像，還遭妻子逼迫離婚。

當時警方嘲笑凶手的失算——沒仔細確認殺害的對象是否斷氣，我是其中之一，卻無法打心底譏笑。那個愚昧的凶手，總覺得與我有些相似。

兩年後，我和妻子離婚，調到故鄉長岡附近小鎮的警署，並戒除賭博。雖然不起眼，仍懷著驕傲努力做好份內職務。我賣掉父親遺留的房子，還清欠債，不久就跟當地的女人再婚。

如今我住在小小的租屋，過著還算幸福的日子，但偶爾會懷念往日。憶起東京、那樁案件，及彷彿投入沒有勝算的賽局的自行車輪胎，毫無意義地焦急空轉的自己……

不過，聽著山根轉接的大島成樹電話，我根本沒空懷念東京和那椿案子。

「女人進去那家『燈籠』快一小時了吧？」

我確認這一點，向大島道謝，拜託他有什麼事就聯絡我，告知手機號碼後掛斷電話。這回我看了手表。

晚上七點三十九分。

查出「燈籠」的電話，我當場撥打。「燈籠」是我常去的小吃店，老闆瀧口夫婦跟我很熟。

「那位女客二十分鐘前就離開……會不會是去你們那裡？」

接電話的老闆應道。

「我們這裡？」

「警署啊。結帳的時候她問我警署在哪裡，我便告訴她。你是從署裡打來的吧？……啊，等一下，我老婆有話……」

通話暫停片刻。

「她離開後，好像走到玩具店。」

「玩具店？」

「對。也不算玩具店，就是做孩童生意的雜貨店……我們這一排的店鋪中，不是有那種店嗎？」

那名女客離開五分鐘後，瀧口的妻子注意到她忘了東西，連忙追到車站，但沒找著，只好放棄折返，卻發現女人在附近逛雜貨店，恰巧走出來。女人收下遺忘的東西，詢問馬路斜對面的居酒屋開到幾點。「十點半左右。」瀧口的妻子回答，女人便說：「那還能坐一會。」終於下起雨，瀧口的妻子撐傘送女人到居酒屋門口。

「哎呀，抱歉。我老婆回來，只說東西已歸還……她應該還在『田舍屋』。那位客人哪裡不對勁嗎？」

我曖昧地敷衍過去，問：

「她忘記拿什麼？」

「手表，放在桌角……」

「哦？」我向他請教雜貨店的電話，剛要掛斷，忽然有些在意，又問：

「她怎會解下手表？」

得到的回答出乎意料：

「不是從手上，而是從腳上解下。原本戴在右腳踝，是一只金表，似乎是男表。」

女人在吧台旁的桌位坐下，點來的咖哩飯僅僅吃了一半，說著「很美味，可是我沒食欲」，交疊雙腳，茫然地陷入沉思。化濃妝的臉反倒顯老，但露出風衣衣襬的大腿和腳踝曲線依然富有彈性。不過，老闆注意到的不是那雙美腿。

「她察覺我的視線，才從腳踝解下手表，並解釋『我太瘦，戴在手腕容易滑落』。我覺得她是自然地交疊雙腿，但我老婆冷冷分析：『那蹺腿的舉動，是意識到你和其他男客的目光。』還補充：『她深知自己的腳具有商品價值』、『嘴唇也充滿饑渴，彷彿全身都是吸盤，想把男人吸過去』，語氣酸到家……」

若說「燈籠」的老闆夫婦是接觸女人的第三個證人，下一個證人便是從「燈籠」往車站的第三家雜貨店老婆婆協田富佐（七十二歲）。

「那個女人確實剛剛來過……她買了四百圓的煙火組合包，裝有線香煙火和老鼠煙火（註）……我詢問『要送給小朋友的嗎？』，她笑答『小孩子太麻煩，所以沒生。不過，我

註——線香煙火是在紙撚前端揉入火藥而成的小煙火，火花形狀類似仙女棒。老鼠煙火則是點火之後，在會地面亂竄的小煙火。

永遠是小孩子，看到煙火和玩具就想買，眞傷腦筋。』不，她的穿著和語調沒什麼品味，但給人感覺並不差，滿討喜的。她還說『幾年後我會再來，奶奶要一直健健康康』。」

第五名證人「田舍屋」的老闆鬼頭泉太郎表示，當麻料短門簾掀開，女人探進頭的時候，他就覺得對方有些來歷。

不過，老闆對女人也沒壞印象。她一身疲憊癱坐在吧台最深處的座位，聲明「我沒什麼錢，便宜的酒就好」，點冷酒和當地名產的燉車麩，一張臉笑得皺巴巴稱讚「眞美味」。看著那副讓人忘記濃妝的純樸笑容，老闆不禁心生好感。

四年前，六十二歲的老闆失去伴侶，在大學剛畢業的兒子幫忙下，勉強撐持著這家店。約十坪的小店總是高朋滿座，兩人幾乎忙不過來。不過，今晚的雨驅逐了客人，除卻女人，僅有兩組客人。冷清的店內，益發激烈的雨聲和電視棒球賽的轉播空虛迴盪著。

「您像是旅客……今晚住在哪裡？」

老闆覺得帶著行李箱的女人十分不可思議，開口問道。

「河川另一頭的『雙葉』。我和朋友相約在旅館碰面，分別從東京出發，但他還沒到旅館，所以我在打發時間。」

「怎麼不在旅館裡等？旅館也有吃的啊。」

「我不曉得他是不是眞的會來。如果他沒來，只剩我一個，我就不住旅館，直接搭末班車回去。」

女人借了時刻表查時間，很快便笑道「噯，我老花眼」，請老闆兒子夏雄代爲查看六日町站與越後湯澤站的末班車時刻。

「新幹線的末班車是十點二十分啊……」

她低喃著，從提包取出像男表的金表，確定時間後，說：

「借一下電話。」

她取出筆記本查號碼，不久又咂舌問：

「你們知道『雙葉』的電話嗎？」

一樣是夏雄幫忙查，女人站起。電話放在吧台最裡面的角落。女人剛要伸向話筒，彷彿回應那隻手，電話響起。

老闆望向時鐘，以眼角餘光偷覷兒子的表情，接起電話。妻子逝世後，老闆瞞著兒子，跟國道旁的小料理店老闆娘交往。對方今晚會打來。

老闆對著話筒，不斷「嗯」、「嗯」應著，約一分鐘後掛斷，再次瞥向時鐘。

八點三分。

女人拿起話筒，似乎要打去「雙葉」。

「西田先生還沒到嗎？……這樣啊……都沒聯絡嗎？」

對方的回應應該是肯定的，女人失望地低喃「這樣啊……」時，入口玻璃門打開，常客進來。

老闆招呼「歡迎光臨」，女人回望一眼，沒興趣似地轉回來，繼續講電話。

「雨愈來愈大了。」

客人在吧台中央坐下，以夏雄遞上的熱毛巾擦拭濡濕的頭髮和穿白襯衫的身體。

「要點什麼？」

老闆緊張得話聲有些僵。客人使眼色暗示「再自然一點」，說「今天不喝酒，我開車來的。隨便上點吃的吧」。

這名客人就是我。堀內行浩，四十七歲。聯絡雜貨店後，我又打兩通電話，開車到店裡。正確地說，由於分秒必爭，我邊開車邊打那兩通電話。給「田舍屋」老闆的電話，是抵達居酒屋停車場才打的。我要求老闆只用「嗯」回應，吩咐「警方要調查在你們店裡的女人，就算我進去，也不要戳破我的身分」。晚上八點五分，瞥向手表確定時間，我掀開門簾，打開玻璃門，在女人面前登場，成爲這天夜裡第六個——也是最重要的證人。

不，雖然踏進店裡的是我，或許該形容是女人在我面前登場較適切。

我不著痕跡地觀察打電話的女人，強烈感覺她似曾相識。

比起容貌，更熟悉的是她講電話的聲音，憂愁地倚牆、彷彿站著就疲累不堪的肩膀，還有……

「不好意思，西田先生抵達後，能不能請他打到『田舍屋』？對，從河川往車站方向過來的居酒屋……說我在這裡喝酒。名字？告訴他是女人，他就知道了。」

女人掛斷電話，坐回椅子對上我的目光，隨即以一種習於應付男人的態度，反射性地露出討好的笑。

其中有什麼勾起我的記憶。我客套地笑著回應，盯準女人的五官問：

「咦，我們是不是在哪裡見過……？」

其實是故弄玄虛。

「呃，在東京池袋……對，記得店名是『黛安』……我去過五、六次。呃……不好意思，我忘了妳叫什麼。反正都是那個……花名嗎？不是眞名吧。」

慌亂之餘，我下定決心演出這樣一齣戲。沒時間像問案那樣迂迴套話。

然而，女人收起微笑，冷冷回一句「你認錯人了」，便撇開臉。

或許不該劈頭就提起「池袋」、「黛安」這幾個關鍵字。若是模糊一點，說「以前在東京……」，對方搞不好會主動提供細節……

可是，此刻沒空悠哉地後悔。

「不過，妳是從上面下來的吧？」我追問。

「上面下來的？」

「我們都這麼稱呼東京來的人，看打扮就明白。」

「那下面上去的人是怎樣的打扮？好過分的稱呼啊。以前我也是下面的人，我是北上出身。」她笑道。

「妳是東京哪裡來的？」

「目前住在千葉。我待過東京的店，但跟池袋完全反方向……只要化濃妝，每一個小姐看起來都差不多，你認錯人了。」

不知不覺間，我們聊開。接下來，我和她交談將近一小時。然而，除了從大島那裡聽到的事，我依舊一無所知。

雖然提到要與男人在「雙葉」會合，但並不是女人親口說的。老闆察覺我的不耐，出聲救援：「想泡人家也沒用，人家今晚就要跟老相好在『雙葉』碰面。」

相反地，女人想探聽我的事。名字和年齡之外，我全撒謊。有個小學同學在長岡的食品工廠當行政人員，我借用他的經歷和生活境況，其間若無其事地向女人提問，但女人更若無其事地避開。比方，我問她名字，她便回答：

「由香里。」

「那是店裡用的花名吧？這裡不是那種店，告訴我眞名也好嘛。」

「……才不好，知道我眞正臉孔和名字的，一個人就足夠。」

「那是指要在『雙葉』碰面的男人？」

「不。跟今晚要見的完全是不同人……是只有一晚、沒什麼值得一提的關係……甚至不能算是關係。」

「怎麼，原來妳在等的不是『老相好』？」

「對，根本不是，所以也不是在等。如果他不來就算了。不管這些，你剛剛說有老婆和女兒，怎會在外頭吃飯？」

就像這樣，反倒是我被迫回答問題。「岳父身體狀況不佳，我老婆帶女兒回娘家探望。」我連忙回答，甚至無暇顧及要不著痕跡地試探。

約一小時後，趁著新來的客人說「雨停了」之際，女人站起。她望著電話，低喃：

「果然沒打來。」

然後，她結了帳。

「妳要去車站，還是旅館？不如我開車送妳？」

「我不曉得要去哪裡……到外頭再想好了。」

女人婉拒，關上玻璃門。沒能順利關上的屋門空虛地傾軋著，刺耳的聲響好似證明平白浪費這一個小時。我有些焦急，完全問不出女人的底細教人不耐，而且和女人聊著，似曾相識感益發強烈。但愈試圖想起，記憶愈沉入泥沼，讓我頗爲煩躁。

勉強要說，這一個小時的收穫，頂多就是女人刻意隱瞞身分。不停探聽我的事，恐怕是不想回答問題。女人的濃妝，及勾引男人的動作和聲音，果然隱藏著與犯罪有關的神祕要素……

儘管著急，我沒立刻追上女人。這一小時有另一個收穫，就是在不明白爲何會對女人有印象的情況下，我和女人之間萌生類似同伴意識的感情。若我沒追上去，女人一定會立刻主動想再見到我……我莫名如此確信。

女人不斷向我提問，想必對身爲男人的我感興趣，我甚至有這樣的自信。大概是我自戀吧。或許就像「燈籠」的老闆娘說的，她是厲害的女人，能讓男人產生這樣的自負……不過，我的自負擁有一個證據。

「那個女人做了什麼嗎？」

老闆小聲問，我答道「現在不方便說」，看一下時間。

女人離開後，經過三分鐘。

再四分鐘就是晚上九點。

我再次瞥向手表確認——不是我的手表，而是女人忘在旁邊菜單底下的金表。我有種強烈的直覺，如同先前的小吃店，女人是故意遺忘這只男表。爲了給我追上去的藉口，或讓自己回來店裡的藉口……

一小時前，我在從警署前往「田舍屋」的車上，打電話給雙葉署和池袋署。

池袋署沒收到任何線報，幾乎放棄追查，但對於出現在六日町的女人頗感興趣。我問「逃亡中的嫌犯石田廣史身邊有沒有那樣的女人？」對方回答：「現在署裡的人員不清楚，不過當時負責案件的栗木庄三刑警應該知道，我立刻試著聯絡，要他打給你。」栗木不在東京，可能沒辦法很快找到人。

九點十二分。

剛要駛出居酒屋的停車場，栗木刑警打手機給我。栗木庄三去年退休，正確來說是前刑警，他是從廣島打來的。

我立刻說出女人的事，問他辦案時有沒有查到這麼一個女人。

「她的後頸下方有沒有像三顆星的痣？」

即將邁入老年的栗木話聲滄桑。

「她在店裡也穿著大衣，領子遮住後頸……」

「這樣啊……」

栗木應一聲，沉默片刻才開口：「是有一個，叫水野治子……」接著，他說明漢字怎麼寫。

水野治子是當時在「黛安」工作的小姐之一，案發一年前和嫌犯交往。案發後，及經過一年後，石田曾打電話給她。第二次的通話警方錄了音，石田告訴她「錢用完了，十萬就好，湊錢寄給我吧」，指定室蘭的郵局為現金袋的收件地址。栗木率領調查員特地飛到北海道，但或許是察覺治子在協助警方，石田沒出現在郵局，也沒再聯絡治子。水野治子性格認眞，不僅持續寄錢資助身障的弟弟，手頭亦不寬裕，由於不願被懷疑是石田的共犯，積極協助警方。

之後，警方接到石田在北九州市的製鐵廠工作的消息，及在下關、名古屋、小郡、德山等地目擊他的消息，但都是密告式的線索，連消息提供者的名字都不清不楚，警方無法發起調查。最新的情報是，一週前有人「在廣島鬧區巷弄的食堂看到石田」。

「所以您在廣島調查？」

「不，這情報不怎麼可靠……我也不是認眞來找人。況且，我已退休。我早就想來安藝（註）的宮島參拜，於是來旅行順便調查……今天時效到期，雖然我已退休，還是向署裡報備一聲。」

栗木造訪過那家食堂，但似乎是假情報，老闆和店員都不曉得這個人。

「除了名古屋，從北九州到德山，約莫每隔三年就會接到情報，最後是在廣島。畢竟廣島是石田的故鄉。」

「換句話說……」

「嗯，也不是不能推測石田隨著時效日接近，慢慢往故鄉移動。」

聽到故鄉，我有些觸動，詢問水野治子是不是北上人。

註—日本古時行政區分的國名，相當於廣島縣西部。

「是在東北沒錯，不過水野治子是三陸人。記得是氣仙沼……啊，你說的女人自稱住在千葉，我去年退休前去找過水野治子，當時她在大宮的店。」

單憑這一點，不能斷定女人不是水野治子。一樣是東北人，同樣住在東京近郊，女人是水野治子的機率反倒更高。

「雙葉旅館怎麼描述姓西田的男人？」

「三天前的晚上接到預約電話。對方帶有腔調，聽不出是不是廣島腔……稍後我會再打去問。」

自稱西田的男子預約雙人房，說同伴可能會先到，還有兩人恐怕都會深夜抵達，不須備餐，但會付餐費。然後，今天傍晚又打來，告知「會很晚才到」。

「如果是石田本人打的電話，他應該不會在六日町現身。這是我剛剛想到的，那女人可能是用來轉移警方注意力……」

「代罪羔羊嗎？」

「是的，我覺得石田在廣島的可能性變大了。大概是發現有人密告，爲了轉移警方的注意力，派女人到那邊的鎭上……警方不會爲那麼不確實的線報行動，所以我自費來調查。身爲逃犯，他想必非常提心吊膽，焦急之下才做出不必要的預防行動。」

「意思是，我和計程車司機都被耍了？……即使要轉移警方的注意力，這樣反倒危險吧？」

「不，逃亡十五年，自由近在眼前……明明伸手可及，卻有人出面阻撓，嫌犯的焦慮非比尋常，往往會幹出自掘墳墓的蠢事……況且，那女人的行動，根本是在故意引人注意……」

在許多人看到的地方長時間注視通緝傳單、把男表戴在腳踝上，雖然拐彎抹角，仍向鎮上的人強調她有男人……

「那女人在哪裡？」

「六日町站的月台，坐在角落長椅。」

我保持通話，開車到車站。我推測那女人很可能前往車站……真的猜對了。不過，女人絕不是要搭車。看穿我會開車追上，她坐在從圓環能望見的月台角落……

「她打算搭車離開嗎？」

「不一定。晚上八點後就沒有站務員，可自由進出月台。」

九點二十五分。

上下行列車都將近三十分鐘後才會抵達。

「你要在這三十分鐘內與那女人接觸嗎？有個方法能確認是不是水野治子。去年在大宮碰面時，我問過她的手機號碼……對了，九點四十五分整，我會打給她。到時請待在那女人旁邊。」

那女人應該沒帶手機，她在田舍屋打的是店裡的電話……原想這麼說，忽然轉念心想「等一下」。比起打手機，用店裡的電話，更能自然地讓店裡的人聽到通話內容……如果當時她想向老闆與在場所有人，強調在等男人……

答應後，我掛斷電話，停在圓環角落，下車爬上樓梯。站務員室還有人，我就是從那個站務員口中，聽到另一個站務員高木安雄提及傍晚月台出現怪女人，才打到高木家。

聽到高木的證詞，我認爲女人是刻意讓鎮上的人對她留下印象。還有，她打算在鎮上做出伴隨重大風險的事，才會遲疑要不要在這裡下車。

然而，最後我仍不清楚女人的眞意。九點四十一分，穿過了無人的驗票口，我發現手中的金表慢五分鐘，便依著驗票口的時鐘重新調校，走下月台樓梯。

坐在長椅上的女人回過頭，視線對準我。距離頗遠，依然看得出女人在微笑。混在口紅顏色和雨聲中，那抹微笑在唇上鮮紅地暈滲開來。

天空又下起雨。我慢慢走近，只見女人蹺著腿，踢掉另一腳的鞋子。像涼鞋的高跟鞋落在裸足下。女人沒移開視線，靈巧地勾起鞋子，如鐘擺般甩著。

「妳忘記帶走手表。」

我遞出手表。

「謝謝，我剛剛才發現。」

女人穿上鞋子，無意義地摩挲著腳踝一帶，然後接過手表，收進提包。

「雖然是歐米茄，不過是幾乎不用錢的假貨，忘了也無所謂……你追上來，就是要還表？」

女人抬起染著眼影的眼皮，仰望杵在原地的我。那雙瞳眸依然帶著微笑。男人追上來的意圖，我輕易就能看穿——無言的微笑這麼說著。那是女人的自以爲是。女人誤會了，我只是站在刑警的立場，想知道她的事。如果她打算與通緝犯在鎮上會合，我有義務逮捕他。不單是通緝犯，若她協助逃亡，便連她一起抓……這是我追上女人的目的，僅僅如此……眞的嗎？在東京的時候也一樣。我在忙碌的工作中抽空去自行車賭場，夜裡則前往有女人們的店尋歡。當時的我負責相關業務，總是推開店門，邊告訴自己一半是爲了工作……就像在自行車的車輪裡追尋夢想，我在女人堆中追尋夢想。就像賭中自行車賭券的機率，夢想著在接二連三來坐檯的五彩繽紛女人裡，抽中一個眞心愛我的女人……我耽溺在這樣的夢境。然後，就像自行車擅自遠離我的夢想，女人也拋下我的美夢，快步離去。一回過神，我已陷入債務的泥沼，幾乎淹到脖子……所謂淹到脖子，是指差點遭懲戒免職。所以，對於當時發生的搶案嫌犯石田廣史，我儘管輕蔑，卻禁不住同情。總覺得若非酗酒的我吐血昏倒，不出一個月，便會踏上與石田相同的命運……

在充斥雨聲與夜色的月台上，我回望女人微笑的眼睛，掠過腦海的不是石田的臉，而是當時女人們的臉。女人們的臉在我的腦海四散，彷彿落空的賭券在自行車賭場天空飛舞。我強烈感到似曾相識，她在那些女人中嗎？可是，我不記得去過池袋。或者，經過十五年之久，我忘記罷了？

沒錯，十五年。再兩小時十七分，十五年就過去了……不，再兩小時十六分。

「妳要回東京──不，千葉嗎？」

我在女人旁邊坐下問。

「不曉得……我沒買票，連要去哪個地方、哪邊才是前往東京的方向都不清楚。」

「我也不清楚，這個車站有兩條路線。」

這個時刻，上越線和北北線的月台都沒有人影，唯獨雨不停下著。我注視女人的側臉，心想她擁有兩張臉。我的體內也有兩條路線經過：身爲警官，守護小家庭和平的人生；耽溺女人和賭博，危險卻充滿夜晚燦光般絢麗快意的人生。我並未將自甘墮落的日子完全拋棄在十五年前的東京，僅僅是在忍耐。十五年後，那段宛如犯罪般的日子過了時效，我的人生又渴望起罪惡。女人逼近我肩膀數公分之處，我莫名想擁抱她。自推開「田舍屋」玻璃門的瞬間，我就滿腦子只想擁抱她……

「你開車來嗎？我想去一個地方，能不能載我去？」

女人提出要求時，身體傳來細微的金屬聲。正確地說，是從女人肩上的皮包傳來的。回過神，我望向月台時鐘，長針移動到九點四十五分。鈴聲中斷，女人若無其事地打開皮包，掏出手機，切斷電源，又放回皮包。

女人一副毫不關心是誰打來的樣子，繼續交談。

「載我去水庫好嗎？還是不行？」

「不，可以。只是，大半夜要去水庫？」

「就是晚上才想去。」

我當然說好，和女人離開車站。襯衫胸前口袋傳來手機震動聲，是栗木前刑警……走向停車場的車子時，我和靠在計程車上抽菸的高個子年輕司機四目相接。看到女人，司機微微點頭，像在打招呼，接著偷覷我。反射性地別開臉，我猜想他就是大島……大島不認得我，但發現我是刑警，向我搭話可不妙。我讓女人坐上副駕駛座，丟出一句「我去洗手間，等我一下」，跑回車站。

高個子司機果然是大島。我跑進廁所時，手機響起，大島告訴我：

「剛剛那女人和男人走出車站，似乎要開車前往哪裡。男人別開臉，光線又暗，我看不清楚，但應該就是石田。」

我苦笑，告知那是我。大島困惑地道歉，繼續問：

「你們要去水庫嗎？」

這次換我感到迷惑。

「你怎麼知道？」

「呃……方才我沒機會說，其實我偷偷打開女人要交給『雙葉』的便條……」

大島看過內容。

「不能確定幾點，但今晚我會去水庫，在那裡會合吧。」

上面寫著類似的內容。女人表示要去水庫時，我已想到男人可能等在那裡，並不驚訝。信上以片假名署名HARUKO（治子）。

女人就是水野治子沒錯。

我道謝後，掛斷電話。猶豫片刻，我打給栗木前刑警。

「五分鐘前，我打到水野治子的手機。怎麼樣？有沒有響？」

我最後再猶豫一次，但只有短短一秒。

「不，我沒聽到鈴聲，也沒看到手機。」

「這樣啊……可能只是轉成靜音。你能找機會偷偷檢查她的皮包嗎？提到三顆星的痣時我忘了說，水野治子從後頸到身體前面——乳房一帶，應該有點狀燙傷疤痕，就像銀河一樣。」

來自廣島的聲音這麼說。這段期間，電車到站，下車乘客的腳步聲響遍月台。兩個男人走進廁所，我背過身子，移步到牆角。前刑警接著道：

「她和石田的關係，不是一般的肉體關係。我聽她的同事提過……不知爲何一直忘不掉。水野治子在店裡換衣服時，曾指著那些傷疤說『男人把我剝光，當成線香煙火玩』……語氣十分驕傲。」

隨著上坡路愈來愈陡，雨勢間歇。車子離開市區，在激烈的雨中已行駛三十分鐘。

晚上十點三十二分。

確認車內時鐘的夜光指針表示的時間後，我再次——決定是最後一次問副駕駛座的女人：「爲什麼要去水庫？」

「馬上就知道了。」

女人說出三十分鐘內不斷重複的話，打開車窗，俯下頭，像在探看黑暗深淵。若是白天，應該看得見水庫的人造湖。

「妳跟男人來過嗎？今晚要在『雙葉』會合的男人……」

我進一步追問。

「不是的。說是回憶，也……」

她咕噥著曖昧的神祕內容，接著道：

「那時候還在施工。」

確實，水庫完工不到十年。連是不是十六年前正式施工，我都不清楚。

不過，有一點我頗介意。她剛才的話，聽起來就像「我在水庫施工期間也來過一次」。

「施工中妳來過嗎？」

我來不及詢問，女人開口：

「在這裡停車。」

車子開至人造湖上的水泥橋中央。一停下，女人從放在後車座的行李中拿出煙火袋，取出皮包裡的火柴，走近橋的護欄。我已猜到女人這麼做的理由。不出所料，女人點燃煙火……橋上雖有路燈，仍敵不過黑暗。我只能看出女人在摸索著，無法瞧清她的手。疑似線香煙火的火花迸散，她在放煙火。

女人接連點燃線香煙火，擲入湖中。雖然知道女人在做什麼，卻不知道動機。爲何要在這樣的深山，幼稚地放煙火……？比起這些，我更介意女人副駕駛座的皮包內容物。

女人無疑就是水野治子。那麼，石田可能聯絡女人的手機。不論女人在山間小鎮遊蕩有何目的，或石田在日本的哪裡，只要調查女人的手機，就能爲毫無意義地歹戲拖棚十五年的案子畫下句點。如果石田是用室內電話或公共電話，仍來得及逮捕他……晚上十點五十分，還有一小時十分。

擋風玻璃上，雨水化成無數光滴迸碎，彷彿是烏雲遮蔽的星空俄頃稍微露臉。隔著那面玻璃監視女人，我的手滑進她的皮包。山間的夜晚，無盡的寂靜蔓延。除了我的悸動，一點蟲鳴聲都聽不見。在黑暗中摸索，無法順利觸及手機，卻弄掉皮包，我急忙打開車內燈撿起。幸運的是，從皮包掉出的是金表。原要立刻塞回皮包，我不禁停下手。

晚上十點四十五分。不，四十六分……

比車內鐘慢五分鐘。

經過車站驗票口時，我應該已調回來。若車內鐘和車站時鐘一樣正確，只有一種可能。

我在車站廁所打電話的時候，副駕駛座的女人又將手表調慢五分鐘……爲什麼？

女人把剩下的煙火使勁扔向遠方，接著回過頭。我急忙把手表塞進皮包。

「爲何要放煙火？」

重新坐上副駕駛座的女人沒應聲，僅僅吩咐：

「回去街上，我要到『雙葉』。」

我迴轉車子，駛向鎮上。「居酒屋有別人，我才撒謊說你認錯人。其實我曾在池袋的『黛安』工作，用治子這個本名待過一陣子。」女人很快解釋，又面向駕駛座。

黑暗中，她的眼中透著微笑。還有一小時七分……

當然，女人不可能記得我。因爲我自稱是「黛安」的常客是謊言，只是想向女人套話。

「原來妳記得我？」

「嗯。」

「騙人的吧？」

「騙你幹嘛？你才根本忘了我吧？說你認錯人，你馬上相信。堀內先生，我對你印象深刻……每次我為了男人的事缺錢，你都會幫我。」

她的語氣明確，不像撒謊。

「今晚能再幫幫我嗎？一起在『雙葉』過夜吧。」

眞是頑強的女人。把根本不記得的我，說得像難以忘懷的舊愛，再用甜言蜜語誘惑，想釣我一晚……看來有些過頭。當時與石田一樣缺錢的我，不可能有錢援助別人。

不，眞的嗎？我忽然失去自信。四處欠酒店錢，終於在上野混不下去，我曾跑到新宿和池袋花天酒地……隱約有這樣的記憶……或許我眞的去過「黛安」。然後，明明缺錢，卻在女人央求下勉強借錢，深陷債務泥沼……那時我利用警官的權勢和一點小錢，拐上床的女人不計其數。那些女人的臉和名字早就忘得一乾二淨……

「過夜可以，但我身上的錢只夠付住宿費。」

「沒關係，不要錢。我只是不想獨自在旅館過夜。」

「萬一妳男人來了怎麼辦？」

「他絕對不會出現。」

她的口吻斬釘截鐵，我望著副駕駛座。對向車的車燈舔過女人側臉，瞬間照亮貼在上面的表情。稱爲微笑未免太陰暗、冷淡且寂寞。那一刻，我忽然想起一個女人。

我認識的不全是酒店小姐。透過警察工作，我遇見更多的女人。

那女人是其中之一。她到警署報案，要求尋找某天人間蒸發的丈夫。她是說話正常、外表也很正常的主婦，只是看起來疲憊不堪，動作遲鈍，身體彷彿不存在，如同空殼……我僅有如此模糊的印象。半年過後，那模糊的第六感命中，那女人家裡的地板下，挖出化成白骨的丈夫屍首，她遭到逮捕。

水野治子很像那女人。具體的長相和身材不一樣，這個女人更熱情，也有親切的地方，但她一樣有種空殼的印象。包括細微的眼神、動作、蹺腿的姿勢、靠在牆上和椅子的姿態……

水野治子以手機聯絡「雙葉」。

「我是西田的旅伴，雖然很晚了，但我們馬上過去……對，午夜前會抵達。」

仔細想想，水野治子的聲調與殺夫的女人一模一樣，所以我才會覺得眼前的女人似曾相識。我總算記起一個女人。以此爲契機，我萌生一種想像……深夜十一點二十一分，不知何時下起的雨，接近午夜益發猛烈，如洪水般侵襲擋風玻璃。理應聽不見的秒針聲響刻畫在耳膜，我混亂的腦袋思考著石田是否仍在人世？眼前的女人說「水庫還在施工」的「那時候」，是不是指石田死掉的時候？……石田死掉的那時候……石田被殺的那時候……殺死石田的那時候。剛剛的煙火，是不是在憑弔沉眠人造湖底下的男人？

除了不爲人知地憑弔，殺害石田的凶手有一件非做不可的事，就是僞裝石田尚在世上……而且是藉著警力絕對無法靠近石田的方法……直到時效過去。凶手有個身障的弟弟，如果她要弟弟聯絡西日本各地的警方，通報目擊石田的消息，並以西田的名義打電話向雙葉旅館預約……

十一點三十一分，剩下二十九分鐘。可是，假使石田早就死了，今天便毫無意義。石田死去的日子，恐怕是在十五年前的今天之後。凶手想讓今天具有特殊的意義，是希望讓人以爲石田仍活著……於是拉鎮上好幾個人擔任證人、目擊者。車子進入市區，我故意繞遠路，因此會經過車站附近。雨幕彼端，可看見車站。車站亮著燈。接近午夜零時，會有來自長岡的末班電車……還有二十分鐘。

在越過魚野川前的轉角停下約一分鐘，右彎就是警署。剩下十五分鐘。石田已死純粹是我的想像，倘若他還活著，或許來得及。把女人拖到警署，逼她說出石田的所在……即使無法逮捕石田，我也能盡到身爲警官的職責。但那麼一來，我就無法親手擁抱女人。而如果我得到這女人的軀體，或許將親手葬送一樁案件，甚至賠上一輩子……

「怎麼？」

「不，沒事。」

過橋後，與其說是我在開車，更像搭上通往零時的時間洪流輸送帶，被運往旅館玄關。下車之際，女人一腳抬上車座，解下戴在腳踝的金表。

「送你。雖然是假的，戴上後旅館的人也許會以為你是有錢人。」

我板起臉孔，「妳什麼時候戴到腳上的？」

「你去車站洗手間的時候。」

為何這麼問？女人以眼神探究，我搖搖頭。那手表的時刻與車上時鐘一樣，十一點五十三分。那麼，剛剛皮包裡慢五分鐘的手表是什麼？

女人把行李交給走出玄關迎接、打扮像掌櫃的男子。我將車子開到庭院角落的停車場，花一分鐘思考。相同的兩只假金表，都慢五分鐘……會不會一只是石田的？明天出發前，女人打算將石田戴過，並留下指紋的手表，故意遺落在旅館？

最重要的證人不是我，而是這家旅館的老闆和員工。萬一警方找上門，他們想必會這麼作證：

「是的，他們接近午夜的時候過來。男的遮遮掩掩，很快進房。離開的時候也一樣……對，他們忘記帶走的金表，我看到男人戴在手上。這樣啊，金表上有通緝犯的指紋……意思是，那個人是重案嫌犯？但即使查到在他投宿當晚，案件過了時效，我們也無可奈何。」

然後，石田仍在人世的事實，就會根植在警方腦中，警方再也無計可施。

眼前的女人相中我擔任逃亡的通緝犯，而非證人。為了尋找適合這個角色的男人，她才會在鎮上游蕩吧。果真如此，她的計畫差點失敗。根據她的計畫，明天應該會有人打電話到六日町警署，通報「昨天在鎮上目擊通緝犯石田廣史」。接著，從站務員到旅館員工等證人，會直接或間接作證石田活著。豈料，對女人的演技過度反應的計程車司機聯絡警方，她不曉得出現在面前的男人是警官，挑選他飾演石田廣史。

不過，即使為男人吃過許多苦的水野治子，沒能看穿我是警察，似乎仍識破我是對女人沒節操的花花公子。我正準備拋棄警官身分，把即將揭發的罪行葬送在黑暗中……

下車跑向旅館玄關的途中，胸前口袋的手機響起。一定是栗木前刑警打來的，現在還來得及。只要接了這通電話，便來得及。

我切斷手機電源，踏進玄關。避人耳目般別開臉，我跟著登記完畢的女人，在職員帶領下進入二樓房間。雨聲封閉深夜的旅館，四周悄然無聲，彷彿沒半個客人。狹窄的房間鋪好兩床被子。除卻被褥下流的色彩，這是別無意義的單調房間。

職員一離開，女人立刻問：「現在幾點？」

「十一點五十七分。」

「那麼，午夜零時已過。我故意將手表調慢五分鐘。」

女人微微鬆口氣般輕嘆，從冰箱取出啤酒，把杯子擺上推到角落的矮几。女人沒發現我又把金表調回正常，所以還有三分鐘……

我站著喝光啤酒，問：「妳眞的跟男人約在這裡會合嗎？」

「那男的不就在這裡嗎？」

穿著大衣坐到被子上的女人仰望我。女人的指尖瞄準我的胸口，雨聲變得激烈，秒針的聲響忽然變得刺耳。依稀聽見煙火滋滋燃燒……及電車出發鈴聲，十一點五十八分的末班車駛出，車站的燈熄滅了吧。還有兩分鐘……不，一分鐘。我關燈投身黑暗深淵，朝女人伸手。不知爲何，我覺得孤伶伶坐在熄燈的車站裡。無人月台的黑暗裡。

蘭花枯萎之前

這次的案件裡，乾有希子是在五月第二週的星期日，第一次聽到「殺」這個字眼。

差不多是案發前一個月的事。

恰恰是母親節，也是有希子生日的那一天，下午她約國二的女兒：「晚飯要不要去車站前吃？」可能是進入叛逆期，近一、兩年女兒都避著母親，去年母親的生日也毫無表示。有希子以爲會遭到拒絕，沒想到女兒意外順從地點頭，還說：

「晚點給妳一個大驚喜。」

丈夫孝雄上午有工作，早就出門。即使在家，他也不會對妻子的生日表示關心，只會躺著繼續看電視，頭都不回地應一聲「我不去」吧……

坐落在離吉祥寺搭公車二十分鐘的住宅區，約二十坪的這幢屋子，是有希子出生兩年前父母買下的，巧的是，屋齡和大有希子兩歲的丈夫一樣。父母逝世後，原本住在同一屋簷下的兄嫂因工作調動搬去名古屋，屋子變成有希子一個人的。十六年前，有希子結婚，與孝雄一起從江東區的公寓搬過來。孝雄在一家雖然不大，但還算有名的報社擔任社會版記者，在公司忙得團團轉，在家中卻判若兩人。對於結婚住進這個家的丈夫，有希子至今仍覺得他像食客。然而，有時她又覺得與處處破損、只等著毀壞的屋子一模一樣的丈夫，在此棲息得更久。

丈夫不僅僅是懶，且相當囉唆。這一點也和每踏出一步，就發出令人煩躁的傾軋噪音的住家極爲相似。一個月後有希子引發的案件，若要追根究柢，就是丈夫的這種個性使然。不過，生日的這一天，有希子與女兒一起搭上公車之際，她尚未產生明確的決心。

傷腦筋的是，女兒麻美不單是長相，連個性都跟父親如出一轍。出門之際難得開開心心，一上公車，不曉得是不是嫌出門麻煩，她彷彿十分倦怠，面無表情。

車站高架橋逼近前方的時候，麻美喃喃低語：

「爸今天眞的是去工作嗎？」

「什麼意思？」

即使有希子反問，麻美也別開臉無視，像不曾吭聲。公車上頗擁擠，母女並肩抓著吊環，但麻美只默默將不知不覺高過母親的肩膀，撞上母親的肩膀。到站準備下車前，麻美湊近母親耳畔：

「女人……」

短短一瞬間，麻美純粹呼吸般把話吹進母親耳裡，旋即轉身搶先下車。

直到在吉祥寺的百貨公司買了一些東西，兩人在井之頭公園後面的磚瓦咖啡廳安坐後，才繼續這個話題。

「嚇我一跳，媽怎麼知道這麼時髦的店？」

不同於嘴上說的，麻美無動於衷地打量店內。有希子雖然想立刻詢問剛剛那句話的意思，仍答道：「上星期教室的朋友帶我來的。」

「教室？花藝教室嗎？」

「嗯。」

正確地說，是使用布質緞帶和膠帶製作仿眞人造花的教室，與使用鮮花的花藝不一樣，但有希子敷衍地點點頭。

「妳說的朋友，是去年幫妳慶生的朋友？」

「是啊……幹嘛那副怪表情？那天眞的是上同一個教室的女性朋友請吃飯，才會晚回家。」

「是喔……」麻美子傲慢地應聲，「原來是眞的。我和爸都忘記媽的生日，我一直以爲媽是獨自在街上閒晃，故意編謊話諷刺我們。」

「我爲何要撒那種謊？」

女性朋友的事是眞的，但有希子不想女兒繼續追問，於是露出苦笑，順帶一提般輕描淡寫道：「在公車上說的，是指妳爸外遇嗎？」

麻美沒立刻回答，嘴巴蠕動著，像在咀嚼回答。接著，她點點頭，一口氣說：「黃金週連假，我和朋友到新宿看電影。我在百貨公司的精品賣場，看到爸和一個漂亮女人在一起。我怕被發現，立刻背過身，只瞄到一眼，可是，那絕對是在買昂貴的禮物給女人。」

有希子頓時不知所措，無法回話。麻美露出離家之際的愉快笑容，補上一句：

「這就是我送給媽的大驚喜。」

「爲什麼？這樣殘忍的消息，怎會是驚喜？」

「是嗎？從我小時候，媽不就一直想趕走爸？怎麼說……這不是給媽一個離婚的絕佳理由？」

「……」

「還是離婚沒那麼容易……」麻美唇角殘留淡淡笑意，「媽想殺了爸？」

有希子反射性否認「怎麼可能」，急著尋找下一句話。不料，麻美搶先開口：「我提到『女人』後，媽的表情就好可怕。」

有希子想笑又笑不徹底，半吊子的微笑凍在臉上。麻美略略掀開眼皮，彷彿在悄悄窺看般注視母親。那眼神與父親像同一個模子印出來。

「當然，女兒只是在開玩笑。明知如此，那句話卻像銳利的凶器，狠狠戳進我的胸口。」

之後，乾有希子在警署窄小的房裡解釋。

「幾天前，我剛和那個女性朋友在同一家咖啡廳的同一個座位，討論要殺害彼此的丈夫。那叫交換殺人嗎？我殺掉她的丈夫，她殺掉我的丈夫……從去年秋末，我們經常聊起這件事，約莫已有半年。不過，半年之間，她一次都沒用過『殺』或『殺害』之類的字眼，我也儘量避免，算是一種默契吧。不直接說出口，成爲我們的規則……只要不使用那種字眼，我們談及的內容，就是跟連續劇或小說沒兩樣的幻想情節、不會實現的痴人說夢，僅僅是兩個對丈夫強烈不滿的女人發洩鬱悶鬧著玩……我覺得能這樣自我欺騙。不曉得她的理由，至少我是尙未下定決心。生日那時候，計畫已頗爲具體，而且我應該懷有能稱爲殺意的感情。但既然一次都沒說出關鍵字，那股殺意也被一層不透明塑膠般的膜保護著，顯得曖昧不明……不料，女兒的一句玩笑話，狠狠戳破保護膜，殺意迸流、橫溢，變成無法掩飾的明確形體……不是誇大其詞，我是眞的這麼感覺。簡單地說，僵硬微笑著回望女兒的瞬間，我第一次在內心明確地呢喃：『殺了他吧。』」

事情要回溯到正好一年前，去年的生日。

從前年春天起，有希子每週會去吉祥寺附近的人造花教室上兩次課。那天跟平常一樣，上完兩小時的課，下午三點離開教室。若是平常，她會到百貨公司地下食品賣場買東西，再搭公車，這天她卻走向井之頭公園。

她早習慣回家獨自吃晚飯，但生日當天也這樣，總覺得有些寂寞。

話雖如此，一個人在公園閒晃，依然不可能排遣寂寞。

她漫無目的地在公園走著，反倒是迷失道路、找不到出口般的不安滲入胸口。有希子在池畔的長椅坐下，不禁嘆氣。池面倒映出烏黑的暗雲，看起來一片混濁。明明才五月，樹葉卻茂密得煩人，與清爽完全沾不上邊，像綠泥般悶重地沉澱在池底……不過，仍隱約感受得到微風。

「在等人嗎？」

隨著帶濕氣的暖風，一道話聲鑽進有希子耳裡。

回頭一看，出現一個陌生女人。

不，看到女人圓臉的瞬間，有希子並非毫無印象，卻想不起在哪裡見過，只好隨著女人微微低頭，半吊子地頷首。

「是乾女士吧？小學的時候我們同班……不記得我嗎？」

女人淺坐在長椅邊緣，彷彿在享受有希子的困惑，瞇眼露出微笑。女人雙頰豐滿，面色紅潤。看起來十分柔軟的臉頰上，深埋著幾乎要消失的眼睛。

「我是木村多江，武藏野南小學正門前不是有家文具行？我是那裡的女兒……不過現在姓石田。」

女人提到有希子就讀的小學名稱。有希子想起文具行，還有他們的女兒是同班同學的事，卻怎麼也無法明確憶起那張臉。那應該是個纖瘦陰沉的女孩，雖然同班，卻沒說過話……

「我以前樸素不起眼，又瘦得像不同人……即使想不起三十年前的事，三十分鐘前的事總記得吧？從上個月起，我就和妳上同一個人造花教室。」

有希子又不禁困惑。在教室裡，她一向忙著跟布料與顏料格鬥，除了老師以外，沒什麼空和別人聊天。尤其是四月以後的新生，她幾乎沒任何印象。

「不過，我這個新生不太認眞，今天才來上第三次課。」

女人再度微笑，像要吸走有希子眼中剩餘的狐疑。

「我們之間沒有回憶，想不起是當然的。況且，我們小時候幾乎不曾交談……但難得重逢，以後一起打造回憶就行。」

女人要求握手。

有希子輕輕一握，仍有些僵硬地問：

「為何在教室的時候不跟我相認？」

對無法明確憶起的女人，她存有戒心。

然而，那也是最後的戒心。

女人似乎看透有希子的想法，解釋：「我不是特地尾隨妳過來。其實我一下就認出妳，卻找不到機會開口……今天我正要回家，偶然看到妳。這是必經之路。喏，我住在那邊的公寓。」

她隔著有希子的肩膀指著上方。

回頭一看，樹林另一頭是高台，樹梢如波浪成片起伏中，五層白牆公寓像小城堡般聳立。綠葉呑沒女人住的一樓，瞧不見窗戶。

「冬天從窗戶看得到這邊的長椅和池塘……要不要來坐一下？我找找有沒有以前的相簿。看到照片，或許妳就會憶起。」

女人說完，突然想起般問：「啊，抱歉，妳在等人嗎？我眞是的，沒等妳回答，就自顧自講個沒完……」

「不。」

有希子原要否定，又改變心意，應道：

「對。」

「那下次有機會再……」

女人就要站起，有希子伸手制止。

「沒關係，因爲我也不曉得自己在等誰。」

「……」

女人以沉默的眼神，詢問有希子這番啞謎般的話的意思。

「尚未邂逅的人。我只是覺得，或許我在等人來搭訕。……如果硬要說，我在等的就是妳。」

有希子半帶戲謔地在眼中注入笑意，不料，女人驚訝地瞪大眼道：

「那我也是在等誰嘍？剛剛看到妳的背影，總覺得跟我的背影很像。」

女人說「背影相像」，但怎會知道自己的背影是什麼樣子？

女人的笑容吸走有希子臉上浮現的問號。

傍晚逼近，陽光驀然想起似地露臉，拭去水面的陰霾。池子一部分像玻璃般閃爍，女人的笑容有種特質，將一整天沁入有希子內心和臉上的陰霾一掃而空。

不，不僅僅是今天。最近有希子跟丈夫和女兒都處不好，除此之外，又沒有別的生活和人生，疲勞和虛脫讓她的身心籠上一層灰色。爲了改變生活，她報名人造花教室，但製作人造花愈有趣，愈突顯現實生活的無趣與灰暗。話說回來，人造花也沒那麼大的能耐，能將有希子的人生改造得華麗。進入第二年，上課漸漸變成半惰性……

於是，受到石田多江的笑容吸引，有希子前往她住的公寓，注意到時，已將種種不滿全傾吐出來。

絕大部分的不滿是關於丈夫。

「家裡只是睡覺的地方，不，最近甚至連睡覺的地方都不是。一星期回家不到幾天就罷了，卻想把我綁在家裡……我最無法原諒這一點。我想出去工作，他說外人容易誤會是丈夫賺太少……凡事都如此，只知道要面子。明明賺不到幾個錢，在大報社任職的自尊心強得跟什麼似的，家裡稍稍一亂，就擺臭臉抱怨：『萬一別人以爲A報記者的家是這副德行，我的臉要往哪擺？』」

此外，丈夫極爲吝嗇，連有希子想上課，在金錢方面他也大力反對。有希子提出條件，願意幫忙大伯夫婦每週照顧婆婆兩天，才讓丈夫接受。大伯夫婦照顧臥床不起的婆婆好幾年了。

有希子到大伯夫婦位於橫濱的家，照顧由於身體無法動彈，益發碎嘴嘮叨的婆婆一整天，非常辛苦。不過做為回報，能夠從丈夫森嚴上鎖、形同牢籠的家中解放兩天……面對這些埋怨的話語，多江沒有絲毫不耐地聆聽。

「妳沒想過要離婚嗎？」

「最近每天都在想。可是，我們算轟轟烈烈戀愛後結婚，周圍的人都知道，實在拉不下臉……」

認識丈夫時，他是有希子打工的咖啡廳常客。有希子拋棄親密的男友，投入現在的丈夫懷抱——她甚至連這種往事都全盤托出。

「可是，你們結婚十五年了吧？年輕時候的愛情就像一場過錯。跟犯罪一樣，經過十五年，也算時效到期……」

「是啊……可是我們一直擦身而過，感覺就算談離婚，同樣會擦身而過……他一定會拿他們全家來壓我，嫌離婚太難看。不過，他很疼女兒，萬一眞的離婚，女兒會跟著他吧……等於是家庭內離婚，或者該說家庭內分居。三人各過各的，既不清楚彼此的動向，也不關心彼此。」

埋怨完丈夫，有希子順帶提起對女兒的不滿：「她連今天是媽媽的生日都忘得一乾二淨。即使記得，也不想理會吧。」對方居然一起嘆氣：「我們家沒孩子挺寂寞，但有孩子還是傷腦筋。」

「對了，今天妳生日嗎？比我早一個月滿四十歲。」

多江到公寓一樓的西點店買蛋糕，準備簡單的菜餚爲有希子慶祝。

多虧這個早已遺忘的老同學，有希子身心輕鬆不少。原本只想坐個三十分鐘，卻一直到過了八點，她才總算踏出公寓大門。這段期間，並非有希子單方面傾吐對家庭的不滿，多江耐性十足地聆聽。那未免好心過頭，反倒引人起疑。多江也希望有人能訴苦，所以超出必要地盛情款待碰巧再會的同學。

譬如，有希子說：

「要是丈夫外遇，就能拿來當理由離婚，但他對這種事似乎毫無興趣……」

多江便蹙起眉應道：

「我們家的情況完全相反……我甚至覺得，他和我結婚，是爲了享受外遇的刺激。」

踏進屋內的瞬間，有希子不由得羨慕起老同學的生活。多江的丈夫是知名企業家的次男，在父親的公司當幹部，幾乎不必工作，也能領到比一般上班族豐厚的薪水……雖然擁有攝影師頭銜，但多江說那只是他的嗜好。

即使多江沒解釋，從寬敞的空間與時尚的家具，便看得出他們家境優渥。那屋子就像樣品屋或藝廊，牆上掛著丈夫攝影的各國風景和街景，宛如昂貴的名畫。有希子不禁嘆息：原來有錢沒孩子的夫妻，能過著形同電視劇或雜誌的生活。

一想到多江不絕的笑容，原來是受到優渥的生活支持，不僅是羨慕，有希子也忍不住嫉妒。

從偌大的收納櫃深處找到的畢業紀念冊中，年幼的兩人意外相鄰入鏡。

細長的眼角留有一些痕跡，但現在的多江與照片上不起眼的少女判若兩人。以前她個子矮小，躲在被封爲班上第一美少女的有希子背後……有希子則傲慢地挺直背脊，像沐浴著陽光，表情閃閃發亮。漆黑大眼完全沒映入身旁的少女，彷彿她根本不存在世上。

在與多江相反的意義上，有希子如今也判若兩人。有希子從箱簿照片抬起頭，沒必要照鏡子。悠然將紅茶端近唇畔的多江成爲一面鏡子，毫不留情地映出徹底失去三十年前的夢想，變成憔悴黃臉婆的有希子。

「要是將我們的照片放上雜誌，一定很有意思。人生的成功與失敗案例——當然，妳是成功案例。」

聽到有希子的話，多江用力搖頭：

「我也是失敗案例。尤其在婚姻方面，比妳淒慘許多。」

「明明妳丈夫這麼能幹？」

近旁的邊几上擺著多江夫婦去紐約蜜月旅行的合照。男方五官深邃，個子像男模般頎長，卻沒有冷峻的印象，笑紋和厚軟的嘴唇滲透出溫暖。他結實的臂膀擁抱著多江，神情無比幸福。多江大丈夫三歲，卻沒強裝年輕，只見在紐約街角，一名女子自然地迎接花朵盛開的時期。

「那是將近二十年前的照片，而且是幸福時光的最後一張照片。」

「……」

「後來在飯店，他趁我在洗澡，跟還沒分手的日本女人打國際電話。」

當時的女人在回國後分手，旋即冒出新的女人。二十年——正確地說，是十七年的婚姻生活，不斷惡性循環，同時有小三、小四的情形也不稀罕。

「到底有幾個對象？」

「我沒細數過……要是有興趣，妳不妨算算房裡的照片。」

外國和日本的照片各占約一半，每一張都是不同的城市或街角風景。倫敦、香港、里斯本、札幌、京都、金澤……掃視一圈，至少二十張以上。多江表示，一張照片就是與一個女人的回憶。

「一旦搭上新的女人，他就想去不曾涉足的國家或城市。是不是非常可惡的興趣？居然以爲妻子毫無所覺，甚至喜歡把這些照片掛在家裡。」

「爲什麼不離婚？換成是我，早將照片全撕碎丟掉……」

多江笑著打斷有希子的話。

「妳怎麼不說自己？」

不知何時，多江站在窗邊。伴隨著笑聲，她的背影傳來這麼一句。

「跟妳一樣，離婚並不容易，我只是嫌麻煩。況且，不管是怎樣的不幸，人都會習慣。最近就算覺得寂寞，我也不會流淚或生氣，畢竟感情是會逐漸乾涸的。以前這具身體曾是鮮嫩的一束鮮花，但丈夫每勾搭一個女人，就一朵朵變成乾燥花或人造花……如今，我整副身軀都是人造花，還是蒙塵的人造花……」

多江又笑道：「不過，這不是我去學做人造花的理由。」

「人造花種類很多，從別在禮服上的華麗胸花，到攤販賣剩的便宜假花……」

有希子自嘲似地低喃，但多江充耳不聞，唐突地問：

「妳在看我的背影嗎？」

「嗯……怎麼？」

「這就是剛剛坐在長椅上的妳的背影。」

「……」

「即使外表不一樣，人造花就是人造花……我和妳，都是稱呼沒有共度一生價值的男人為『丈夫』，虛擲這輩子的蠢女人。」

多江怎麼看得到自己的背影？有希子不明所以。然而，多江右肩略微頹垮的背影，及透著疲憊的灰色嗓音莫名具有說服力，她默默點頭。

多江穿的夏季白線衫彷彿隨時會滑落右肩，那種不安定的感覺，確實像現在的有希子……

「所以，我也在等著誰。那或許就是妳。」

多江背過身，與其說向往昔的同學有希子傾訴，更像是對著逼近窗玻璃的暮色低喃。

「第一天，她就提起交換殺人的想法。」

有希子在警署還這麼說。

「就是我殺掉她的丈夫石田行廣，她殺掉我的丈夫乾孝雄的計畫。那天晚上她送我回去，在前往車站的途中，先問我能不能私下幫她上人造花課：『妳學了一年，應該有足夠的基礎教我這個門外漢吧。我和老師合不來，現在退出，可拿回付清的半年學費的一半。拿那筆錢來請妳，我們的交往，就不單純是遊玩。妳會當成半份工作吧？』確實如此，但不論有沒有收錢，我都想立刻答應。多江這個新鮮的談話對象登場，我雀躍不已，彷彿回到孩提時代。」

在高架橋附近的十字路口等紅綠燈時，她們談起這件事。沉迷於聊天的有希子一時疏忽，沒注意到信號尚未轉成綠燈就踏出馬路。

瞬間，一輛車子猛然右轉駛來。

「會撞上！」

腦海掠過這句警告。實際上，幾乎要衝破喉嚨的慘叫，遭輪胎尖銳的傾軋聲掩蓋，有希子受到猛烈撞擊。

情急之下，石田多江護住有希子。車子與兩人擦身而過，揚長遠去，速度快得差幾公分就可能撞死人。有希子嚇得一臉慘白，多江更是面無血色。

「幸好妳沒事。」

多江臉色依舊蒼白，想擠出笑容，眉頭卻微微皺起。

多江手背上有傷。她擋到有希子前面，想以身保護有希子，手卻遭車子擦撞。乍看像擦傷，但有希子借她手帕代替繃帶包裹後，便逐漸滲出血。

「是不是該去醫院看一下比較好？還有報警……剛剛那車子太惡劣。」

有希子十分擔心，多江笑著搖頭。「抹個藥就好。況且，不對的不是那輛車，而是妳啊。還沒紅燈妳就走出去。」

多江彷彿面對小孩子，溫柔地責備道。

「真的。對不起……討厭，這種傷腦筋的地方怎麼跟那個人一模一樣？」

「那個人……妳丈夫？」

「嗯。他不是記者嗎？可能是經常被時間追著跑，他不喜歡等綠燈，會直接往前衝，兩、三年前還出過一次車禍。如同剛剛的情況，他撞到機車，遭人搬上救護車。雖然沒外傷，但有輕微腦震盪……」

「……」

「他就是沒辦法等，我實在很討厭這種急性子。不過，既然是夫妻，總會一起上街，不知不覺間，竟像起我最厭惡的地方。」

多江緩緩點頭，應一聲「是啊……」，卻拖著語尾。

儘管有希子催促「快回家包紮」，多江仍送她到公車站。在公車到站前，多江在一旁的長椅坐了快十分鐘，她接著問：

「欸，丈夫在車禍中得救，妳有沒有大失所望？」

「沒有，怎會這麼問？」

「眞的嗎？」

多江微笑著瞇起眼，勾住似地直盯有希子。

「我家那口子也經常粗心大意。男人很遲鈍，只有膽子大，所以容易出意外。我不是提過在輕井澤有棟小別墅？他曾從樓梯跌落，摔斷腿。還有，明明不會做菜卻硬要下廚，鬧出火災……可是都沒危及生命，害我失望透頂。」

「……」

「就像剛剛在家裡說的，離婚不是相當麻煩嗎？……我偶爾會想，要是丈夫能出意外或生病消失，實在求之不得。可惜，沒那麼容易如願。天命這麼沉重，硬要推動，只會受到比手更淒慘的傷。」

多江垂望著滲出手帕的血，有希子問：

「妳說推動天命，意思是自行引發意外？」
「對。可是，那會變成罪犯，遭警方追捕，一輩子內疚與後悔，包袱太重。只是……」
「……」
「只是，如果能準備類似千斤頂的工具，天命也會變輕，動手的一方便不會那麼內疚。」
「千斤頂？」
「這是打個比方，像剛剛十字路口的狀況，稍微推一下丈夫的背，引發意外，也不必擔心警方發現……不，要親手傷害丈夫，還是太可怕。不過，換成是別人的丈夫，假裝碰巧從背後撞他的肩膀，把他往前推，我應該能輕易辦到。」
「……」
「尤其是妳的丈夫。我剛剛救了妳一命，即使害妳的丈夫遭遇意外，也能相互抵銷，毫不內疚。妳呢？對自己的丈夫下不了手，換成是我的丈夫，妳是不是辦得到？……比方，對啊，從別墅樓梯上稍稍推他的背……」
「可是……」
「別那麼嚴肅，我只是把想到的事隨口說出來……以靈光一閃而言，妳不認爲這點子還不賴嗎？那原就是絕對無法證明並非意外的小動作，只要在丈夫遇上意外的時候，我擁有牢靠的不在場證明，便能完全擺脫嫌疑。由於妳根本沒動機，不會受到懷疑……妳丈夫遇到意外的情況也一樣。況且，這是最重要的一點……」

「……」

「計畫能不能順利進行——意外會不會眞的發生，是一個賭注，有一半只能交給天命。即使成功，也能辯解是他運氣不好……這不是爲了我，而是爲了妳……妳一樣能當成不是爲了自己，而是爲了我，對吧？我們的目的不是金錢，完全是爲了拯救朋友的人生。僅僅是移動手或身體幾公分，這點小事，幾乎所有人都能輕易忘掉，不會留下任何內疚或罪惡感。」

說到這裡，公車恰恰到站，將排隊的乘客吸入車門。

「當然，這是玩笑話，但或許意外地值得一試。」

多江又是一笑，像在表示這才是「說笑罷了」。

儘管是玩笑，面對一口氣聊得這麼深入的老同學，有希子不禁有些疑心。然而，多江的笑容輕易地吞噬她的疑心，有希子忍不住回以笑容。

有希子約定三天後造訪多江的公寓。可是，有希子乘坐的公車發動後，多江仍像即將久別般不停揮手。她高舉裹著手帕的手，好似重返小學時代……

「之後，我應該已當成惡劣的玩笑忘掉，不料經過半年，她帶著相同的笑容問：『記得妳生日那晚，我在公車站提過的計畫嗎？』當時，我竟能鉅細靡遺地想起交談的內容，代表我雖然想當成玩笑，其實在第一天晚上，我就在那番話及她的笑容中察覺無法一笑置之的成分。今天我會過來，是下定決心道出一切，不會有任何隱瞞。當天她在我心底種下小小的黑色殺意幼苗，雖然我仍戰戰兢兢，卻也想悉心呵護它成長……意即，那不僅僅是我和她開始往來的日子，等於是事件的第一天。」

回答刑警的問題後，有希子繼續道：

「話雖如此，之後的半年，她完全沒提起這件事。每星期兩次，上完課我就去她位於井之頭公園旁的公寓，教她人造花的基礎。意外的是，她不僅熱心向學，手也比我靈巧，很快達到與我一樣的技術水準，甚至會做出更美的花。原本太過時尚、顯得枯燥的寬敞屋內，裝飾著以紙和布等素材製作的花，漸漸獲得滋潤。我會感到意外，是以為她只是打發時間，以隨興的心態學習。看到她認眞動手做花，我實在開心又驚奇。尤其是她最喜歡的蘭花，成品令人驚嘆，連我都想向她討教……但人造花會像製作者。即使在細節的精巧上更勝一籌，憑我的手藝，仍無法從單純的布中引出蘭花眞正的美豔。當然，我非常期待能一邊動手，一邊閒聊，並且透過一起購物、聊電視節目，變得益發親密。不單是住處，我們的身心也受到滋潤……尤其是我，原本像獨自關在灰殼裡，性格陰沉，於是到了夏天，我的變化大到引起女兒的關注：『媽變漂亮了，是換保養品嗎？』總覺得生活充滿幹勁，漸漸能從容地講丈夫壞話……對……沒錯。後來，我們沒再談起交換殺人的話題，但還是繼續講丈夫的壞話。我沒提過嗎？就是她怎會曉得自己背影是什麼樣子……過沒多久，她拿了約一百張的室內照給我看，說是『外子在這屋子拍的』，其中幾張拍到她的背影。窗邊、臥室、餐廳、走廊……由於拍到她有些倦怠的背影，看上去更缺乏人氣，像空曠的單調空間。尤其是她在臥室脫絲襪的背影，彷彿捕捉到人形的無機質家具即將崩壞的瞬間。我忍不住別開視線，她眼尖地發現，撫著照片開口：『跟妳坐在公園長椅的背影一模一樣。如何？妳和我在顯像後的照片上截然不同，在底片上卻是一個模樣，對吧？』她補上一句：『照片會直接反映出攝影師的個性。外子形同那些照片，是個冷酷無情的人。』……仔細想想，夫妻之間沒對話，爲了掩飾沉默，丈夫拍攝早已熟悉的屋內，實在太孤單……親眼見到多江的丈夫，出乎意料，是個開朗熱情的好人。或者說，印象跟新婚照片差不多，保持著年輕，形容爲好青年亦不爲過，與我的丈夫根本不在一個次元。我與行廣——我學多江稱呼她丈夫，半年內見過三、四次，且曾在他家一起吃飯。他的外表確實屬於受女人歡迎的類型，若要描述，印象較陽剛，似乎將大三歲的妻子當姊姊或母親般珍惜，是純情男子。多江面對行廣的視線和話語中，自然流露出愛情，完全迥異平常掛在嘴上的怨言。多江解釋『那是妳在場的緣故。剩下我們獨處，便是另一種嘴臉』，何況在十一月，我已深切體會到行廣多麼教人頭痛，行廣的微笑面具卻是徹底溫和，表面上我們相安無事度過半年。……現下回顧，十一月前的半年，在多江眼中是蘊釀計畫的時期吧。好比讓麵糰發酵、紅酒熟成，將計畫放在死角的陰涼處，等待計畫靠本身菌種的力量，自然膨脹。……那風平浪靜的半年，埋下一切的伏線。舉個例子，多江總不著痕跡，極爲小心避免旁人目擊我們在一起。我們在公寓外，咖啡廳之類的地方聊過幾次，約莫不願店員和其他客人記住長相，多江一向挑選角落隱密的位置，並找理由，不去同一家咖啡廳兩次。對，錯不了……七月我要回家時，多江有東西忘記買，陪我到車站前，途中偶遇的朋友叫住我。我納悶地回頭，多江連忙抓住我的胳臂，綁架般把我拖進窄巷。先藏起我，她再躲起來。『這一帶會叫住妳的，很可能是人造花教室的同學。雖然我只去了三次，搞不好有人記住我。他們撞見我倆不太妙，或許會發現我用退款私下請妳上課。』當時我不疑有他，其實這也是爲了那個計畫。在各別殺害對方丈夫的計畫中，我和她必須是毫無瓜葛的陌生人。萬一認識的人目睹我們在一起，會變成致命傷……和行廣三個人吃飯也一樣。行廣要開車載我們到六本木他常去的西班牙餐廳，多江全用頗勉強的理由拒絕，最後往往在家吃飯。」

乾有希子長嘆口氣。她和刑警一樣面無表情，如白紙般乾燥，繼續道：

「愈是與她交好，我愈覺得家庭生活再乏味不過，益發厭惡丈夫。十月底的那天晚上，我回憶半年前她在公車站談及的話題，心想如果不是玩笑，她仍在認眞研究那個計畫就好了。我說『那天晚上』，並非特別的日子。只是我以爲丈夫會在公司過夜，吃著延遲的晚飯時，他卻突然跑回來，跟我一起用餐。然而，看著和平常一樣邊讀報，牛吃草般慵懶動著嘴巴的丈夫，我不禁疑惑：這個人是誰？爲什麼陌生男人會闖進家裡，要毫無瓜葛的我煮飯？半年前，在公車站偏著頭，漫不經心聽著的多江話語，總算清楚傳進耳中。」

十一月的第一週。

有希子剛要離開多江家時，多江的丈夫回來。自稱待在父親公司的石田行廣表示「輕井澤還有楓紅，我要去兩、三天」，並向有希子提議「恰恰順路，我載妳回家吧」。有希子婉拒，但禁不住多江再三勸說，只好答應「那我恭敬不如從命」。

多江還勸了她另一件事。

趁丈夫開車到公寓前，多江把有希子叫到門後：

「或許他是在誘惑妳……沒關係。」

「什麼意思？」

「要是願意，妳不妨答應。」

「………」

「倒不如說，請妳答應吧。他跟我重要的姊妹洵搞外遇，我便容易開口提離婚，也可敲他一筆贍養費。」

看不出多江的微笑是不是認眞的，她像要送出不知所措的有希子，親手開門道：「請。」

在車子裡，事情的發展眞如多江預料。閒聊片刻，石田行廣就邀約：「要不要跟我去輕井澤？」

有希子當然拒絕，但在車站前碰上塞車時，石田沒知會有希子，逕自開往其他方向。「快折回去！」有希子慌忙制止，他便說「只是繞點遠路」……最後繞了一整晚的遠路。

上高速公路前不斷抵抗的有希子，在通過收費站時死心，借手機在家中的電話答錄機留言：「我有急事，去找名古屋的哥哥。明天早上回去。」在副駕駛座朝手機說的話，成爲給石田的回答。

輕井澤的別墅位於知名的M飯店背後，宛如後院般的小丘山口。走到飯店只需兩、三分鐘，地點很好找，但在森林及東京無法想像的漆黑夜色包圍下，散發祕密的氛圍。他們在過八點的時候抵達，隔天有希子天沒亮透就搭上第一班電車，第一次造訪的輕井澤街景和別墅外觀都印象模糊。別墅空間寬廣，客廳挑高，裝有暖爐，似乎是戰爭結束不久建成，整體十分陳舊。設有暗房、現在幾乎只當行廣工作室的別墅一片雜亂，並非想像中的夢幻情節。加上時間有限，突然的一夜旅行，除了臥室床鋪以外別無意義。用途中在超商買來的速食簡單解決晚餐，話題也耗盡，陷入尷尬的沉默。男人假裝在暖爐邊取暖，拖延最後的時間，有希子對著他的背開口：「我不能背叛多江，請你主動吧。」

石田睡了兩、三個小時後，帶著睏倦的眼神和不悅的沉默送有希子到車站。有希子總算從他緊閉的口中得到「絕不會告訴多江」、「絕不會約第二次」兩個保證，獨自搭上電車。後者的保證是多餘的吧，有希子說完不禁後悔。男人冷冷側著臉應聲「嗯」，和昨晚完事的瞬間露出的表情一樣，與上床前判若兩人。昏暗的天空如男人的側臉般不快，但在發車的時刻微微發白。即將離開輕井澤之際，突破濃濃的朝霧，鮮豔的楓葉色彩熊熊燃燒，隨即消失在黑暗的隧道中……在有希子心裡，輕井澤只剩一剎那的紅、別墅的床，及沒想像中纖細溫柔的男人肉體。

三天後，有希子造訪多江家。多江難得板著一張臉問：

「星期二那天，他只送妳回家？」

「對。」

有希子厚著臉皮應一聲。按門鈴前，她已做好心理準備，沒太驚慌。

「後來他真的去了輕井澤嗎？」

「……大概吧，怎麼？」

「昨天我接到他的電話，旁邊一定有女人。那樣的話，應該不是輕井澤。外遇無所謂，但我跟他說過，絕對不准在這個家和別墅，否則太不把我放在眼裡。」

有希子依然厚著臉皮附和：「是啊。」

「上次提過，他要跟妳外遇也沒關係，可是不能在別墅。」

「……………」

「我不希望變成那樣，所以本來想聲明『不能在輕井澤』。可是，我知道妳把我的話當成玩笑……」

多江不看有希子，瞪著半空，不久嘆氣說「算了，他的事我真的不在乎了」，恢復往常的笑容……但下星期見面，多江的表情益發陰暗，有希子立刻察覺緣由。一進門，正面牆上掛著一張森林的照片。美麗的白樺林彼端，矗立著一幢木造別墅，一星期前還隱藏在黑夜中。越過多江的肩膀看到那張照片，有希子當下認出。下定決心，非要隱藏在黑暗底片不可的那一晚，化成鮮豔過頭的照片暴露在玄關牆上。簡直比全身剝光可恥，有希子僵在原地。

「這就是輕井澤的別墅，他果然帶了女人過去。雖然常拍別墅，他第一次掛在這裡。」

多江咂舌，旋即恢復平常的表情做起人造花。兩小時後，她原要送有希子回家，看到玄關的照片，又改變念頭，邀約道：「要不要一起吃晚飯？」有希子回到客廳，重新在沙發坐下，多江若無其事地拿起剛開始做的花，再度開口：「雖是半年前的事，但妳記得第一次來的時候，我在公車站說的話嗎？」

「那個時候，她拿著人造蘭花。」

有希子說。

「從那天起，她只做最喜歡的蘭花，聖誕節給我一朵。聖誕節大前天碰面時，兩朵一模一樣的蘭花放在桌上，多江問：『分得出哪一朵是人造花嗎？一朵是我做給妳當聖誕節禮物的。拿妳覺得是人造花的那朵看看。』這年頭，人造花不管外觀或觸感都幾可亂真，有時甚至無法分辨，那兩朵蘭花也不例外……但我仍挑選一朵。我假裝猶豫，偷偷觸摸粉紅花蕊，手指沾上些許顏料。多江稱讚『眞厲害』，綁上緞帶遞給我說：『請別嫌棄。這朵人造花是特別的，總有一天會枯萎……現在可是活生生的。』這話像在打啞謎，多江眼神帶笑，彷彿表示只是個玩笑，接著順便提起般冒出一句話……」

「我想在這朵人造花枯萎前，執行那個計畫。」

接著，石田多江又說「用人造花勒斷脖子如何？莖有鐵絲，應該意外地容易」，眼神像要舔上去般，盯著有希子手中人造花那長長的莖。

別墅照片的事過了一個半月，兩人分不清是認眞或玩笑地提起這種話，幾乎成爲習慣。

「可是，憑女人的力量沒辦法。」

「是嗎？妳丈夫會不會喝得爛醉？我們家的一喝醉，就睡得像吃下安眠藥。尤其在輕井澤，幾乎天天喝得爛醉……妳不知道嗎？」

裁剪著純白綢緞做新蘭花的多江微微抬眼。

在別墅完事後，石田行廣狂灌紅酒，隨即獨自睡著，所以有希子十分清楚他的壞習慣。而行廣的妻子，知道有希子曉得這件事……

瞇起的眼睛，輕易揭穿有希子想隱藏在體內深處的祕密。

一定是的。如果多江是刻意的，僅僅一瞥，就像貓爪凌厲刮過有希子內疚的這個女人，只能說是天生的恐嚇者。儘管有希子衝動地想問明白她究竟是不是故意，卻處在絕不能問出口的窘境。

不單是年內如此，年關過去，迎接新的生日前，每完成一朵蘭花，那惡夢般的計畫就一點一滴變得愈來愈眞實。多江總跑在一步前，有希子完全無法反抗，只能默默依從。多江的眼神，無疑是其中一個理由。從細縫窺探，彷彿要識破張大眼反倒看不見的祕密的那道目光……

還有多江的手。

嘴上動著，也忙碌不停的手背上，隱約殘留初遇第一晚在十字路口造成的傷疤，執拗不休地細語著「我可是救了妳一命」。有時樹葉枯朽落盡，從窗外長驅直入的冬陽會將平常看不見的傷疤照得反光……加上初次碰面的瞬間，就軟綿綿吸盡有希子意志的笑容。憑藉這三種武器，一個女人把另一個女人拖下水，成爲交換殺人這種異想天開計畫的共犯。

「不，我沒有把罪行和責任全推給多江的意思。我也有著厭惡丈夫的心情，如同先前提到的，那宛若危險的光芒集中在刀鋒上的一點，凝結成殺意。我的丈夫不單是醉倒睡著的時候，連清醒的時候都毫無價值……不，我甚至經常覺得他是巨大的障礙。有時我會想主動抓住跑在前頭的多江。五月再次造訪，今年生日前，在磚瓦咖啡廳和多江碰面時，我已決定一進入六月，就尋找時機下手。趁著冬天，我參考電視劇和報紙報導，尋思各種方法，但該說是回歸初心嗎？最後採用第一晚在公車站談到的簡單做法：她在十字路口，把外子孝雄推出馬路；而我在別墅把行廣推下樓梯。剛剛我形容爲『異想天開』，不過，這僅僅是稍微移動手幾公分……跟 她在公車站說的一樣，會不會出事全憑運氣，所以不算天方夜譚。選在六月，是因我非常尊敬的花藝老師S恰巧要在輕井澤舉辦個展，提供順理成章的理由投宿M飯店，並去別墅拜訪行廣。接下來，只要讓行廣在那個時期前往別墅，及把外子介紹給多江。『不要被任何人發現，偷偷介紹……是啊，妳在電話裡介紹我是以前的同學，我便能輕易找藉口跟他一起上街，或站在十字路口旁。』多江贊同，商量的結果，我們打算下一週趁孝雄在家，我假裝恰巧打電話給她，透過電話介紹他們認識……五月中旬的那天晚上，我與多江通話，途中說『我小學同學有事想拜託你』，把話筒交給躺著看電視的丈夫。根據預定，多江會提起去年轟動社會的搶案，詢問『我朋友與那件事有關，想請社會版記者進行調查，方不方便在六月碰個面？』……丈夫掛斷前，告訴她手機號碼，我得知她確實講出預備的台詞。通話結束，丈夫打探『我們下個月要碰面，她是怎樣的人？』，我回答『是個大美人』，他原本陰沉嫌麻煩的眼神閃閃發亮。敵人主動跳進我們設下的陷阱……當時我這麼感覺。」

說到這裡，有希子喘口氣，補充道：「打那通電話時，多江當然是使用假名，避免在下手前，外子把她的名字透露給別人……」

此時，一直任由有希子陳述的刑警，終於打開沉默的嘴巴：

「從一開始，妳就叫她石田多江。妳不曉得那個名字是假的，小學跟妳同班的木村多江現在姓河野，住在九州嗎？」

有希子搖搖頭，說「我知道」。

「不過，我是事情發生後才知道。她找到以前的畢業紀念冊，找出跟自己相似的臉，冒充那個同學。還有，她明明不是人造花教室的學生，卻謊稱在教室看到我……全是接近我的藉口。她早就調查過我的事……我竟深信不疑，以爲她是石田多江，請讓我再用這個名字稱呼她一會吧。」

有希子如此聲明，繼續說下去。

「五月下旬，石田多江打來，告知『六月第一個星期六，外子要去輕井澤，我想選在那一天』。萬事俱備，只等當天行動。生日前，計畫跑得太前面，總覺得我的殺意被拋在後頭。但就像我當初提及，女兒一句玩笑話，讓我有所覺悟，並做好心理準備。然而……敘述案發的過程前，有件事我非說不可。就是多江來電後的事。」

儘管通話結束，有希子一時無法放開話筒。

有希子震驚得僵在原地，原因是插在花瓶裡的一朵人造花。那是去年底，約莫五個月前，石田多江送給她當聖誕禮物的人造蘭花。

花朵白色的地方浮現兩、三個褐色斑點，彷彿只有那裡，花的生命出現破洞……實在離奇。

布做成的人造花不可能擁有生命，這朵蘭花卻猶如生物，逐漸枯萎……

一定是弄錯了，一陣子沒注意，大概沾上髒污。只是污垢而已，有希子勉強這麼解釋。然而，隔天、再隔天，斑點持續擴大，整朵花開始乾枯。

千真萬確，是開始乾枯。

有希子告訴多江，多江卻只說「早告訴妳那是特別的人造花」，不肯透露謎底。

有希子凝目觀察擴散的斑點，拚命思考，依然想不出人造花枯萎的理由。三天後，有希子忽然焦急起來。她不明就理，光注視那朵花，就會陷入不安。

這花能撐到六月的那一天嗎？多江的聲音和她的聲音重疊，不停敲打著鼓膜：「必須在這花枯萎前行動……必須在這花枯萎前設法……」

六月第一個星期六，有希子帶著女兒麻美，搭乘下午一點多的列車前往輕井澤。列車開動，計畫隨之展開，有希子感覺已沒有退路。不過，這意味著不必再思考或迷惘，隨波逐流就行。直到前一天，她們都各自規畫著綿密的行程。晚上八點，石田多江與有希子的丈夫約在報社附近的街角會合，也決定如何與未曾謀面的對方相認。多江勘察過地理環境，挑好適合動手的十字路口。同一時間，有希子去別墅見石田行廣。多江告訴丈夫「眞巧，你到輕井澤那天，有希子住在M飯店」，巧妙安排妥貼。

「聽到這件事，他十分開心，果然對妳有意思。」

多江眼中帶著微笑，詳細告知前往別墅的路線、內部的格局，尤其是樓梯的位置。

「妳是第一次去，牢記這張平面圖。」

多江又瞇起眼。有希子以爲多江是在挖苦，但後來她在吉祥寺的公寓見過行廣三次，彼此都裝成不曾有過那一晚，多江並未起疑。比起這件事，待有希子記住平面圖，多江隨即撕成碎片丟掉，這樣的謹愼更讓她介意。

多江悉心叮囑，希望有希子答應當天不互相聯絡，還提醒飯店的電話和手機會留下明確的紀錄，千萬別使用。無論失敗或成功，一旦出狀況，計畫被迫變更，都得獨自應付……不管發生任何事，都要表現得沒有共犯。多江初次表現出嚴肅的態度，要求有希子保證。

帶女兒一起去，也是多江的建議。這樣比較像一般旅行。有希子邀女兒，女兒意外順從地回答「我想去」。

當時尚未進入梅雨季，輕井澤的天空蔚藍清澈。白金色的陽光傾注，去年夜晚就像封閉在底片中的城鎮，化成鮮明美麗的照片擴展在有希子面前。

花藝展示會可在明天回去前慢慢再參觀一次，有希子花三十分鐘大致瀏覽，在充斥著觀光客的主要街道漫步，六點返抵M飯店，在預約的飯店餐廳用餐。根據預定，七點四十五分，她會要麻美回房休息，獨自去買在路上看到的陶器花飾，自然地離開。在街上的時候，麻美非常開心，一到用餐時間，她又像平常一樣，毫無理由地不悅，陷入沉默。不，唯獨這天晚上她是有理由的……接近預定的時間，有希子準備離開餐廳，麻美冒出驚人之語。

「媽，生日過兩、三天後，妳是不是在別家咖啡廳跟一個女人碰面？我恰巧和朋友經過店外……」

麻美看到母親和打扮花俏的女人隔一段時間，先後離開。

「她是媽學人造花教室的朋友？」

「嗯……」

有希子曖昧地點頭。

「妳們吵架了嗎？」

「沒有啊，怎會這麼問？」

麻美露出傲慢的同情眼神答道：

「她就是黃金週期間，跟爸在百貨公司約會的女人。」

「女兒的聲音十分成熟，完全沒發現她的一句話，打亂我整個計畫……不，我也不清楚那句話怎麼打亂計畫。忘了說，在我生日當天，揭發父親的外遇當驚喜的麻美，怕我傷心，又改口『是騙媽的』，想瞞混過去。而不管外遇是眞是假，我都無所謂，根本沒放在心上……但對象若是多江，情況就不一樣。這意味著多江最想騙的是我。如果她說不認識外子是謊言，表示丈夫也騙了我……不，女兒唐突的一句害我腦中一團混亂，無法思考那麼多，只想打給丈夫或多江問明白……可是，我念頭一轉，想到有更好的方法，就是前往別墅，把一切告訴行廣……距離八點還有十三分。」

乾有希子說，飯店餐廳擺有古董大鐘，她像遭秒針催趕般站起。

她用預先備妥的藉口要麻美回房，離開飯店。

夜已深，在後方森林裡，有希子幾乎是摸索著前進。照片上熟悉——太過熟悉的別墅又沒入夜晚的底片。有希子跌跌撞撞，覺得自己正依照計畫，要去殺掉一名男子。十一月的時候，她是跟著拿手電筒的行廣，不到五分鐘就抵達，此刻這條路卻漫長得像沒有盡頭。實際上眞的非常漫長……提出那個計畫以來，她耗費一年才走到這裡。這一年中，計畫完全烙印在有希子體內，也不知道預定生變，正自動執行……她甚至感覺身體成爲啓動的限時炸彈，擅自要去殺害石田行廣。

窗戶和玄關都點著亮晃晃的燈。在光的照亮下，有希子鬆一口氣，按下門鈴。沒有回應，有希子想再按，手卻一頓。入口木門打開一條縫，傳出人聲。不，是電視機的聲響。聽起來是棒球轉播……旁白喊著「全壘打」、「逆轉勝」。或許是太專心看轉播，有希子暗暗想著，推門進去。只見宛如大廳的客廳，比十一月更凌亂，石田行廣癱在沙發上，好似丟在那裡的擺飾物。接下來記憶中斷幾秒，回過神，有希子站在沙發旁，俯視男人的屍體。大概是叫他沒反應，以爲他睡著才走近。她隱約記得，旁邊的桌上倒著威士忌酒瓶。面對這種情況，她並未感到震驚，而是揣想著自己怎能這麼冷靜。俯視躺臥的男人脖子，上面纏繞著蘭花的莖，莖的前端……赤裸的上半身散發汗臭的胸口，開著一朵鮮豔的花。這天離家前，人造蘭花即將徹底枯萎。那朵垂死的人造花，彷彿從男人的身體吸收生命，再度復活……有希子昏了過去。黑暗潛近般緩慢席捲上來，有希子最後再看一次男人的臉。別墅裡，化成半裸的屍體癱在沙發上等待有希子的不是石田行廣，是今早應該一如往常，默不吭聲出勤的丈夫。乾孝雄的遺容上，那雙與活著的時候同樣毫無價值、瞪大的眼睛，依舊不肯正視有希子。

「待我醒轉，回到飯店已十點。即使告訴別人，我在屍體旁昏倒兩小時，也不會有人相信，所以假裝什麼事都沒發生，打算就寢，卻睡不著……報警後的事，你們比較清楚吧。我不能供出交換殺人的計畫，支吾其詞，反倒容易招來嫌疑……如果在嫌疑加重前據實以告，連對自己不利的部分都毫不保留說出，再難以置信，或許能獲得理解，我才會主動報案。」

有希子流露求助的目光，但刑警回以眼白占據大半的冰冷視線。

「拜託，請相信我，仔細調查她。好好調查，一定能找到我的供詞的證據……」

「不，我們已訊問過她。遺憾的是，她的話得到印證。」

「她到底說什麼？指控我一派謊言嗎？」

「沒錯。妳為了死者乾孝雄，三番兩次闖進她住的公寓，或找她到咖啡廳談判，其他全是謊言……」

「包括畢業紀念冊，及在她住處做人造花？」

「她表示從未和妳一起做過人造花。實際上，她的公寓找不到半朵人造花。如同妳的描述，牆上掛著世界各國、日本各地的照片，但那都是她——藤野秀子拍的。跟妳說的不一樣，她是銀座一棟大樓的房東，不必工作……至於妳稱爲『行廣』的男人，除了丈夫以外，她的眾多男友中有個同名同姓的人。妳是要報復她，才接近石田行廣……妳似乎徹底調查過她。」

有希子猛烈搖頭：

「什麼叫報復？是我要報復丈夫的外遇對象嗎？不管是丈夫外遇，或小三就是她，我都是那天晚上第一次聽麻美說才知道。對了，你們可以去問麻美。麻美看到她和我在一起，也目睹外子和她在一起的場面。」

「令嬡只是看到而已吧？她不曉得哪一方的說詞是對的……啊，剛剛派去東京的同事回報，麻美在妳書桌抽屜找到小學畢業紀念冊。是妳翻閱畢業紀念冊，找到像她的同學木村多江，拿來編造這些謊言的吧？妳宣稱她持有畢業紀念冊，但她怎會有那種東西……」

刑警的嘴唇覆上一層淡淡冷笑，有希子再次搖頭。

「所以，那是她找藉口拜託孝雄，瞞著我偷偷交給她，現在我終於知道。人造蘭花會枯掉也一樣。聖誕節前天我收到的確實是人造花，但經過半年，隨下手的日子接近，她一樣找理由要孝雄掉包成眞花。」

「她為何要這麼做？」

「不知道……不過，震驚於假花枯萎，我心理上被逼到快走投無路，或許這才是她眞正的目的……發生假花枯萎這種不可能的情況，我莫名深信她的話就是對的……非遵照她的吩咐不可。」

有希子不停搖頭，彷彿在說她已糊塗。

「那人是誰殺的？乾孝雄是當晚八點遇害，但那個時間她在東京，擁有不可動搖的不在場證明。」

「所以，她是利用那個叫『行廣』的男人，不然就是其他男友……」

「動機是什麼？」

「她對於只能一直是小三感到氣憤，想陷我於罪，來個一石二鳥，肯定沒錯……」

「可是，她說妳才是死者的外遇對象。她和死者在一起的時間更久，在戶籍上也一樣。從好幾年前起，死者外遇的對象就是妳。」

「……」

面對有希子的沉默，刑警長嘆道：

「令嫒麻美約莫是得知這項事實，才變得叛逆。……妳剛剛提到，和藤野秀子走在吉祥寺路上，有人喊住妳。若是眞的，對方應該是叫著『乾女士』吧？其實那不是妳，而是藤野女士。藤野是她的舊姓，現在叫『乾秀子』。她以前也是『乾秀子』，孝雄與妳結婚後，她一度脫離戶籍，最近兩人又重新登記。」

「……」

「不過，我說的完全是戶藉上的事。她和乾孝雄的同居生活，在吉祥寺那棟公寓持續十七年之久。不過，這是除了孝雄去妳家以外的時間……」

「意思是，他在搭公車只需二十分鐘的兩地，擁有兩個家庭？」

有希子硬是擠出卡在喉間的聲音，憤恨地問。

「沒錯，如果死者活著，恐怕會遭追究重婚罪……還有，他忙於記者工作，好幾年前就經常不回家，這並不是藉口，而是『謊言』。他早已辭職，最近匯給妳家的薪水，全是她的——乾秀子的錢。當然，命案現場的別墅也屬於乾秀子。換句話說，是孝雄的房子，他是在自己的別墅遇害。」

有希子張開嘴巴，卻發不出任何聲音。

「所以，她不可能提議交換殺人。男人只有一個，要怎麼交換殺害？」

不對，這才是她真正的目的。只要讓我把一個男人當成不同的兩個人，錯覺是交換殺人，就能引導動機最強烈的我前往殺夫現場——就能給我完美的**在場證明**，而非不在場證明。然而，有希子沒再開口。

她激烈地搖頭，幾乎披頭散髮。刑警繼續道：

「嗯，不過她也有些可疑之處，警方會進一步深入調查。」

接著，刑警補上一句「哪一朵是人造花，我很感興趣」，但那聲音已遙遠到幾乎聽不見。

冬玫瑰

仰望牆上的鐘，我思忖著直到剛才都在做些什麼。

擺脫不了睡意而模糊的視線，無法順利對焦在時鐘的指針上。勉強能看到短針，但也許是反射天花板的燈光，看不見長針。

不……

那鐘沒有長針。

古老的六角鐘在水泥集合住宅的一室刻畫著的，是老早就死絕般的時間。

塗漆剝落的木框，褐色斑點醒目的褪色數字盤……

不可思議的是，生鏽的鐘擺規律擺動著。沒錯……就像失去一邊的翅膀，卻仍拚命振翅的鳥。

現在的我，趴在桌上死了似地一動也不動，只有心臟怦怦發出驚人巨響。我做了什麼可怕的夢？……唯獨心臟遭惡夢的手緊緊捏住嗎？

短針看起來猶如被惡夢之手切下的一根手指，但鐘沒斷氣。只有短針勉強盡責告知時間……指著比四更接近五的一處，所以是四點四十分左右？

窗外很暗。

直到剛才，夕陽依稀仍在窗外閃耀。我記得睡夢中對刺眼的光感到不耐……每逢黃昏，在夕陽下趴在餐廳桌上打盹已成爲習慣，所以可能是其他日子的記憶。

不，就是今天。今天是冬至，我一邊打盹，心想這刺眼的光不是馬上會消失嗎？一年中最漫長的夜晚即將降臨……最黑最冷的夜，像濁流般洶湧而至……時限逼近的焦急，導致窗戶拚命閃爍……爲了一口氣找回遺忘的光。

司空見慣的水泥集合住宅內的小單位，還有一名主婦渺小的人生，平日眞的被所有的人遺忘……連本人都忘了，如同這間房的窗戶。然後，近似永恆的長夜逼近之際，赫然想到自己也能綻放光輝，竭力綻放光芒……她想著這些，跟平常一樣遭睡魔侵襲。

不，跟平常不一樣。

異於平常的傍晚，她穿著最近剛買的名牌套裝。那是外出訪客用的套裝。她從哪裡回來？還是正準備出門……？

悠子環顧四周。與廚房相連的客廳，另一頭三坪的和室，及窄短得一下就會碰到玄關門的走廊。

坐落於東京郊區，二房二廳的集合住宅，沒有任何引人注目之處——不管是平凡過頭的房間，或跟住處一樣平凡過頭的居民。在中小企業上班的丈夫，及重考一年勉強搆上公立大學，從今年春天起，只知像坐上輸送帶般往返於大學、打工處與家裡的獨生子。

最重要的是，我遺漏了自己。與平凡的男人平凡地結婚，生下一子。孩子離開母親的懷抱，變得如陌生人般生疏。失去專屬於自己事物的女人，甚至忘記自己是誰的女人……然而，他卻讓我想起眞正的自己。

「妳眞的以爲自己平凡嗎？」

恰恰是一年前，在澀谷的酒家裡，男人訝異地偏頭這麼說，定定看著悠子。

我就在這裡……那雙眼睛明確注視著我。每個人都遺漏的我，鮮明地倒映在這個人眸中。想到這裡，除了男人的目光，一切已無關緊要。相隔二十多年，在高中同學會重逢，出於同住在私鐵沿線的理由，隨口約定下次在澀谷碰面，還有在旁人眼中，兩人皆擁有看似幸福的家庭……阻撓兩人上賓館的種種理由，全失去意義。

男人的瞳眸滲出欲望，泛著黑光，又暗又濕，比鏡子更清晰地倒映出悠子的美。

那正巧是一年前的冬至夜晚。要是能盡情沉浸在那一晚的回憶，再次落入睡夢中，不知該有多好……那麼一來，什麼事都不會發生。即將發生不好的事……不，還是我正要闖禍？

電話響起。

尖銳的金屬聲割破黏貼在腦袋上的塑膠膜，她倏然想到：「啊，對了。」沒錯，她在等男人的電話。

那電話總算響了，但悠子沒立刻起身。

靜寂與寒意凍結房間，電話彷彿在空屋迴響，空虛吶喊著……這個時間，丈夫和兒子都還沒回來，自然形同空屋。但即使他們都在家，也一樣空蕩。除非那個男人在身邊，否則我不存在於任何地方……除非他看著我，否則我這個女人無法存在於世上。

然而，幾天前，男人竟在澀谷的賓館開口提分手。「妳沒勇氣拋棄丈夫和兒子。妳沒發現自己其實愛著家人……所以我們只能分手。」居然說這種傻話……

悠子站起，走近客廳的電話，最後再猶豫一次，朝話筒伸出手。

「喂……是我。妳知道我是誰吧？」

「嗯。」

「妳在睡覺？」

「沒有……怎麼？」

「妳醒來後，鼻音會持續好一陣子。」

聰明的男人。可是，這麼聰明的男人，怎會沒發現我的決心？為了他，我隨時能拋家棄子的決心……如同以往，每次換上外出服，我便一點一滴將丈夫和兒子隨著家居服一併拋棄……無法拋棄家庭的是男人。聰明的男人怎會沒發現這一點？

「會嗎？……這麼明顯？」

悠子事不關己地反問，然後問：「你在哪裡？」

「當然在『絲路』，妳忘了嗎？」

「絲路，你是指這集合住宅後面的……」是國道旁的家庭餐廳。

「對。妳怎麼了？不是妳打我手機嗎？妳要我立刻出來碰面，我才丟下工作趕到。妳吩咐我進店就聯絡妳。」

過去也一樣，在澀谷的旅館確定彼此的愛意，讓他開車送回集合住宅時，若捨不得道別，他們會去那家餐廳坐坐，喝杯咖啡。

依稀找回記憶。這麼一提，她的確打過那樣一通電話。

「好，我馬上過去。」

悠子不等回答就掛斷。

抓起桌上的皮包，關燈……手要離開牆上的開關時，她才注意到。

天花板亮著燈。

如果墜入夢鄉時，是夕陽依然刺眼的時刻，房裡怎會亮著燈？不，會不會是打盹之際，有人進來？

不是丈夫。這個時間，丈夫應該在公司，而且他晚上要陪客戶應酬，深夜才會回來……是兒子雄一難得這麼早回家嗎？

或者，那並不是夕陽？是天花板刺眼的燈光，在夢中掉包成夕陽嗎……想不起來。一試著回憶，腦袋還是身體某處就微微傾軋般發疼……因爲那光，過去拍攝的膠卷過度曝光，只能洗出一片空白……茫然想著這些，身體卻急著趕往玄關。

約四分之一坪的地板上擺著陌生的女鞋。

不，這黑色的亮面包鞋，是男人在澀谷宣告分手後，我配合這身套裝新買的……既然男人說「妳無法拋棄家人」，我就眞的拋棄這個家、離開這個家給你瞧瞧。悠子下定決心，爲了全新的出發，購買新鞋子，直到今天都擺在玄關。

剛剛打電話給男人後，她心想終於是時候了。

她穿著鞋，瞥向玄關右側的門。那是兒子的房間，門內似乎傳出聲響。不成聲的細微聲響……比幻覺更缺乏眞實感的聲響。開門就知道是怎麼回事，但兒子交代過絕對不准擅闖他的房間。「不管是什麼理由，敢不經我允許開門，我就離家出走！」兒子這麼威脅，已是好幾年的事。當時，兒子氣憤地指控悠子進他房間，拿書本丟在客廳的悠子……書本擦過悠子的頭，砸到牆上的鐘。古董鐘掉到地上，玻璃破碎，長針折斷。

悠子穿上鞋，搖搖頭。

就算兒子在房間，我也無所謂了。拋棄這個家，意味著將發生在這一瞬間前的一切——過往的一切，全部拋棄。

她打開玄關門，不禁詫異。門把濡濕……有種流汗的手握過的濕氣……趁我在打盹，有人進出嗎？

腳下也有怪異的感覺。鞋子有點——雖然只有一點點，但感覺比試穿時更大。

沒錯，只是一種感覺……只是心理作用。悠子快步穿過集合住宅的走廊，搖搖頭。但在按下電梯開關，及走進打開的電梯，按下一樓的數字鍵時，指尖——眞的只有一點點，感到汗水般的濕氣。這麼一提，剛剛拿起話筒，好像也濕濕的……整個集合住宅都在流汗，流著焦急的汗水……不，焦急的是我。必須盡快趕到男人身邊……

電梯總算開始下降，隨即又停住。四樓走進來一個戴黃色棒球帽的少年。

那是第一次看到的報童。

個頭很矮，乍看是小學生，但長相刁鑽，像高中生……是國中生嗎？

少年在門旁角落有些尷尬地拱著肩，悠子稍稍猶豫，隨口打聲招呼，然後問：

「不是有家叫絲路的家庭餐廳？你也去那裡送報嗎？」

接著，她又問：「去那家店，從一樓後門經過國道會不會比較快？」

少年對第一個問題輕輕點頭，第二個問題則搖頭……悠子忽然「啊」一聲。少年和整疊報紙抱在一起，像圖鑑般的大型書本掉到地上。書頁瞬間打開，印滿紙面的黑白照片躍入眼簾。

上面圖案中的詭異形狀令她驚訝。下一秒，她認出是什麼，不禁皺起臉。是裸照。照片中的女人姿勢奇妙，扭曲著身體……遮著臉，強調下半身，正面暴露私處，彷彿在說這才是她眞正的臉。

過熟而即將靡爛的黑色果實，就要呑噬獵物的神祕野獸喉嚨……

悠子反射性地別開臉。與其說是從照片別開臉，其實是要躲避彎身撿書的少年眼神……從棒球帽緣下方仰望、偷看悠子身體般的眼神，正在說著：「這是妳的照片」、「這是阿姨藏在衣服底下的樣貌」。

電梯發出刺耳的撞擊聲停住。那是近似慘叫的聲響……悠子扳開剛要打開的電梯門衝出去。一樓電梯旁有樓梯，後面有門。鐵門四處浮現紅鏽，看似無法使用，但下定決心抓住門把一推，門就輕易打開。

黑暗。

那是如深夜般的黑暗，悠子應該已離開建築物，卻像被推入伸手不見五指的漆黑密室。門在身後關上。是門自行關上嗎？還是誰偷偷關門？伴隨鐵門沉重的聲響，有人將我監禁在黑暗中……是那名少年。少年露出透著冷笑的眼神，將我囚禁於這片黑暗。爲什麼？當然是要阻止我去見男人。故意弄掉那本書，也是爲了這個目的。他用近似恐嚇信的照片，諷刺「妳是想幹這麼可恥的事才去見男人的吧？」……然而，我不死心。恐嚇失敗的少年，這回將我囚禁在黑暗的牢籠中。

少年的雙眼在黑暗中發光……不，那是兒子雄一的眼睛。在電梯遇到的不是陌生的少年，而是國中時打工送報的「阿雄」……阿雄打工買下父母不肯給他的照相機，不停偷拍母親的身體，甚至累積到可印成一本書的量……所以他不肯讓母親進房。

棒球帽底下露出阿雄的眼睛。化成相機鏡頭，從浴室門和臥室紙門縫間偷窺我的眼睛。由於我把全部的過去——連兒子以前的臉都丟棄在剛離開的家，才會一時想不起。

悠子兀自思忖，同時察覺其中的奇妙之處，開始認爲這不是現實。我在做夢……直到剛剛我都在房裡打盹。四點四十分，我以爲從夢中醒來，其實惡夢仍在持續……惡夢？是有人被殺的夢……是誰……想不起來。之所以想不起，是我從夢中逃脫清醒的緣故嗎？不知道。唯一確定的，只有這片黑暗。像牢籠般囚禁我，如枷鎖般不容我動彈的黑暗。

堅牢的鐵製黑暗中，不知爲何瀰漫一股甜香。

總算熟悉黑暗的瞳眸，注意到斑駁的白花紋。數量驚人的白玫瑰纏繞在鐵柵欄上叢生……這樣的大寒冬居然有玫瑰盛開，本身就很不自然，果然是夢。悠子伸出手，利爪卻從花叢暗處攻擊。是玫瑰刺……感覺不出究竟痛不痛。好像不痛……若眞的不痛，也是做夢的證據。

然後，悠子遭夢中特有的易逝時間沖走……不知不覺間，她走在國道上。但不管怎麼走，就是看不到餐廳的燈光……或許已走幾十分鐘。

難道走反了嗎？

疑念忽然湧上心頭。筆直延伸的國道，沒有前後也沒有左右……所以才會搞錯，一定是的……悠子拖著疲憊的沉重雙腿折返。

車燈往來不絕，紅色車尾燈接連拋下悠子……一輛車超過悠子，前進一段後，停在路肩。

一名警察走下副駕駛座，等待悠子近前。人影勉強看出是男的，連服裝都難以辨識，但一定是警察。那是一輛警車。

「小姐，要去哪裡嗎？」

悠子無視他，逕自通過，背後隨即響起一道話聲。連聲音都十分陰沉，滲透出黑暗。悠子回望，警車的燈造成逆光，依舊看不清對方容貌。

「我和朋友約在前面的店……」

對方似乎看得到悠子的模樣。只有自己暴露在燈光下，看不到對方的表情，帶來拷問般的恐懼。

「抱歉，我要遲到了。」

她微微頷首，逃也似地加快腳步。

「請小心！」背後傳來提醒。「這附近會發生命案，有女人會遭到殺害……」

出事了？……不，不對，他說的是「會發生」……「這附近會發生女人遭到殺害的命案」，宛如預言者……然而，警察怎能預言尚未發生的事？想必是聽錯……一定是的。

悠子駐足在某十字路口。一邊轉角豎著一塊紅、藍、黃三原色招牌，像某國國旗……從賓館招牌延伸幾公尺的籬笆盡頭，就是「絲路」。

招牌和紅綠燈同色，好似用三色蠟筆在夜晚的黑幕塗鴉……那過度鮮明、過度嘈雜的色彩，讓人感到「虛僞」，因爲這是夢。這樣的意識再度掠過腦際……不管是怎樣的惡夢，悠子都不願清醒。比起逃離現在的不安，她更想知道這場不安的夜間徘徊，等在盡頭的究竟是什麼。總之，得先走到終點……

柊樹籬笆後方確實有棟餐廳建築物，但連接馬路的停車場，及架高的玻璃牆店內都一片昏暗。

唯獨門口處的櫃台亮著燈，其餘僅有幾處幽暗的燈，像倒閉關店一樣……明明剛入夜。

悠子爬上通往餐廳的樓梯，再次在內心呢喃「這果然是夢」。我仍處在有人遇害的惡夢中。在夢中發生命案這一點，比剛剛清晰許多……對，那名警官是不是在講那起命案？但警官怎會曉得發生在我夢中的命案？不，這是當然的。那警官也是我夢中的角色。不過，是誰被殺？再拚命窺看如黑暗水面的夢境，就是瞧不見被殺的女人臉孔。被殺的女人？不，警察不是說「女人會遭殺害」嗎？

悠子發現自己在樓梯最後一階停下腳步，又爬上一階。緊接著，自動門無聲無息打開，店內單調的偌大空間冷漠地迎接悠子。

空無一人。

不，右側最裡頭的化妝室門縫，伴隨幽暗的燈光，透出人的氣息。雖然隱隱約約，仍聽得到疑似交談聲……是店員躲在廁所摸魚嗎？

店員不重要，悠子的神經集中在店內深處的客人氣息。

最深處的座位——悠子曾三度與男人依偎坐下的座位上，確實有人影。店內並非一片漆黑，而是沉浸在幻影般的幽暗中，這果然是夢。不過，究竟是不是夢，她眞的無所謂。關鍵在於，人影就是那個男人……男人挑選黑暗最濃重沉澱的位置。爲了避免我發現，男人在黑暗中拚命躲藏。

男人背對玻璃牆坐著。那玻璃牆忽然掠過閃電般的光芒。由於幾乎鄰接馬路，是車燈照射過來，又揚長而去。接著，連續幾輛車子駛過，男人的臉像閃光燈般斷續浮現又消失。辨認不出表情，但悠子清楚那雙眼正對著她。只對著我，一動也不動的眼神，卻像死魚般空洞，什麼都沒看進去。沒錯，這男人總藏在面具底下的眞正眼睛，其實只肯用這種目光看著我，連說要爲我和妻子離婚時也一樣……車流中斷，男人的臉再度沒入黑暗。再怎麼巧妙地藏身在黑暗中，我都能輕易識破他是什麼神情。

悠子穿過黑暗，朝著深處的座位、男人的影子走去。男人在抽菸，褐色氣味沁入黑暗。悠子在男人對面的椅子坐下，將提包砸也似地放到桌上，瞬間，一股怒意直衝而出——與其說是怒意，更接近悲傷。猶如淚水泉湧，怒意湧上心頭。

「我曉得妳想說什麼，可是沒別的辦法。我們分手吧。」男人低語。

「理由呢？」她只應一句。

「……」

「我問你分手的理由。」

「我重複過很多次。妳拋不下丈夫和兒子……繼續這種關係，痛苦的是我。」

「我可以拋棄。我強調不知多少次……爲了讓你相信，今天我拋棄一切，離開那個家。」

「不，妳不明白眞正的自己。比起我，妳更愛丈夫……」

「不對，你到底有沒有聽清楚？不是能不能拋棄的問題，我早就拋棄……我眞的拋棄那個家！」

悠子一直壓抑著感情，於是這段話化成尖叫衝口而出。

「我沒地方回去，只能跟你一起走下去。我找你來，是要商量該怎麼一起走下去……你太卑鄙，明明是自己想要分手，卻賴到我頭上。拋不下家庭的是你吧？男人都一樣……事到臨頭，往往緊抓著根本不愛的老婆。你把那句『跟我分手吧』拿去跟老婆說如何？你眞正需要的不是現在的老婆，而是我。不久前才醒悟，你怎麼會忘記？」

宛如嘔吐瞬間的疼痛掠過喉嚨，只剩嘔吐物殘渣般的淚水泉湧，彷彿眼睛失禁了一般……

悠子突然大呼小叫，男人不知怎麼想。近在眼前黑暗中的臉孔文風不動，也沒任何聲音。大呼小叫的反應，表現在悠子身上。發出第一聲的瞬間，彷彿遭到毆打，表情嚴重扭曲的是悠子。即使只有一聲，既然發出這種聲音，再也無可挽回……近似痛楚的強烈後悔中，悠子不停吼叫。

事件。

悠子強烈感到事件的氣息。剛剛她歇斯底里的叫聲猶如槍聲，誘發某種天大的事件……沒錯，事件已發生，她身處漩渦中……然而，還不清楚是怎樣的事件。事件的眞面目，和男人的身體一樣，隱沒在黑暗裡。她淒厲的叫聲在耳中迴響，實在毛骨悚然。

車燈又一晃而過。燈光斜切過桌子流逝，照出刀子般的物體，稍縱即逝。那毫無疑問是一把刀。不是餐廳用的餐刀，是不良少年持有的恐嚇用刀。能夠輕易致人於死的刀子，瞬間吸盡車燈，耀武揚威地綻放出危險光芒。這種東西怎會丟在桌上……什麼時候出現在那裡的？

刀子放在家庭餐廳的廉價餐桌一隅，顯得極爲突兀。橫豎這男人身旁的一切都很突兀。與他最親近的妻子其實不適合他，穿戴在他身上的名牌貨都像仿冒品。其中最爲突兀的就屬我……爲何我會在這裡？車燈再次流過，一隻手抓住被照亮的刀子。

那是有著皮革般強韌的肌膚，野獸般的手。

悠子反射性站起。是想逃嗎？……男人敏捷站起，拐過桌角，撲向悠子。兩人的……兩具軀體撞在一起，有異物插進悠子下腹……撕裂表皮，嵌入悠子體內。完全不痛，甚至沒半點流血的觸感……那神祕物體的尖端刺破身體，無止境深入的感覺，和在澀谷的賓館初次與男人結合時如出一轍。不同於丈夫，男人宛如踏進泥沼，漫無邊際地貫穿悠子體內深處……沒有界線地進犯。跟當時一樣，悠子不由得抱緊男人，只明白意識逐漸遠去……但沒有絲毫痛楚。所以，悠子告訴自己，這僅僅是一場夢。然而，夢中的一起事件，仍將悠子推向無可救藥的結局。隨著意識遠離，她朝地面癱倒。

警官的臉浮現眼前，黑暗包圍的臉……

「這附近會發生命案，要小心。有女人將被殺害。」

他確實這麼說……那起命案發生在眼前，遇害的女人就是我……悠子明確憶起延續到四點四十分的夢境最後一幕。在那場夢中，被殺的也是我。不管怎麼努力，我仍看不清死者的臉。在一切開始的四點四十分，我逐漸回到夢中的命案……又在那場夢中即將被殺……然後被殺的瞬間，再度在飯廳的餐桌上醒來……做著跟現在一樣的夢境後續……

悠子的腦袋從男人肩膀滑落胸膛……她掙扎著睜開眼仰望男人，喃喃自語：

「這是誰？」

不是我愛的男人……是陌生男子。一名陌生男子殺了我。不，我認得他……得仔細看……此時，男子的臉倏然消失。黑色鐵門在眼前降下，燈又熄滅……她在最後的意識中這麼想。像站在絞刑台，腳下的地板撤去，悠子墜入無底深淵……

她在尖叫聲中驚醒。

那是誰在尖叫……我嗎？

一瞬之前的尖叫只剩遙遠的殘響，唯有悸動如夢境延續，在身體中心活潑跳動。我死了……明明是屍體，心臟卻高聲跳動……就像我現在用半張的眼睛仰望的壁鐘。

壁鐘沒有長針。古老的六角鐘僅餘短針……看起來早已死去，鐘擺卻堅定擺動，爲時間的生命謳歌。

單憑短針，仍能猜出時刻。

四點四十分。

夜色逼近廚房的小窗。落入夢鄉前——直到剛剛，窗玻璃仍暈滲著冬陽。這麼一提，今天是冬至，一年中最早降臨的夜席捲位於這座城鎮的家。

那是最後的光。一天裡最後的光，也是我人生最後的光。屍體？人生最後？……我怎會這樣想？我還活著，只是換上外出服，喝著紅茶，忽然遭睡魔侵襲，趴在廚房桌上打起盹。

外出？

我要去哪裡？想不起的焦急與煩躁，與在心臟留下殘響的不安交織成一塊……不必擔心。電話馬上會響起，一切都能釐清……

像要拂去黏稠的睡意般甩頭，下一秒，電話眞的響起。一如預期響起的電話，悠子實在害怕，沒立刻站起，茫然環顧二房二廳的屋子。在平凡的集合住宅內，與丈夫和兒子平凡的生活……這道電話鈴聲想破壞一切。隨著每一次鈴響，一點一滴地……第五聲、第六聲……悠子起身，在第七聲鈴響時拿起話筒。那正是將這個家、這場婚姻、這樣的家庭生活，一切破壞殆盡的信號。

「喂，是我。妳知道我是誰吧？」

話筒彼端傳來聲音。

「妳在睡覺嗎？有點鼻音。」

接著，對方問道。

悠子不禁後悔接聽。即使不接，她也曉得男人會這麼說……然後，男人會告知他在徒步十分鐘的「絲路」餐廳等待，她會回答「我馬上過去」。所以，立刻奔出門外就好，她不願在充斥不安的屋內多待一秒鐘……

「我馬上過去。」

掛斷電話，抓起皮包，關掉電燈——她頓時納悶：「天花板的燈怎麼亮著？」不過，只有短短一瞬間，她已跑到玄關套上包鞋，開門出去……許多疑問接連浮現又消失……她感覺到玄關旁的房內傳來兒子的氣息……感覺到不應有的氣息。

鞋子穿起來比買的時候更大，門把摸起來濕濕的……反正都不是重要的事。最大的疑問，反倒是她為何早就注意到天花板的日光燈、鞋子，及門把都不對勁，彷彿擁有預知能力。在穿鞋子、觸摸門把前，她便察覺種種小異常。

之前曾有相同的體驗……隱藏在兒子門後的氣息，門上如金屬流汗般冰冷、又有些溫熱的濕氣。

搭乘的電梯停在四樓時，在開門前她已知會有一名少年走進來……

抱著一疊沉重的報紙的少年一進電梯，就按下「關」，背對悠子，臉孔藏在棒球帽緣下……比起電梯下降，即將發生預期中的事更撩撥她的不安。

注意到少年懷裡不只有報紙，悠子不禁閉上眼。傳來東西掉落的聲響……少年一起抱著的圖鑑般書本掉下。不，是他故意丟到地上。翻開的那一頁上，女人裸露下半身。他故意讓悠子看到那一頁……證據就是，帽緣底下少年的目光如剃刀般鋒利，偷覷著悠子，像是好奇她的反應……儘管細微，但他眼中帶著惡意的微笑。

悠子閉著眼，仍目睹一切，不安得全身騷動，連眼皮和睫毛都在顫抖。與其說是掉在腳邊的可恥照片所致，其實是她對照片和少年的視線移動瞭若指掌的緣故……雖然全是小事，然而，如拼圖般浮現腦海的想像碎片，數秒後將分毫不差地嵌合在現實裡，完成一幕情景……她無比恐懼。

她是怎麼走出電梯的？

從樓梯後方的鐵門離開時，她同樣在開門前，就察覺黑暗的庭院中綻放無數白玫瑰，嗅到香氣。注視著像美麗的純白黴斑攀附黑暗的花朵，恍若置身惡夢……她總算發現在夢中曾看到一樣的玫瑰。直到這時，她才想起趴在家裡餐桌打盹夢到的全部情境。

我只是依照剛剛的夢行動。

她終於察覺這個事實。在夢中觀看的一捲錄影帶，化成現實的戲碼播放……可是，怎麼會這樣？

四點四十分，從假寐中醒來，悠子無法立刻清楚想起的夢，此刻連細節都鮮明復甦。沒有長針、缺少一半生命的壁鐘、男人打來的電話、兒子房內的某種氣息、鞋子的異樣、門把潮濕的觸感、從四樓進電梯的報童、報童手中的厚書……通往後院的鐵門、在黑暗中盛開的白玫瑰——與眼前毫無二致的玫瑰。

一切都和夢一樣。

我遵循夢中內容行動。

以爲是憑自身意志來到這裡，原來是受到那個夢操控？

必須擺脫夢境……

悠子告訴自己。從現在起，不能做出與夢境相同的舉動……即使要去夢中出現的餐廳，也不能迎接相同的結局。所以，不能跟那場夢一樣，錯過餐廳……怎麼走都走不到餐廳的煩躁與焦急，在看到男人的瞬間化成怒意爆發，釀成悲劇。我遭到殺害的悲劇……

不能錯過餐廳。悠子嚴肅地告誡自己，踏上夜晚的國道……每靠近路口，她就細心尋找餐廳的燈光，但不管怎麼走，就是看不見，只得承認錯過折返。那場夢以比現實堅固太多的繩索捆綁我……悠子不禁想著。

要避開夢中的警車，不去看車輛往來的馬路就行……明知荒唐，悠子仍這麼思索。不料，一輛警車擅自超越悠子，在幾公尺前方緊急煞車，她只能眼睜睜看著。

警官走下副駕駛座，等待悠子近前。

和夢中一樣……不同的是，悠子曉得警官要說什麼。

「妳要去哪裡嗎？」

警官問。罩上暗色絲襪般布滿黑影的臉龐，最後提醒「附近會發生女人遭到殺害的命案，要小心」。

全部與夢境相同……悠子不再忐忑不安，反倒感到一股重看影片的無趣。不，另一種不安令她心跳加速……時間經過太久，路繞得太遠。連在夢裡也繞遠路迷失方向……

他很沒耐心，不可能等太久。由於過於沒耐心，應該能持續一輩子的熱戀，短短一年就膩了……不過，儘管心想得快點找到餐廳，悠子卻害怕抵達目的地。等在那裡不是男人，而是一起命案……我被他殺死的命案。

沒錯，我正要前往犯罪現場……我遇害的現場。剛剛警官提醒「會發生女人遭到殺害的命案」……

悠子開始焦急，無法當成一場夢。她彷彿產生妄想，總覺得會迎向與夢中一樣的結局。明知荒謬，自己的聲音仍在耳畔縈繞：「不要去」、「不能去」……然而，身體無視勸阻，擅自快步折返。心跳得更厲害，連時間都配合加速。比起夢境，現實像影帶快轉般捲動時間……悠子很快跑回矗立奇妙三原色招牌的十字路口。

彎過轉角，就看到像圍牆般延伸的柊樹籬笆，後方正是餐廳所在的建築……但似乎沒在營業，停車場和上方高架式的店內沒亮燈——除了櫃台以外。

跟夢中一樣……所以，剛剛才會遺漏。

可是，這未免太不對勁。如果是夢，家庭餐廳在這種時間熄燈也不奇怪，但現在不是做夢，而是現實……

悠子沒有餘裕尋找答案。終點就在眼前……這道階梯上，玻璃門彼端的黑暗裡，就是終點。時間像沙漏裡所剩無幾的沙，一口氣開始流動……在終點等待的是跟夢中一樣的結局……爲何我沒逃走？是明白再怎麼逃都沒用？因爲我不是經過這條路過來，只是被那場夢備妥的輸送帶運抵嗎？

即使如此，悠子仍進行最後的抵抗，盡量拖延爬上樓梯的腳步。如同要爬上處刑台的囚犯……她不願思考，也無法思考。不，當她踩上第七階，忽然掠過一個念頭。一團混亂，彷彿遭暴風雨肆虐的腦袋裡，像颱風眼般冒出一個清澈的洞穴。她停下腳步……爲何從四點四十分醒來，不斷發生和夢境相同的事，做出相同的行動？

此刻，她總算解開這個謎。

恰恰相反。

這才是夢。我正在做夢。

直到剛剛以爲的夢境，全是現實……我在今天四點四十分左右醒來，電話響起，爲了與男人見面，來到這家餐廳，和現在夢到的一樣爬上樓梯進入店內，痛罵在最裡面座位等待的男人，遭男人刺殺……我倒在地上，用僅存的一絲意識做著這場夢——不，與其說是夢，其實是我不明白究竟發生什麼事，想用最後的意識解開眞相。

然而，之前我明白的事實，只有這是夢。傍晚四點四十分在集合住宅的家裡打盹醒來，經過一小段旅行般的路途，迂迴來到這間餐廳，最後遇害。這些全發生在現實中——不，與其說是夢，其實是一開始的旅程充滿太多謎團，像夢一樣，爲了解開謎底，我才詳細回想當初——打盹醒來，仰望只剩短針的壁鐘的瞬間開始發生的事。回溯記憶的期間，那場小旅行中歷經的「像夢一樣」的事實滲透到逐漸模糊的意識中，難以區別是夢或現實……不，這已是夢。如此便能解釋爲何剛入夜，家庭餐廳卻如迎來深夜般熄燈。

只是，爲何一開始的現實之旅中，這家餐廳也暗得像深夜？我再度停在樓梯最後一階。果然是現實……我僅僅是在回溯記憶。在第一趟旅行中，我在樓梯最後一階發現什麼事，駐足原地。當時不明白，但像這樣在記憶中再次體驗旅程，我總算領悟。

現在是深夜……

我身處冬季的深夜，不是冬季的傍晚。凌晨四點四十分，在集合住宅的家中一隅醒來。失去長針的可憐壁鐘，短針指著凌晨四點四十分。

所以，玫瑰氣味如此濃烈……據說玫瑰在黎明，花蕾即將綻放之際最芳香……冬玫瑰，冬季盛開的玫瑰。還有那個報童，他是在送早報。這個時間，集合住宅前方總堆放著居民趁夜拿出的舊報紙和雜誌。剛踏入青春期的報童，在其中找到成人寫眞集，偷偷據爲己有。之所以覺得暴露私處的照片是自己，是悠子心虛，認爲在少年眼中，她是在三更半夜——趁夜晚像死巷盡頭般熬煮得漆黑的時刻，出門幽會的不知恥女人。

獨子上大學後，仍在房裡偷藏寫眞集和情色雜誌。悠子偷翻他的房間，在抽屜深處發現一模一樣的照片，羞得差點摀住眼睛。她憶起彷彿裸身般的羞恥，把報童與那張照片重疊在一起。

一切豁然開朗……悠子會覺得鞋子變大，約莫是總在傍晚雙腳浮腫的時候穿鞋，習慣那種緊繃感。在十字路口走過頭，也是誤以爲剛入夜，餐廳應該燈火通明——不，還有兩個重大的謎團。

那名警官怎會知道我將遇害？還有……還有最關鍵的謎團，爲何遇害的我還活著，甚至試圖解開眞相?尖銳的刀刃刺中我，卻毫無痛楚。儘管昏迷，意識仍一點一滴恢復，想起再度被殺前的事……死亡，就是這麼回事嗎?不，不對。我的意識恢復得相當清楚……可是，我絲毫不覺得痛。剛被刺的時候，也沒有什麼痛楚……所以，我才會以爲是夢……沒錯，如果那不是夢，最大的謎團就是這一點。現實中，我明明被殺，爲何依然活著，兀自追尋謎底?

現下我在哪裡……做夢似地回溯記憶?沒錯，我待在樓梯最後一階，準備解謎……我必須進一步回溯記憶，跟那時一樣，再爬上一階，走進玻璃門，踏入店內。……悠子走上最後一階，從玻璃自動門踏入店內。

空無一人。

但右測深處的門內，除了昏暗的燈光，流洩出交談聲。客人最少的時間帶，應該只剩服務生和廚師，想必是躲在廁所閒聊。若在黎明前，沒什麼奇怪的。不過，那個時候，我在黑暗深處座位察覺人的氣息，注意力受到吸引。

現下也一樣。

發現深處桌位的人影時，一切都無關緊要。不管此刻是深夜，或有其他店員……

不停經過的汽車照亮玻璃牆，男人直勾勾盯著我。在黑暗包圍下，宛如化石的眼神——

不，化石是我。那雙眼睛一次都沒把我當成活生生的女人看待……這個人已刺死我……他看著親手殺害的女人屍體……每當車燈像閃電般竄過，疑似黑色銅像的人影便逐漸獲得生命……蠕動著向我逼近。

不，逼近的是我。

黑暗中，我朝著深處的座位、男人的影子走過去……如同幾分鐘前，不，幾十分鐘前，又或許是幾小時前。回溯記憶的過程中，我不知不覺再度踏入夢中……只剩短針的鐘打亂時間流向，像時空跳躍，我重新置身在「那個時候」……

我在男人對面坐下，把皮包狠狠砸到桌上。

悲傷伴隨憤怒充斥全身。

「跟我分手吧。妳無法拋棄丈夫和兒子，這段關係只會讓我痛苦。」

男人開口，悠子竭力維持冷靜反駁，可惜持續不了多久。

「我真的拋棄丈夫和兒子了！」

冷不防地，她發出尖叫。不，那是比尖叫更醜惡扭曲、亂七八糟的呻吟——是跟那個時候一樣的聲音。

「你太卑鄙，居然全賴到我頭上。拋不下家庭的不是你嗎？每個男人都這樣！」

這樣大呼小叫，比起震攝男人，更令我自身恐懼。吐出第一聲的瞬間，彷彿遭到毆打、表情醜惡地扭曲的是我……我是爲了重新出發才過來，一切卻都在此結束。即使只有一聲，既然發出這種聲音，便無可挽回……近似痛楚的強烈後悔中，我不停吼叫。

事件。

我強烈感到事件的氣息。剛剛歇斯底里的叫聲就像槍響，誘發某種天大的事件……沒錯，事件已發生，我處在漩渦中……然而，我還不曉得是怎樣的事件。所以，我必須更明確地想起，釐清是怎樣的事件……必須清楚憶起那個時候，我究竟經歷何種遭遇？

車燈又一晃而過。燈光斜切過桌面流逝，照亮刀子……刀子瞬間吸盡燈光，耀武揚威地綻放危險光芒。或許是光的流逝，刀子像染滿鮮血或某種危險物質……彷彿預知幾秒後的事件。沒錯，只剩幾秒……短針緩慢推動停滯般的時間，忽然化成秒針的動作，朝終點倒數計時。還有七秒……不，六秒、五秒……最後掠過腦海的，是這種地方怎麼會有刀的疑問。突兀的刀子……但最突兀的是我。所以，這男人視我爲絆腳石，想除掉我……車燈再次流過，一隻手抓住被照亮的刀子。

我踢開椅子想逃走，男人迅速起身，像發現獵物的野獸，拐過桌角撲上來。兩人撞在一起，有什麼刺進我的下腹……切開我的身軀，陷入體內……跟剛剛一樣。

不，不一樣。那個時候我思緒錯亂，連是誰拿起刀子都搞不清楚……根本沒意識到是自己的手。那把刀是兒子國中時的寶貝，柄由獸角製成……還有，是我把皮包砸上桌，從開口掉出。

是我想刺殺男人……男人不是撲上來，而是看到我握住刀子，試圖制止。不料，我快一步，抓著刀子撞向男人……刺中男人腹部。由於全力集中在刀鋒，也反作用到我的身體，刀柄陷入我的下腹。在澀谷的旅館初次與男人結合的夜晚驀然復甦……男人的身軀無止境地侵門踏戶，那個時候我就像這樣，比起被男人擁抱，被男人殺死的感覺更強烈。

只是「感覺」而已，現在依然如此。其實不眞的疼痛，也不可能死掉。活得好端端的，在淺眠中徘徊，做夢般回憶自身引發的命案。

殺人與被殺，在這起案件中非常相似。這把刀奪走我爲期一年的情人生命，同時奪走我的生命……我殺了這個男人，反倒形同被他所殺。用盡渾身力量的我，無法支撐自己的身體，彷彿自己遇害，幾乎昏厥。

跟剛剛一樣，在夢中反覆發生的案件，將我推向不可抗力的結局……身體倒向地板，警官的臉浮現腦海。

「附近會發生命案，要小心。」

那個警官知道不是我被殺，而是我要殺人……以爲聽錯，是把「女人殺人的命案」聽成「女人被殺的命案」。但直到握住刀子爲止，我不曾萌生殺害男人的想法……爲什麼……不，更重要的是，我怎會在皮包藏著凶器來見男人？我應該毫無殺他的念頭，爲什麼……？

我害怕失去意識，像尋求最後的救援，緊抓那個謎團……然而，這阻止不了任何事。我彷彿遭到刺殺，腦袋從男人的肩膀滑向胸前，仰望男人最後一眼。不，是丈夫。刺進刀子的瞬間，莫名變成丈夫面無表情的臉。一輩子面無表情的男人，即使突然遭妻子刺殺，仍眉頭不皺一下，就這麼死去。眞的連一點痛苦都沒反映在臉上嗎？我得更仔細地看清那張臉……此時，黑色鐵門在眼前降下，燈光熄滅……恍若站在絞刑台，腳下的地板消失，我墜入無底深淵……

悠子醒來。

回溯記憶期間，她誤闖夢境，卻被夢境彈出，丟回現實，隨著清明得近乎詭異的意識睜開雙眼。

悠子躺在沙發上……看見垂掛在山中小屋風格的挑高天花板上，宛如降落傘的燈。她慢慢撐起身體，發現是在餐廳最角落的座位。此刻，這個座位點著燈，玻璃牆另一頭仍是黑夜……

桌上擺著冷掉的咖啡和香菸。

是男人平常抽的菸。菸灰缸有兩截菸蒂……幾乎沒抽就直接捻熄。只抽兩、三口就捻熄，是男人的習慣。在澀谷的酒吧第一次邀她的時候也是如此。在這個男人眼中，女人恐怕就像這些菸……她明明早該看透這一點……

「現在幾點？」

悠子發現年輕店員杵在旁邊，開口問道。

「五點……三十三分。」

個子相當高的年輕人語氣緊張。是打工的大學生，仍不習慣應付客人嗎？……不，不對，他在害怕孤身一人的女客。

「傍晚？還是凌晨？」

「凌晨。凌晨五點三十三分。」

「這樣啊……那我來沒多久吧。我是剛剛昏倒的？」

「……對。」

店員啞聲回答，點點頭。

「是你讓我躺下的嗎？」

「不，是客人的男件。」

「哦……他還有這點體貼……和力氣啊。」

悠子捏起菸蒂，點燃其中一根，隨著長長的嘆息，吐出煙霧。

「那他去哪裡？警署？被救護車送到醫院？」

「不……五分鐘前他便付完咖啡錢離開。」

「可是他奄奄一息吧？畢竟我拿刀刺了他。」

「對。不過，只有刀尖刺到皮帶……完全沒受傷。」

桌角扔著一把刀子，像被棄置在那裡。悠子伸長手抓住。

「騙人！」

悠子激烈搖頭，把刀子遞到年輕人眼前。大概是以爲會挨刀，年輕人連忙後退兩、三步。

「瞧，這是血吧？不僅僅是刀子，我的手和裙子都染紅……那不是夢。你爲何要撒謊？……看仔細點，這千眞萬確是血啊。」

悠子微笑。是放心的微笑。這些血跡證明她是對的。然而，看到年輕人的眼神，她的微笑變成醜惡的面具。她知道年輕人冰冷的眼睛在訴說什麼。

「五分鐘前的血不可能乾得這麼快，那是更早以前就沾上的血。」

那麼，這些血是在那裡沾上的……眞正的命案發生在何時？我是在什麼時候，又刺殺了誰？悠子猛力搖頭。不是想不起來，而是因爲她知道答案。只是，直到這一刻，她都不願意相信，想當成一場惡夢。悠子的視線轉回年輕人，再次激烈搖頭。彷彿這樣就能甩開目睹的現實，化爲一場夢。

——打工大學生安井和彥在家庭餐廳「絲路」一週值三天大夜班，之後他向警方作證：

「是的，她好像眞的那時候才發現血跡。與其說是失去記憶，更像是整個人陷入混亂，連自己都糊里糊塗。她不斷呢喃著『這不是夢吧？』……我照順序說明吧。首先，凌晨四點半過後就沒客人，於是我熄掉店裡一半以上的燈，但緊接著一名男客進來……我領他到有燈光的座位，他卻說暗的地方比較好，在最裡面的座位坐下。他打手機找住在附近的什麼人……十五分鐘後，熟識的報童町田出現。他來送早報，表情跟平常不一樣，十分陰沉，示意有話要告訴我，所以我們避開客人，進廁所交談。町田在鄰近的集合住宅搭電梯，碰到一個年紀跟他母親差不多的女人，感覺頗危險。他一踏入電梯，就看見女人裙子上有赤黑花紋，可是不太對勁……他相當介意，假裝書不小心掉在地上，仔細一瞧，果然是血跡……而且是半乾的血跡。女人臉色蒼白，根本站不穩。町田以爲女人在集合住宅裡被人刺傷，剛逃出險境。『她說要過來，還沒到嗎？我一出電梯就跑去打公共電話報警……可是，我不清楚狀況，講得亂七八糟，萬一眞的出事，怕會遭懷疑，沒說出名字就匆匆掛斷。』……町田告訴警察『可能有個女人馬上會死在集合住宅後面的國道……似乎是殺人命案』。我提醒他『你這麼講，只會被當成惡作劇電話』，隨即聽到那女人進店的聲響……不到一分鐘，傳來淒厲的怒罵聲，我探頭一看，兩個人扭打在一起……接著，如同我在店裡向警方的描述，女人倒下，我以爲她被刺死，卻僅僅是昏倒。男人留下一句『我沒受傷，不必報警』就回去了，町田也一頭霧水地離開。五、六分鐘後，女人恢復意識。可是，方才提過，她反倒露出誤闖夢境般的表情，不停夢囈，最後什麼也沒解釋便走掉。我猶豫再三，最後決定打電話報警。」

十二月二十二日上午六點五分，小崎悠子（四十四歲）在住宅電梯中，被接到餐廳「絲路」通報趕來的警方收容。她從「絲路」返家，雖然回到五樓，但怎麼樣就是無法走出電梯，又下到一樓，再坐回五樓，將近十分鐘，搭著電梯上上下下。「只是個金屬的四角箱子，我卻覺得好像困在迷宮裡，難以離開。」悠子解釋，迷宮當然不是指電梯，而是在她體內。

儘管眼中仍帶有毒癮者般的混濁，意識已恢復得差不多，應答也十分清楚，她主動對警察說：「513室有我丈夫和兒子的屍體。雖然是我殺的，卻沒有獨自回去的勇氣，能不能陪我？」她渾身顫抖，看起來很害怕，但露出最害怕的表情，是在警方告訴她門把上有血的瞬間。她的目光凍結在門把上，不斷搖頭，彷彿不願相信，然後說：

「濕的是我的手，我竟以爲摸到的東西是濕的……」

看到渾身是血的屍體，她反倒冷靜許多。長男雄一躺在靠近玄關的房間床上，除了胸部以外，總共被刺三刀身亡。丈夫身穿睡衣，下腹遭殺害長男的同一把凶器刺兩刀，躺在和室的床褥上。

「丈夫深夜喝醉回來，我提出要離婚，他不當一回事，還說『妳在外面有男人吧』，我們吵了起來。他很快醉倒睡著，但聽著刺耳的鼾聲……不知爲何，內心湧現一股不安，總覺得等丈夫早上睡醒，我就永遠離不開這個家，所以我到兒子的房間，拿走兒子從國中開始偷藏的刀子。兒子在睡覺，但找到刀子時，他聽到聲響醒來，對我破口大罵，撲了過來。我拚命刺他……根本不記得刺幾下，連他是戴著耳機，邊聽廣播死掉，都是早上跟警察一起回家才知道。殺死兒子後，我順帶殺死打鼾打得益發厲害的丈夫，然後聯絡在公司加班的青木。我完全沒有拉青木當共犯，或製造不在場證明的企圖。只是想著，不管以何種形式，我終於完全拋棄家庭，他應該會明白我的眞心，所以想拜託他跟我一起逃走……我掛斷電話，用震驚到幾乎麻痺的腦袋思忖，隨即昏倒般睡著。醒來的時候，只有那段話眞實地留在腦中。其他的事像做夢一樣，即使要回憶，也完全想不出來。自從青木提出分手，我就一直失眠。爲了見青木一面，我離開家，離開集合住宅，走在國道上，彷彿行走於現實與夢的境界，搖搖欲墜……連此刻究竟身在何處都迷迷糊糊，這也是沒辦法的事。」

悠子恍若在緬懷遙遠回憶中的往事，以淡漠的語氣說完，等一名警察打電話向總部報告後，問道：

「我可以就這樣睡一會嗎？稍微歇息，也許下次醒來，一切都會變成一場夢消失。不管是那裡的屍體，還是警察……」

然後不等回答，她便直接趴到桌上，下一瞬間就發出安詳的呼吸聲，彷彿落入深沉的睡眠中。

風的失算

說是傳聞，一開始也是不值一提的內容。

「水島課長最近常加班吧？其實是跟太太處不好，爲了盡量拖延回家的時間，在桌上堆積如山的文件，埋頭苦幹……」

就像這樣，只是資歷兩、三年的粉領族與新進員工在茶水間喝著茶，做爲指導新人的一部分閒聊罷了。

「課長今天又接到無聲電話吧？說是無聲電話，也不是對方不開口，而是接聽的課長一聲不吭就掛斷，不是很令人好奇嗎？原本課長講電話便十分冷漠，連幹部來電，都兩、三句話應付掉，一時沒發現是當然的。不過，那似乎是課長經常光顧的小餐館，每次進珍貴的食材，老闆娘就會打電話叫他『今晚過來』。你們仔細留意，接到無聲電話三十分鐘後，課長會假裝到廁所，其實是去回電。」

所謂的「一開始」，指的是十二年前水島調到企畫部二課。

澤野響子在那之後兩年進公司，幾乎十年之間，都做著發想、擬定不會實現的企畫案這樣無意義的工作，還有奉陪談論課長的傳聞。

由於是傳聞，大半是空穴來風。比方「課長右腳是扁平足，所以只有右邊的鞋跟磨損」，但在新宿一區建起高樓大廈的知名電機廠商總公司，多達七百幾十名的員工裡，應該沒人會關注其貌不揚的中年員工後腳跟，可謂毫無根據。

「不過，課長調來以前，是營業部的超級業務員，有段時間被視爲將帶領全公司的新星。據傳把冰箱銷售額推上龍頭寶座、開拓美國電鍋市場，全是課長的功勞。在發達之路上，課長等於是甩開同期，獨占鰲頭。只是，上次的奧運百米短跑賽，金牌候補選手不也突然跌倒，跌破眾人眼鏡？跟那情況一樣，在妳進公司不久前，發生與競爭對手重複簽約的事件……」

響子進公司沒多久就從前輩那裡聽聞此事。由於與她對水島課長依稀抱持的落魄中年上班族印象實在大相逕庭，她認爲是胡謅，不然就是騙人的。只有一個可說是關於水島的眞實事跡——不，形容成「唯一」太誇張了嗎？響子不斷聽到的各種流言並非全是虛構，有句俗話「無火不生煙」，大部分的情況，循著煙一路查看，總能找到線香頭大的火苗。

舉個例子，課長完全偏離發達之路，對家庭生活造成不好的影響。丈夫拿加班當藉口，拖延回家的時間，是非常有可能的情形。況且，水島接起電話，默默聽幾十秒便掛掉，一星期至少會發生兩、三次。雖然不算常客，但課長一年會在下班途中光顧幾次類似小飯館的一間酒家，也是事實。

然而，兩個小小的事實融爲一體，往往會如生孩子般產出新傳聞。或者，有時一個小事實遭加油添醋，改變色彩和形狀，就像蝌蚪變成青蛙，成長得又大又驚人。

有些則像線香的煙，短時間內就消失。有些意外頑強，散發超乎煙霧的臭味，導致餘波盪漾……偶爾會像害蟲或流感病毒，以異常的生命力不斷變形、繁殖。

無聲電話的流言，就是典型的範例。

這三、四年之間，流言變成「那通電話是太太打來報告晚飯吃什麼的。別看課長那樣，他們夫妻依然火熱得像新婚」，再變成「那是證券公司打來通知課長持有的股價，課長似乎偷偷成為對手公司的股東」，又變成「課長玩股票虧慘了，那是黑道經營的金融公司打來討債。那恐嚇的聲音大到座位最近的安田都聽得一清二楚」……之後有段時間，小餐館的老闆娘重新登場，演變為「課長和那個老闆娘有一腿，她會通知課長店裡進新鮮的鹹鮭魚子……喏，上個月的迎新會，課長不是都光吃鹹鮭魚子？那是老闆娘暗示『今晚會早點打烊，要不要到我那裡？』」……最後進化為「課長跟會計部的行政小姐山岸有關係，休息時間她打外線近來，問課長今晚要不要上賓館」。

這陣子，傳聞忽然極具真實性。原本總半帶玩笑調侃的輕佻消失，染上近似霸凌的陰險。

同梯的森田優實低聲敘述的內容，是前所未見的逼真：

「我碰巧在女廁聽到其他部門的女員工聊天……聽說電梯裡剩課長和宣傳部一個叫牧原的女孩，課長突然從背後熊抱。那女孩尖叫，課長馬上放軟身段賠罪『我認錯人了』。我以爲課長是跟緋聞中的山岸搞錯，慎重起見，跑去偷看宣傳部那女孩。她比較豐滿，個子也比較高，光看背影，便能清楚辨別年紀不同，不可能弄錯人。」

之所以傳得如此繪聲繪影，主要是謠言中第一次有眞名登場。

「那是眞的嗎？」響子皺起眉。「先前不是流傳課長只對年輕男員工有興趣？呃，那個人姓笹木嗎？說是尾牙當晚，在店裡的廁所遭喝醉的課長一樣從背後熊抱。還有課長每週會去一次新宿二丁目（註）的酒吧……碰巧有人目擊課長與一個魁梧的男子牽手走出店外。課長對女員工確實冷淡，我反倒寧願相信這邊的傳聞。」

一開始也有目擊課長與年輕女孩走在一起的傳聞。具體內容是在橫濱的外國人墓園一帶，跟年輕女孩親密地邊走邊聊，但謠傳課長是在資助死於交通意外的摯友女兒。當時響子心想，即使與年輕女孩同行，也不會傳成緋聞，眞的是課長的性格使然。小餐館老闆娘的傳聞，一開始應該沒有緋聞成分。

註——新宿二丁目是日本知名的同志酒吧區。

「平常對女人毫不關心才可疑啊。恐怕是耽溺女色，感到心虛，反過來假裝毫無興趣……還有笹木後來訂正『那是課長喝醉，往我靠過來而已』。課長那種類型的男人，意外地會不斷為女人惹出糾紛。聽說課長和老婆處不好，也是這個緣故。」

響子默默搖頭。

不單是森田優實，喜歡蜚短流長的人常把「那種類型的」掛在嘴上，但響子實在不認為她們真的明白水島課長究竟是什麼類型的人。

當然，響子也不清楚。他們幾乎每天碰面，都超過四年了，但在她心裡，水島課長依然是個不起眼的中年男子。不管對工作、對包括響子在內的七名下屬、對上司，還有對自己都毫不關心，就像老牛吃草，僅僅消化非做不可的工作——嘴巴只張開最起碼的大小、擠出不得不說的話，任憑時間流逝。

原本企畫部二課的工作內容，就類似一課的承包商，每星期開一次會，提出適當的企畫案，但幾乎都全被駁回，即使偶爾被採納，也會變成一課的功勞。做的工作全是其他課送來的資料調查、圖表製作這類枯燥的工作，形同昇遷無望的員工流落之地。偶有能幹的員工被調來，但也是做為昇遷的跳板，再長也只會待上一年，就從二課繞出去了。

響子實在不明白，融入這種日陰處的職場、即使近在身邊也會被遺落的男人，怎會三不五時變成流言的主角？經常成為話題主角的人，不論意義好壞，應該都具備某些就算沒做什麼，也十足引人注目的特殊性格。只能說形形色色的流言，反倒把這男人沒任何突出之處、單調平板、絲毫不引人關心的地方，轉變成一種難以捉摸的神祕特質，勾起眾人的興趣。

進公司四年，不免從聆聽變成講述傳聞的立場，但響子把這個角色交給同事，跟晚輩一起，純粹當聽眾。她沒動口，而是動腦，思考眾人為何如此喜歡談論課長……這個茶水間裡，難不成有著近似中、小學生霸凌的結構？

響子有這種感覺。辦公室雖有大窗，但唯獨夕陽照得進來，一到傍晚，就得放下陰暗的百葉窗，夜晚比其他地方早降臨。眾人是不是找到一個弱者，發洩在辦公室累積的鬱悶？響子不禁這麼想。儘管擁有光彩的過去，卻失足斷送前程的水島，正是最適合成為霸凌對象的弱者。

響子不希望變成遭到霸凌的立場，所以藉由默默聆聽，與談論的一方站在一起，從不積極反駁，或出面維護課長。但她心知，有時自己投向課長的目光中，摻雜近似體恤的感情。

高中時代，響子經歷過重大的挫折。她夢想為成奧運選手，從小加入排球隊，卻在全國大賽中腳踝骨折，不僅必須放棄夢想，而且雖然不明顯，但在行走的時候右腳變得有點跛。即使如此，她仍設法靠著學長姊的關係，在公司謀得職位，重新出發。然而，剛進公司沒多久，又遭遇身爲女人的挫折。由於上班後的忙碌，從高中開始交往、認眞考慮要結婚的男友，被朋友搶走。

是這樣的過去，與水島的過去發出共鳴嗎？

對於沉默寡言、面無表情的上司，響子有股親近感。

響子發現自己也一樣。平常會與身邊的人普通地閒聊，可是，一旦轉到運動或戀愛話題，她就會變成跟水島一樣寡言和面無表情。

出於這樣的親近感，當水島的流言充滿惡意，響子有時會像自己遭到批判般感到受傷。在不甚瞭解水島的狀況下，響子建立起對他的印象。想像中的水島，不僅對工作失去關心，連對女人都失去興趣，只能勉強守護家庭微小的幸福。絕不是像色狼一樣，會向女人伸出鹹豬手的爛人。小餐館老闆娘的傳聞，與會計部職員的不倫關係，響子都無法相信。儘管沒明講，她始終在內心否定。

可惜，響子愈是否定，流言愈變本加厲。其他課的女職員在電梯裡遭襲胸的流言傳播開來，每隔兩、三天，受害者就一名、兩名地增加……甚至煞有介事地傳出水島偶爾打開的黃色筆記本，是總務剛完成的當年新進員工名冊，而水島會在襲過胸的員工名字上畫紅圈。倘若屬實，至少會有一、兩個受害者出面控訴，卻毫無跡象。流言往往是胡說八道，這便是最佳證據。再怎麼說都太惡劣了……有一次，響子想建議課長查清流言的源頭，卻苦無適當的時機，於是傳聞逐漸變質：

「課長不都提著老舊的牛皮公事包上下班？聽說裡頭裝著針孔攝影機，女員工早晚搭電梯的時候，最好留心點。」

正確地說，這是六年前的七月底，為返鄉繼承家業而離職的同事清水，在歡送會上代替道別留下的話。當時，距響子第一次從森田優實口中聽到課長性騷擾的傳聞，已過三個月。

課長沒參加這場歡送會，自然不會直接聽到這段話。但課長究竟知道多少關於他的流言，又作何感想？

響子若無其事地窺探課長的辦公桌，課長仍是老樣子，像白紙的平板面孔，沒寫上任何答案。不久進入八月，盂蘭盆節連假將近之際，響子終於有機會直接詢問水島。

響子忙完外務返回公司，衝進門即將關上的電梯，裡面恰恰只有課長一個人。他準備去社長室嗎？十二樓的數字鍵已亮起。

響子主動打招呼，但課長沒理會，佇立在樓層顯示板前。

「不好意思……」

響子說著，按下辦公室所在的八樓數字鍵，移到較靠裡側的位置，望著水島的背影。課長本來個子就高，體格還好，但狹窄的密室誇大了背影。短袖襯衫的潔白，讓背部展現出空白般無意義的寬度。不，不論在時間或心情上，響子都無暇觀察那道沉默的背影。這是她進公司後，第一次和課長獨處，封閉的空氣蘊含著緊張，沉重地壓上來。

最好說點什麼……

「課長。」

響子開口，課長微微側著臉。

「課長知道關於您不好的傳聞嗎？」

她下定決心問。

「哪一個傳聞？」

「聽說課長在電梯裡對女員工上下其手。」

停頓一、兩秒鐘。

「所以妳在害怕？踏進電梯的瞬間，妳僵著臉。」

課長的語氣稀鬆平常。

「不，我不相信那種傳聞，可是課長制止一下比較……」

電梯轉眼就到八樓，門隨即開啓。

話語和心情都懸在半空，響子行一禮就要離開，水島忽然伸出手，像平交道柵欄般遮在她的鼻前，擋住她的去路。

「妳在懷疑我吧？親身試驗看看如何？」

聽起來沒什麼，但過於突然的話令響子不知所措，全身僵硬。不，比起這句話，中年男子瞬間顯露的表情，更出乎響子的意料。

電梯門關上。

響子甚至沒發現電梯又開始爬升，在心中低喃「我第一次看到他笑」，隨即又瞪著恢復面無表情的男人側臉。

不過，電梯裡什麼都沒發生。幾秒鐘後，電梯抵達十二樓，水島課長爲響子按下八樓的數字鍵，道聲「再見」就離開。

他想用這幾秒鐘證明自身的清白嗎？所謂的「親身試驗看看」，是不是這個意思？

冷靜一想，響子漸漸明白，就像課長說的，她懷疑會受到騷擾。假如課長眞是無辜的，看在他眼裡，完全就是女員工任意散播莫名其妙的流言，自驚自怕，又臭美自戀罷了。

響子覺得心中暗藏的自戀情結，遭課長成熟的眼神看透、奚落了。

那一瞬間的笑容，確實有種大人捉弄害怕的孩童的色彩。

不過，真的只是這樣嗎？

之後，課長對響子的態度沒有變化，響子也把電梯裡的偶遇當成小事遺忘，唯有那缺乏表情的面具崩壞，短暫溢出的笑容，不可思議地烙印在視網膜上。那笑容像大人在捉弄孩子，也像惡作劇被發現的頑童，相當天真無邪。

然而，課長眯著眼，卻沒半分笑意……宛如相機鏡頭，透過針孔般的小洞冷冷地試圖窺看、捕捉響子的什麼……身體的什麼……

無巧不成書，不久後的盂蘭盆節連假期間，響子便在新宿的百貨公司巧遇水島課長。

在特賣會場挑選夏季衣服時，有人喊她：「澤野。」

回頭一看，是熟悉的撲克臉。不過，跟在公司不太一樣，在那張白紙上也能感受到柔軟，或許是妻女緊跟在他身後的緣故。

挑特價品的時候遭撞見，響子莫名驚慌，但水島沉穩地說「去掃墓，順便陪家人買東西」，把妻子和女兒介紹給她。

「外子一向受您照顧了。」

水島太太細小的眼睛埋沒在豐腴的臉頰裡。站在旁邊的女兒身高超過母親，聽說在航空公司就職，仍保有一絲未成年的青澀。母女穿著同款迷彩T恤。不僅是T恤一樣，長相一樣平凡，但也讓人感到親近，在響子心中留下好印象。與這兩個人站在一起，水島的撲克臉毫無扞格地融入微小的家庭幸福中。性騷擾的流言果然無憑無據，響子再次這麼想。「那公司見。」水島很快道別，又忽然想起般說：

「既然公司的同事難免會看到我陪家人的模樣，眞希望不是妳，而是編造離婚流言的傢伙。」

響子不經意受水島妻子胸口的綠葉別針吸引，水島突如其來的話，害她一陣慌張，脫口反問：「什麼離婚流言？」但水島似乎不介意，回答：

「妳不曉得嗎？就是內子聽到我在電梯對女員工亂來的流言，帶著女兒離家的傳聞……其實內子早聽我提過，只和女兒一笑置之。這樣啊，原來妳還不知道。嗳，遲早會傳進妳耳裡吧……」

然後，他與妻子相視而笑。

微微放鬆撲克臉的笑法，才是課長眞實的面孔吧。響子暗暗想著，卻無法抹消烙印在視網膜上、電梯裡那一瞬間的笑容。妻子的別針混進迷彩紋難以辨識，響子覺得課長是刻意在丈夫和父親的笑容中，摻進那一瞬間的笑容……

話說回來，面對五花八門的傳聞，水島有何想法？他在電梯裡反問「哪一個傳聞」，表示本人也聽到相當多傳聞，難不成全以撲克臉阻擋？不，他說妻女一笑置之，但在簡短的談話中刻意提起，是不是根本耿耿於懷？

連響子都嗅出近似「霸凌」的成分，本人的感受想必更強烈，在那張撲克臉下，也許深深受到傷害。

響子想問清楚，卻找不到機會。四個月過去，十二月的尾牙當晚，機會總算到來。續攤之後，一個人前往有樂町車站的響子，發現吃完第一攤就先回去的課長還沒等到計程車，便主動上前招呼。兩人在咖啡廳聊了約半小時。

「雖然是一棟大樓，畢竟就是座水泥牢籠。尤其是我們課，規模小又清閒，容易變成流言與壞話的溫床……嗳，也是規模小的緣故，大夥自以為在背地裡偷偷談論，其實全傳進我的耳中。」

面對響子的問題，水島意興闌珊地半張著嘴解釋，微微一笑。「不，我並不是完全不在乎。由於幾乎都是可一笑置之的內容，與其因毫無個性被當成空氣，不管是怎樣的形式，好歹有存在感，還能忍耐，但今年夏天那麼過分的傳聞就……以前我還在營業部門的時候，有兩、三個競爭對手，尤其是岩瀨——現下擔任營業部長的岩瀨，至今他仍視我爲眼中釘，或許惡劣的流言是從他那裡傳出的……畢竟我們課裡的男生不少是從業務調來。我曾想找岩瀨問清楚，但要是那麼做，不知又會傳出什麼流言。」

最後，他以嘆息作結：

「噯，都說流言是風吹來的，這捉摸不定的陣風，只能靜待其過去。還是季風？……這麼一提，關於電梯的流言，也是夏天一結束就消失。」

響子憶起，七月底留下一個傳聞便離職的清水，一樣是營業部調來的，到新的課後，仍經常與舊同事去喝酒。她想趁下次的機會告訴課長，卻一直等不到「下次」，轉眼便來到今天，六年過去。

響子與課長的接觸，也像一道小陣風，在尾牙那一晚結束，回到職場的上司與下屬的關係。或許響子猜對了，清水眞的是謠言的源頭之一，自從性騷擾流言冷卻後，近兩年都沒再傳出有關課長的流言。

度過兩年的尾牙，流言又開始傳出，彷彿沉默許久的反作用力，每一則內容都教人蹙眉，但風愈強勁，去得也愈快。每一則流言的生命周期比以前更短，每當響子有些在意，想告訴課長時，流言已消失無蹤……課長辦公桌下的垃圾筒，只是露出車站前經常有人分發的宗教團體傳單，便傳成「課長的老婆從以前就是狂熱的新興宗教信徒，丈夫也有傳教業績壓力，除了公事以外，最好不要靠近課長」。而課長的手表換成高級名牌貨後，或許是和以前投資對手公司的流言結合，衍生爲「課長玩股票大賺，要蓋新房子」。響子以爲後者是難得正面的謠言，沒想到再度變成「說股票賺錢，其實是課長自己放出的風聲。他似乎藉這個流言當擔保，向營業部的舊同事借一大筆錢」，形同指控課長詐欺，充滿惡意。

對於這個沒有未來的男人，眾人便努力從過去挖掘流言的題材。

關於課長脫離發達之路的緣由，出現新的說法。不是工作出錯，其實是課長前往應酬，迷上銀座酒店的媽媽桑，卻不曉得副社長是她的金主之一，還拿公司的錢上酒家。甚至傳出課長曾是高中棒球隊的王牌投手，在進軍甲子園前偷竊被捕，一度經歷挫折。

流言的材料就像週刊雜誌，千變萬化，透過這幾年從企畫二課調到其他部門的員工傳播，似乎流傳得更廣。不過，約莫是密度遭稀釋，生命力變弱，流言本身失去厚度與熱度。如同一成不變、了無新意的電視節目收視率，流言漸漸走下坡。課長一貫面無表情，視而不見，於是霸凌的一方像在攻擊空氣，喪失執著嗎？

徒然遭歲月的洪流沖上三十大關後，響子漸漸介意起周圍的目光，無暇理會課長的事。

尤其是去年，森田優實變成小倉優實，三個女員工裡，只剩她依然單身，反倒是自己取代課長，變成周遭談論對象的不安益發強烈。不管是流言或課長視而不見的撲克臉，她都早已習慣，不再心生波瀾。最近聽著別人交談，她冷不防會察覺自己跟課長一樣面無表情，急忙裝得興致勃勃……

不過，今年從晚輩加古口中聽到的流言，讓響子無法置若罔聞。課長曾把流言比喻成季風，真是貼切。春季人事異動平靜下來的黃金週連假左右，及上班人數波動較大的盛夏盂蘭盆節連假前後，及舉辦尾牙的十二月，是最容易冒出流言的時期。響子是在黃金週連假的前一天晚上，聽到這個傳聞。

今年第一個連假開始的前一天，響子到地下餐廳吃午飯，巧遇曾一起辦公三個月的男性後輩。

「營業部那邊的新工作如何？」

響子拍拍在吧台讀報的加古肩膀問，於是加古露出熟悉的討喜笑容回答「還好」。待響子在旁邊坐下，他便把報紙擺到響子面前，關切道：

「倒是你們課裡怎麼樣？」

而後，他帶著笑容指向一則報導：

「這起案件……前天發生在目黑的連續無差別殺人案件，營業部都在傳歹徒就是水島課長。」

正確地說，在那個階段，警方尚未斷定是連環命案。

加古拿給響子看的報導，陳述前晚發生在目黑巷弄的粉領族遭勒斃案出現目擊者後，只寫這麼一段：

「這個月以來，首都圈已發生第三起女性遇害案件。警方認為本案與四日發生在相模原的主婦命案，及十一日發生在深川的護士命案有關，可能是同一名凶手所為，目前正朝此方向偵辦。」

說是首都圈，案發地點其實相距遙遠，警方謹慎避免妄下斷定，但毋庸置疑，這是同一名凶手犯下的連環命案。

三起命案都發生在星期三晚間，車站附近無人的小巷，手法皆是用繩狀物品勒斃，且受害者年齡相同……宛如電影的案情令媒體瘋狂，響子非常關心，今早也在上班前看了新聞。

最近類似的犯罪層出不窮，無法視而不見，難保自己不會成為受害者。尤其這次命案的受害者都和響子一樣是三十二歲，新聞評論節目也提醒「三十二歲的女性千萬要小心」，她感到切身的危機。

然而，她從未想過凶手可能在周遭。如電視上犯罪專家的分析，她認爲這是與受害者本身無關的隨機犯罪。

「怎麼可能……」

響子想笑，唇角卻留下笑不完全的僵硬。反倒是加古嬉皮笑臉，像是開個小玩笑，說道：

「可是，報上寫的超商店員目擊到的男人，跟水島課長很像。」

前天命案的受害者，一如往常在目黑站下電車，順路到車站附近的便利超商，買完東西剛離開店裡，就被一名路過的男子叫住，聊了約一分鐘。店員透過玻璃牆目擊這一幕，描述是「穿灰色薄大衣，提著公事包的中年人，像是上班族」。

「這樣的中年人全東京有幾十萬個。即使在我們公司，除了課長以外，也有幾十人，不，幾百人。營業部是認眞在談論這種事？」

響子不禁動氣，加古有點嚇到，表情轉爲正經：

「不，當然只是流言。」

「你聽誰說的？」

「營業部的芳川昨天告訴我的……不過，芳川是上星期碰巧在居酒屋聽到企畫部二課的人談及，所以我一直以為早於前天的命案，企畫部就在鬧騰這件事……」

「芳川是從誰那裡聽說的？」

「不曉得……如果妳想知道，我晚點問過芳川再聯絡妳。」

響子猶豫片刻，應道：「好，麻煩你了。」

「營業部的岩瀨部長從以前就把我們課長當成眼中釘，為了陷害課長，捏造一些過分的謠言……這個謠言也充滿惡意，讓人感覺到背後有敵人的影子。」

「這麼一提，我聽過類似的傳聞……可是，我認為這次不是營業部傳出來的。」

加古後仰，訝異地打量動氣的響子。

之所以動氣，會不會是有那麼一絲相信謠言為真？聽到加古提起這個謠言，儘管響子瞬間心想「怎麼可能」，卻反射性憶起六年前在電梯中看到的笑容。水島課長幾乎快變成空氣，但不知為何，那抹微笑不時會浮現腦海，還有包裹在童稚微笑底下的陰暗眼神。那雙眼睛是不是蘊藏與六年前相同的神祕色彩，觀察著前天走出目黑超商的女子？

水島課長並未變成空氣。從撲克臉的面具底下，瞬間露出的真實面孔，反倒化成最厚實的面具，深深隱藏真正的水島，使得響子放棄去理解。

懷著曖昧不明的心情，響子吃完午飯返回課裡。見課長一如既往頂著撲克臉在看文件，響子總算回到現實，斥責差點爲流言上鉤的自己。不過……三連假就在眼前，辦公室卻比平常安靜太多，響子十分介意，想必這是絕不能在課長面前提起的那則流言的緣故。

而且，是不是只有她遭到那個流言排擠……？

對明天開始的連假毫無規畫的三十多歲女子，踏上歸途的腳步怎樣都擺脫不了沉重。由於乖僻的心態，她總覺得自己不知何時已遭職場排擠。顧慮到隨機殺人案件頻繁發生，她想趁天暗前回到位在武藏關的公寓。白晝雖然變長，在車站前的超市採購晚餐食材時，夜色完全降臨。穿越站前商店街後，得走過近一百公尺人影稀疏的路，才能抵達公寓。

宛如深夜的寂靜中，一道腳步聲以緩慢單調的節奏跟上來……不，儘管差異細微，但節奏不一致，一腳彷彿稍稍黏在柏油路上……響子冷不防想起剛進公司時聽聞，卻忘得一乾二淨的流言：「課長的鞋子只有右鞋跟磨損」，她怕得不敢回頭，拚命往前跑。

吃完晚飯，響子留意著新聞時間，漫不經心地瞄向電視時，加古傳簡訊來。

「那個謠言似乎是小倉告訴芳川的。連假期間我會在公司加班，有事可聯絡我。」

小倉優實。

那個謠言透過優實之口，早在上週傳到營業部？……優實每聽到謠言，總會第一個告訴我，這次為何只瞞著我？

這麼一提，優實從今天開始請假，陪丈夫回北海道的老家。響子介意得不得了，忍不住打手機給優實，卻沒人接聽。大概是快十點，時間有點晚，她放棄聯絡。然而，連假期間，她每天撥打兩、三次，對方一次都沒接聽。

三連假的星期六，響子追著新聞節目，整天守在電視機前。每一台新聞都把無差別殺人案當成頭條，畫面不斷出現「最新消息」的字幕和驚嘆號，實際上查到的消息，僅有在深川遇害的護士，也曾在地下鐵車站附近的超商前，跟貌似上班族的中年男子交談。根據目擊者的描述，那是不胖不瘦的平凡男子，長相沒看清楚，但經過時聽到話聲，像在向受害者問路。

星期日，媒體競相報導前晚發生在高知的一家六口滅門慘案，及政要對日美關係的失言。高知的慘案，凶手約莫想消滅犯罪痕跡，於是放火。電視執拗地反覆播放鄰居碰巧拍到的房屋熊熊燃燒的影片，無差別殺人案等於遭這把火吞噬，只剩簡短的報導「警方幾乎已確定三起案件是同一凶手所為」。

即使如此，看著高知慘案火舌噴出的黑煙，響子不禁覺得企畫部二課單調的辦公室裡充滿相同的黑煙，水島的雙眼浮現其中……

下午，響子決定傳簡訊給加古。

「傳聞水島課長會被調到企畫部，是因爲迷上銀座的媽媽桑，惹惱當時的副社長，這是眞的嗎？如果知道那個媽媽桑的年齡和長相，請告訴我。」

從星期五起，響子就反覆思索著水島課長的種種流言，想到可調查流言中出現的女人。如果課長與這一連串的命案有關，三名受害者和過去流言中登場的女人，應該會有共通點。首先是會計部的山岸小姐，響子翻查幾年前的員工名冊，發現傳出流言時她三十二歲。不僅是年齡相同而已，依電視上公開的照片來看，無差別殺人案的三名受害者都身材豐滿，圓臉細眼。山岸公江也一樣，雖然偏瘦，但臉頰圓潤，眼睛細得像條線。響子頗爲驚訝，決定深入調查和課長傳出流言的其他女人。

響子勉強記得聽過「小峰」這個店名，應該有辦法查到傳聞中的小餐館老闆娘，可是毀掉水島人生的銀座媽媽桑，她無從查起，只能不抱希望地問加古……響子打著簡訊，擔心自身舉動太大膽，但加古立刻回覆：「知道了，我會在天黑前盡量調查。」

等待加古回覆時，響子翻開電話簿查到兩家「小峰」餐館。她兩邊都打，一家沒人接聽，另一家是男人接的電話，丟出一句「我們這裡沒有老闆娘」，就狠狠掛斷。

響子繼續留意電視新聞，但沒任何新消息。入夜後，加古傳來的簡訊寫著「傳言水島課長遭調職，是成天泡在銀座的俱樂部的緣故。但他看上的不是媽媽桑，而是小姐。外貌和正確年齡都不清楚」，響子的預測落空。加古補充「不過，有傳聞說那個小姐當時未成年，現在肯定不到三十歲」。

加古顯然看透響子的意圖。課長對三十二歲的女人沒有特別的執著嗎？不僅僅是加古和響子，大概是「流言」本身想釐清這一點，成長得更茁壯……

響子傳簡訊道謝，並詢問他能不能查到「小峰」老闆娘的事，忽然停下手。

流言是不是這樣傳開的？假如加古把簡訊的事告訴別人，等於是爲流言加油添醋。「小峰」的老闆娘外貌與三名被害者有共通點，三十二歲生日時，引發重創與課長關係的問題……響子察覺自己正要將無中生有的傳聞種子寄給加古。仔細想想，響子住的一房一廳公寓和職場一樣，是封閉的狹小密室，停滯的風助長黑色黴菌的繁殖……連假期間，窒息感益發強烈。在這樣的環境下打簡訊的手，像在點火柴，準備散播新的流言火苗。如同縱火犯藉點火柴的手，一吐平日累積的鬱悶……

剎時，響子一陣毛骨悚然，旋即搖搖頭告訴自己，她只是想保護課長，不希望他受到惡劣流言的傷害。

隔天，加古回覆沒人知道小餐館老闆娘的事。無差別殺人命案的偵辦依然毫無進展，響子結束了整天盯著電視的空虛假期。

九點多，她決定最後一次打給優實，還是沒人接聽……響子愣愣聽著手機鈴聲，忽然想到優實也是三十二歲，且是圓臉，難不成……當然，她馬上搖頭，但單調的鈴聲化成陰暗的不安，滲透全身。

一反她的憂慮，隔天晚五分鐘衝進辦公室的優實，像在爲遲到辯解，將伴手禮的白巧克力分發給同事。送給響子時，她主動賠罪：

「不好意思，我忘記帶手機出門。妳打很多通給我，怎麼了嗎？」

響子含糊其詞，一小時後，她找優實到茶水間：

「無差別殺人命案的凶手是課長，這麼過分的流言，妳爲何拿去跟營業部的人說？」

「咦，不行嗎？」優實毫不內疚地反問。

「那怎麼行？就算是開玩笑，未免太惡劣。妳到底是聽誰講的？」

優實緊皺眉頭，響子以爲是自己的語氣像在逼問，但並非如此。

「響子，妳在開玩笑嗎？」優實斜眼回望響子，「不就是妳嗎？上週妳在這裡告訴我『深川和相模原的命案一定是課長幹的』……聽起來超擔心的，我跟著在意起來，忍不住告訴別人，只是這樣啊。」

一直當成朋友的女人扭曲的視線中，掛著響子搖搖欲墜的神情。於是，響子僅應一聲：

「怎麼會……」

忽然間，響子察覺走廊上有人。不過，此時別開目光，等於默認優實的胡說八道，響子盯著對方奇妙傾斜的視線。優實說的事，響子毫無印象。

優實恐怕就是這次流言的幕後黑手。由於愧疚，她誤以爲受到責怪，才會做出這種離譜的反擊。

不管是怎樣的流言，只要出自己口中，一切都會變成眞的。帶著如此堅信的傲慢，優實任由流言肆虐，甚至變本加厲，害一個人蒙上不白之冤。

看著優實的眼神，響子想起搶走男友的手帕交，根本懶得反駁，無言地離開茶水間。一整天她都沒再和優實說話。

午休時間，響子獨自前往地下餐廳，期待能碰到加古。到連假前一起吃飯的那家店一看，體型圓胖的加古坐在同一個座位。他似乎也在期待響子出現，一注意到響子就問：

「看過A報了嗎？」

「沒有，怎麼？」

「這應該是A報的獨家新聞。十年前，橫濱發生過一起命案，受害女子與這次命案的三名死者年齡相同，殺害手法也相同，警方正在調查其中的關聯。」

加古自然地繼續道：「水島課長是橫濱人吧？」

「可是，記得他只待到高中，十年前就搬到久我山。」

一回神，響子發現她不知不覺受加古熱烈的語氣吸引，談論起命案，頓時噤聲。

響子以爲只是在陪加古閒聊，但也許等一下加古會告訴別人「關於那起命案，澤野這麼說」……

響子鬱悶地回到課裡，但課長一如往常的表情沒有命案介入的餘地。響子不想再理會這則流言，當天傍晚，她卻不自主憶起加古的話。

接近下班時間，靜岡老家打來，告知父親心肌梗塞病倒。響子從公司早退，直接前往東京車站。搭乘的回聲號停在新橫濱時，加古中午提及的報導內容掠過腦海，響子想起剛進公司一、兩年左右聽到的流言。水島和死去好友的女兒一起走在橫濱的外國人墓園……這個流言傳開的時間，與加古提到的命案時間頗相近。不過，響子非常擔心父親的病情，無暇深思。在父親保住一命，隔天早上病情穩定下來後，她決定暫回東京。直到搭乘的新幹線再次停靠在新橫濱時，她才眞正開始細究十年前橫濱發生的事。記得是有人目睹課長和一名年輕女子親密地走在一起，然後說那是課長好友的女兒。如果那名年輕女子，十年前在橫濱遇害呢?

響子出聲低喃「怎麼可能」，卻止不住想像。加古強調「年齡相同」，她以爲是指橫濱的受害者也是三十二歲，但會不會是想到如果當時的受害者還活著，今年三十二歲?換句話說，在橫濱遇害的是二十二歲左右的年輕女子……

這十年之間，凶手身邊有個從二十二歲成長爲三十二歲的女人……凶手對這個女人特別執著，不知爲何無法直接發作在她身上，而是化成攻擊這種扭曲的形式，發洩在年紀相同、容貌相似的女人身上嗎……?現下在公司內成爲謠言中的凶手的男人，身旁有符合這些條件的女人……若十二、三年前他癡迷的銀座年輕小姐也是二十歲左右，就符合條件，但並不是她。

回聲號經過多摩川。河原的綠地與泥土的顏色斑駁交錯，在響子眼中，像綠色與卡其色混雜的迷彩……六年前，超市特賣會場的男人身後，兩個容貌相似的女人並肩站在一起，穿著同款的迷彩T恤……那迷彩鮮明地在響子腦中復甦。和母親如出一轍，有著圓臉細眼的女兒，很可能是二十六歲。而且看起來總有些童稚，會不會是過度保護——父親過度保護的緣故?父親把無法直接對女兒發洩的執著，轉向與女兒年紀及容貌相仿的女人。不料，異常的執著益發扭曲、產生偏差，變成殺害對方的犯罪行爲。

過去的命案發生在橫濱。那是隨機犯案，凶手自信沒遭到目擊，但後來公司傳出他在橫濱和年輕女子走在一起的流言……這不是單純的流言，意味著有人看見。焦急之下，凶手試圖以近似美談的理由掩飾，搶在流言擴散前，主動放出別的流言。如同綠色別針埋沒在迷彩中，他打算讓某個流言淹沒在其他大量的流言中……此外，凶手故意放出自己性騷擾的流言，是不是想透過周圍的反應，得知旁人對他的看法？周圍的人是否隱約察覺他對女人的異常執著？響子在書上看過，這類凶手有希望別人察覺自己異常的矛盾心理，會甘冒曝光的風險。

十年過去，他在橫濱與年輕女人走在一起的流言徹底消失，放心的同時，漸漸感到無趣。長久累積在體內深處的感情，在尋求發洩的管道……於是，凶手採取更駭人、更張狂的手法犯罪，並放出自己就是凶手的流言。

不，難以想像有人會冒這麼大的險，某些流言意外地有所憑據。過去凶手親手捏造、釋放的流言，不知不覺獲得生命，在不毛之地生根、長葉，向他展開報復，會不會是這樣？

電車滑進東京車站的月台。想到這裡，響子搖搖頭。流言就是以這種荒謬的妄想當糧食，茁壯成熟……響子勸自己回歸現實。瞥向手表，才五點半。明天一樣不用上班，她打算繞到公司一趟，把昨天沒處理完的工作帶回家，爲連假結束後的會議做準備。

經過四十分鐘，響子抵達公司，搭上電梯後，忽然想到今天是星期三。星期三的夜晚又要開始……或許會再度發生命案，她茫然憶起六年前水島在電梯裡露出的笑容。

電梯到八樓，響子忍不住驚呼。打開的電梯門外，出現那張笑容，彷彿從她腦袋蹦出來。響子走出電梯，爲了掩飾失態，匆匆說明父親的病情，及到公司的理由。

「工作就不必忙了，辦公室已鎖。要不要去隨便吃點東西？很久沒聊聊，我有話跟妳說。」

水島有些強硬地將響子推回電梯，門隨即關上。

「是什麼話？」

水島的聲音蓋過她的疑問：

「公司流傳著我是震驚社會的命案凶手。昨天我去洗手間，碰巧聽到小倉在茶水間指控散播流言的是妳。」

「那是誤會……我根本……」

下降的感受化成不安，從腳底爬上來。課長背對她說「不必辯解」，回頭淺淺一笑——用當年那種笑容。

響子以爲他會丟出一句「親身試試如何」。實際上，今天恰逢星期三夜晚，是絕佳的試驗機會——或許是賭上性命的機會。

然而，課長的話完全出乎意料：「我知道不是妳。小倉是從榊原那裡聽來的，她糊塗弄錯……真是個差不多小姐。」榊原是課裡另一個女員工。接著，課長說出更意外的話：

「一開始我就曉得不是妳，那是我告訴榊原的。」

然後，他繼續道：「五、六年前的尾牙當晚，我早測試過，明白妳嘴巴牢靠。比方，我告訴妳的話，會不會變成流言傳出去……」

電梯到一樓，三十分鐘後，他們走進新宿三丁目邊郊的小餐館，掛著寫有「峰子」的招牌。響子仔細觀察狹小的店內，與年過六十的老闆娘。

「這就是傳聞中的老闆娘。我從大學就常來吃飯……不過，我稍微改一下名字傳出去，感覺比較像流言。」

水島見狀笑道。

「只是，我默默掛電話的流言，是大夥擅自編造的……由於對方不吭聲，我也沒回話罷了。」

「是惡作劇嗎？」

「對。與其說是惡作劇，對方其實很享受我的沉默吧。以前踹下去的敵手的沉默，彷彿象徵對方變得毫無意義的人生，是多麼無力。」

「是營業部的岩瀨部長嗎？」

水島垮著下巴般點點頭，響子追問：「謠傳課長曾挪用公款追求銀座的小姐，才會被調到企畫部二課，是眞的嗎？」

水島藉著點菜轉換話題。一小時後，醉意稍微上來，他開口：

「不，那也是岩瀨捏造的謠言……不管怎麼辯解，眾人仍會相信謠言。所以，我利用流言勝於事實的力量。用勝於岩瀨流言好幾倍的流言，不斷向岩瀨復仇。」

「可是……」

響子提出異議，水島笑著制止，輕輕搖頭。不是只有散播對方不好的流言才是中傷。相反地，散播自身不好的流言，歸咎於岩瀨，更能貶損岩瀨的人格，這是最好的中傷、復仇……

「但事情沒那麼順利。只有關於我的謠言不斷擴散，岩瀨是幕後黑手的流言卻怎麼也傳不開。無聲電話我通常置之不理，也是在等待傳出那是同公司的人打來的謠言，然後有人發現，傳出是岩瀨打來騷擾的謠言……」

還是不成，他搖搖頭。

「之前有一次，我若無其事地告訴妳岩瀨的事，但妳的嘴巴太牢靠。今天我重新拜託妳，不管是誰都行……可以告訴同事，散播我是命案凶手流言的，其實是岩瀨嗎？」

響子驚愕地搖頭，水島一笑置之：「開玩笑的，別那麼嚴肅。」

響子最介意的，不是課長自行製造謠言，而是無聲電話的眞相。把對手踹下去超過十年，仍不斷騷擾對方的男人，及默默承受的男人——沉默的兩個男人，彷彿正用比任何謠言都恐怖的話語交談。她剛剛搖頭，並不是在拒絕水島的請求。

「可是……即使課長沒拜託我，我也把流言傳出去了。我告訴營業部的人……會不會是岩瀨部長幹的。聽說營業部早有課長是凶手的謠言……不用多久，這次一定……」

水島像後悔酒後失言般嘆著氣，緩緩轉身，微笑靜靜在臉上漾開。

那副表情與六年前在電梯裡看到的一模一樣，只有眼睛忘了笑，淨是默默無語。

白雨

「縞木同學。」

聽到叫聲，她反射性地回頭一看，大門旁的櫻樹下站著四個女學生。

乃里子不敢相信眞的是在叫她，怔愣在原地。那四人是她的同班同學，但入學一個月，乃里子還交不到朋友。在這所高中，她從沒主動向別人攀談，也沒人找她說話。

四人中，也有臉和名字搭不起來的同學，但笑著朝乃里子招手的，是一個醫生的女兒，大田夏美。她言行招搖，是全班最顯眼的女生，連對總是低頭斂目的乃里子，都要強行掰開眼皮，主張自己的存在。

「方便幫我們拍照嗎？我媽媽在紐約，我想拍新的校園生活照寄給她。」

乃里子總算走近四人，從大田夏美手中拿起相機，退開幾步，望進取景窗。然而，要按下快門的瞬間，背後響起一句「啊，我來拍」。一回頭，只見導師三井眼鏡底下的雙眸溫柔地瞇著。

「縞木同學一起照吧。」

老師舉起相機，另一手推著乃里子的肩膀。

「可是……」

乃里子不知所措，夏美抓住她的手，硬把她拖到樹下。轉眼間，乃里子變成圍繞夏美的臉之一。快門按下，在連假結束的五月六日下午四點十三分，她化成靜止的底片刻畫在膠捲上……

這個時刻，乃里子剛要離開大門準備回家，導師則相反，正從外面返校。大門附近的櫻花早謝光，唯有八重櫻剛盛開。她覺得自己一定臉紅得像那櫻花。拍完照，大田夏美留下一句「抱歉叫住妳。洗好後，我會送妳一張」便離開。比起臉紅，乃里子更介意僵硬的笑容。老師提醒「縞木同學，笑得再開心一點」，她勉強擠出微笑，卻變成非常半吊子的表情……第一次被朋友喊住，加入其中的十五歲少女，究竟露出什麼表情？

但她的擔心是多餘的。

一週過去，星期一第四堂課結束後，大田夏美走過來。

「瞧瞧，上週的照片櫻花和大家都拍得好漂亮，只有主角的我拍得這麼醜。」

她聳聳肩，咧嘴笑著說「下次再一起拍照吧」，隨即轉身離去。

乃里子詫異地看著夏美給她的照片。

照片裡的夏美夠美了。更勝於盛開櫻花的嬌俏笑容歌頌著青春。其他三人也一樣……但乃里子不曉得自己是怎樣的表情。

原本站在夏美旁邊的她，不在照片裡。另外四個人，還有垂落頭頂的櫻枝幾乎都與記憶相同，卻遍尋不著她的臉……不僅是臉，連脖子以下都沒看見。

當時乃里子配合夏美彎下身，繞到後排的佐藤佳代從她的肩上探出頭。然而，應該是乃里子的臉的位置，卻是佳代制服胸口的一團黑。

不知爲何，唯獨乃里子遭到抹消。

乃里子凝目細看，但愈是聚焦，就愈失焦。一切景物暈滲模糊中，只有一處是清晰的：夏美浮現得意的微笑，嘴唇鮮紅得彷彿搽了口紅。……不過，乃里子告訴自己肯定是哪裡弄錯。叫住乃里子前，她們已在原地請別人幫忙拍照，但沒有信心拍好，便要路過的乃里子再幫忙拍一張。然後，夏美弄錯，把第一張照片送給乃里子……

乃里子曾猜想是故意的，但疑惑的芽還在泥土中，剛撐破種子的殼。

四天後，前晚入睡前確實放進書包的日本史課本，在第一堂課前打開書包時就消失不見……一週後，體育課要換衣服時，白色運動衣袖口爬出毛毛蟲，而且是體色暗沉的醜惡毛蟲……

乃里子忍不住尖叫，旁邊的同學問「怎麼了」，她卻搖頭說「沒什麼」。

剛開始成長的疑惑幼苗，乃里子親手推回土中。她覺得這樣就能說服自己，只是巧合或哪裡出錯。

然而，這並非巧合，也非弄錯。其中有人爲意志操作……又過三天，在書包內發現空白的信時，乃里子明確感受到這一點。

那是封只能說是空白的信。從普通的白色長信封取出折成四折的信紙，打開一看，信紙裁成一半，一分爲二，連半個字都沒有。乃里子在斜斜裁斷的那條線上，讀出比剃刀更冷酷殘忍的訊息。

大概是使用美工刀吧。那把刀子彷彿劃過背後，乃里子把信連同信封捏成一團。母親千津常說她「內向安分，但事到臨頭，會表現出絕不退讓的堅強」，幕後主使者沒察覺乃里子離成熟尙遠的瘦弱身軀中隱藏的堅毅，挑選她爲霸凌的對象。

隔天，某人邪惡的意圖化成更明顯的型態。

午休結束前，乃里子提早回到教室。下一堂英語是自習，她拿出辭典準備，一只和前幾天相同的白信封掉到地上，不同的是，上面印有文書處理機打出來的文字：

「在屋頂等妳到一點」。

時鐘指著十二點五十六分。一時情急，乃里子衝出教室後門，跑上通往屋頂的樓梯。

屋頂空無一人。烏雲密布的天空下，只有一片單調的水泥地。

對方沒勇氣露出眞面目，一定是比起霸凌，更適合被霸凌的膽小鬼。

乃里子驕傲地在心中喃喃，在宣告上課的鈴聲催促下，跑回教室，準備打開玻璃門——這時她總算察覺「某人」的意圖。不管怎麼拉，門就是打不開。短短幾分鐘，門就從內側鎖上。不，自習的時候，爲了讓老師來時不會有人偷溜出去，有時後門會關上，但她輕易就看出這不是老師，而是「某人」幹的好事，還有「某人」是誰。

玻璃門另一頭是一排排慵懶的學生背影。比屋頂水泥地更單調的墓碑行列——披著深藍制服的墓碑中，有一塊就要往前傾倒的石頭。乃里子瞪了過去，激越的眼神貫穿玻璃，刺在幾公尺遠的那塊石頭上。石頭彷彿有所察覺，轉過臉。

大田夏美身子前屈，看著手鏡偷偷化妝。簡直就是石頭的撲克臉上，只有嘴唇是鮮紅色的，蠕動著想要擠出鮮活的表情。幾天前從體育服爬出來的毛蟲……是這個女孩養在臉上的蟲。

乃里子默默想著，一時沒意會到夏美嘴角浮現的是微笑。自從照片事件後，夏美不曾主動找她說話，但在教室或走廊上四目相接時，會對她微笑——而現在的笑容，與那些微笑實在是過於詭異。不知不覺間，乃里子竟拚命抵擋著夏美戳刺般的視線。

乃里子認輸，別開視線，逃也似地跑上屋頂。和剛剛不一樣，原本廣闊的屋頂，卻變得狹隘窒悶。是自覺被驅逐出教室，關在屋頂？或者是短短兩、三分鐘之間，烏雲便低垂至屋頂的緣故？

鉛灰色的雲像吸收太多雨水的沙包，隨時可能承受不住自身重量滑落。

那完全就是梅雨季的烏雲，但這片烏雲總算擠出雨滴，是熬過輾轉難眠的夜晚，乃里子要出門上學的隔天早晨。

在玄關穿鞋的時候，緊閉的門另一頭傳來人的聲息。她納悶地開門查看，前院和大門都空蕩蕩。聽到疑似信箱開關的聲響，愼重起見，她前去檢查，發現一封信……

又是信……居然特地送來家裡。

乃里子家和學校距離小田急線三站，住在鄰町的夏美竟在上學前繞遠路送信過來。外觀和之前的兩封信不一樣，但盯著沒寫收件人的白色信封，乃里子只能這麼想。她在大門口直接拆了信。

縞木千津女士。

在信箋第一行看到母親的名字的時候，乃里子有點意外。

「經過三十年——正確地說，是三十二年四個月，再度與您聯絡。首先，請讓我爲唐突去信，及未署名致歉。……即使署名，當時剛滿八歲的千津女士，也不可能立刻想起我是誰。況且，如果記得我的名字，您恐怕不會拆閱，而會直接連丟棄。您應該想把我和那起事件永遠從人生中抹消……」

第一頁讀到一半，忽然下起雨。從昨天午後便覆蓋東京的陰暗烏雲，總算將累積的事物化成雨水吐出來。第一滴雨落在母親的名字上，原本彷彿拼湊枯枝排成的墨字，讓母親的名字顯得極爲寂寥，然而，這時被雨點打碎成漆黑的煙火般，成了甚至連名字的殘骸都算不上的東西。

——五月進入下旬的那一天，千津在午後打開最深處的房間櫥櫃，取出一件和服，也是一早便下起雨的緣故。

母親直到十年前過世時起居的兩張半塌塌米大的和室有佛壇，千津將母親的牌位和照片擺在小時候便過世的父親牌位旁。除了每天在佛壇放上供品外，她極少踏入這個房間，但母親的照片表情每天都不同，有時幸福地微笑，有時和父親的照片一起顯得不耐……彷彿依然活在照片小巧的世界裡。

這天母親臉色蒼白陰沉，看起來十分落寞，似乎有什麼煩惱，悶悶不樂。

或許是格子窗外的雨絲陰影，在相框玻璃上化成一道過淡的影絲流過……褪色的照片比平常醒目，襯得母親身上的和服如喪服般陰暗。

那和服本來是什麼顏色？

千津忽然心生好奇，於是睽違十年，打開母親去世後一次也沒動過的桐木衣櫃。母親鍾愛和服，七層抽屜幾乎要放不下。於是，色彩和花紋的變化，成爲母親年齡的變化，揉入每一年的肌膚。

照片上，母親穿的不是手繪的花紋，而是編織出濃淡紋路的和服。千津總算在最底層深處，找到符合的和服。

照片裡褪成深棕色，從肩膀到胸口的濃淡色塊，在從收藏專用的和紙中取出的和服上，是淡雅卻鮮明的粉紅色。絲綢和服在胸口和袖子有一片白色，並摻雜著另一種顏色，似乎叫「鈍色」，是帶褐的鼠灰……這也是一片看不出是底色或花紋的色塊，但最引人注目的仍是鮮麗奪目的粉紅。若要比喻，那就像即將迎接盛年的年輕女人肌膚……

原來照片中的母親穿著如此年輕的和服？罹患癌症、雙頰凹陷的母親，是穿著這樣的和服拍照的嗎？

千津感到不可思議，攤開那件和服披上，對著試衣鏡打量。果然對今年恰恰四十歲的千津太年輕……

母親比現在的千津矮十公分，即使以當時女子的標準來看，也算嬌小。然而，千津披在身上，衣襬仍在榻榻米上拖了近二十公分……千津撩起衣襬，將多餘的長度拉到腰際折起，忽然發現一片奇異的污漬，彷彿一大朵凋零的闇色牡丹。

而且，花蕊裂開幾公分。那是傷口……母親腰部也有的傷口……深黑色的污漬，是母親在那起事件中流下的血。

仔細一瞧，破損不只一處。同樣的破損還有兩處，相隔幾公分上下並排。母親身上的傷只有一處，和服的破損卻有三處。穿上和服的時候，多餘的布料會在腰間折疊，形成三片布疊起的厚度。而凶器的菜刀刺到腰間，所以傷口也淺，母親幸運保住一命……

千津提心吊膽地探向傷口，下一秒，一道壓抑的「嗚」聲傳進耳中。一瞬間，千津以爲是自己發出的聲音，然而，近似呻吟的聲音是從背後傳來。一回頭，她不禁屏住呼吸。

穿制服的乃里子站在走廊門檻處，同樣一臉驚愕。

「怎麼啦？」

千津關切道。下午將近一點，妳怎會在這個時間回來？千津是這個意思，但乃里子誤解是在問她吃驚的理由。

「我以爲是外婆……看起來一模一樣。」乃里子回答。

母親須美過世時，女兒乃里子年僅五歲，她對外祖母還有此許記憶。

「可是，外婆比我嬌小，更漂亮……」

更有女人味——千津原想這麼說，卻將這句話隨著破損與血跡，疊入若無其事褪下來的和服。如同這件和服的傷痕與血跡，她也想向乃里子隱瞞外祖母直到五十九歲過世前，都仍是個女人的事實。

「倒是妳怎會在這個時間回來？還不到期中考吧？」

乃里子無視於這個問題，問道：「那是櫻花嗎？」

「櫻花？」千津反問，「眞的是盛開的櫻花，妳一說我才發現。」

「是櫻花，而且是雪國的櫻花。」

「雪國？」

「嗯。外婆是新潟鹽澤出身，那裡以出產綢緞聞名，想必是當地縫製的……」

白色是春天未融的殘雪，灰褐色是積雪間的泥土吧……再疊上盛開的櫻花，以深淺濃淡表現雪國的春天，一定是的。

不過，千津發現女兒也目不轉睛地盯著榻榻米上的和服，便悄悄藏到身後，改變話題：

「在學校遇到什麼事？」

「沒什麼，頭很痛，所以早退。」

乃里子回答，注意到母親的眼神意外嚴肅。

「我看起來哪裡不對勁嗎？」

乃里子微笑著反問，但生硬的假笑掩飾不了眼中的不安。

「嗯。這個月以來，妳一直沒什麼精神……有些擔心妳是不是與班上同學處不好。」

「……」

「抱歉。大概一週前，幫妳打掃房間時，我在垃圾桶發現一張撕破的照片。雖然感到過意不去，我還是試著拼起來。」

「……」

「照片上的四個人是同學吧？撕掉照片是吵架了嗎？」

「討厭，只是班上的惡劣小團體罷了。」

乃里子再度微笑，卻依然勉強。

「不管碰到什麼情況，我都會站在乃里子這邊。之前不是說過，有煩惱別隱瞞，要第一個告訴我嗎？」

「我明白。爸爸提過，媽媽很聰明，絕對瞞不過妳……面對爸爸也一樣，比起外遇，他欺騙妳的行為更無法原諒，所以你們才會離婚吧？」

乃里子的話出乎意料，千津覺得必須回覆，仍忍不住笑出來。聰明的是這個女兒。母親過世隔年的初夏，乃里子剛上小學，千津卻爲丈夫外遇而離婚。原法原諒丈夫一次的外遇，是出於過度個人的感情因素，千津一直覺得奪走獨生女的父親，十分內疚。後來，每個月父女都會見一次面，千津仍覺得女兒長成一個有些陰沉消極的女孩。剛上國中，外表陰鬱的乃里子就遭到霸凌，但情況沒惡化，是因乃里子意外堅強……發現撕破的照片時，千津擔心女兒又成爲霸凌的目標，不過看樣子，也許不要緊。

「倒是媽，妳會自己穿和服嗎？下次教我。」

「當然。我討厭穿和服，外婆留下的和服都是乃里子的。」

兩人閒聊著，乃里子說「我生理來，眞的不太舒服，去二樓躺一下」，便離開房間，旋即又踩著腳步聲回來，從書包取出一只白色信封，遞給母親。

早上在信箱裡發現，乃里子以爲是寄給自己，不小心拆封，感到有些內疚，想用漿糊重新封好，帶到學校卻沒辦法恢復原狀……

「其實，信封上沒寫收件人，什麼都沒寫，也可裝進別的信封再交給媽……不過，我不想隱瞞。」

乃里子補上一句：「第一行就是媽的名字，我馬上發現不對。別擔心，內容我幾乎沒看。」

信封裡有三張信箋，千津一口氣看完。第一張是爲久疏聯絡叨叨絮絮致歉，接下來寫著：

「去年底罹癌病倒後，我回到故鄉，在舊友擔任理事長的六日町醫院度過短暫的餘生。我活得任性妄爲，對生命沒有留戀，若說有什麼牽掛，就是三十二年前，還是孩子的您在臨別之際露出的眼神。我說「再見」，轉身背對您，您喊住我叫「叔叔」，但即使我回頭，您也只是默默無語地直盯著我。那是令人疼惜的純眞眼神，然而，從那天起，那雙眼睛便以無數的無聲話語折磨我。來日不多的我躺在病床上，唯一想留在世上的遺言，便是當時想坦白，卻難以說出口的眞相。雖然想盡快聯絡您，可是我辦不到，最後道別時，我和令堂約定，要將眞相永遠葬埋在黑暗中……事實上，令堂遵守約定，並比我更早一步離世。只是，我沒有足夠的時間迷惘，只能賭上三個條件。其一，負責此案的刑警吉武巖生是否仍在人世。如果他還在世，並記得當時的疑惑，我會先告訴他眞相，再請他把這封信交給您……還有，就是全看您讀到這封信時的心情。如果您有那麼一絲想知道眞相的意願，請來找我。……另一個條件，就是我得撐到您上門。只要這三個條件齊全，我就對您——不，對您還保有的那三十二年前的眼神，坦白一切。」

最後，只標明寫於六日町醫院。

信箋裡並未署名，但千津立刻明白是誰寄來的。

笹野竣太郎。

他是K大物理系副教授，或許出身新潟的染織戶，對繪畫頗感興趣，嗜好學習日本畫。由於這樣的淵緣，他結識日本畫畫家的千津父親。雖非直接拜師，但他性格溫和，與藝術家氣質的乖僻父親十分投合，幾乎每晚來訪，找父親共酌。不久，他與同鄉且熱愛和服的母親變得熟稔……就是他引發父親意圖殺害母親的悲劇。父親拿菜刀刺進母親腹部，以爲母親已死，便舉刀刺進胸口自盡……

千津茫然拿著信箋，手停在半空。初次披上母親的和服，發現那就是事發當天母親穿的衣物，她大吃一驚。緊接著，睽違三十二年，她收到悲劇中另一名主角笹野的來信——信中寫著要告訴她眞相，實在太出乎意料。

這麼一提，悲劇發生時，母親穿的綢緞和服，是笹野親自設計圖案，請故鄉的老父織布，在前一天送給母親，成爲父親抓起凶刀的導火線。

不……

千津搖頭。這絕非偶然，其中有亡母的意志引導。讓千津拿起那件和服，及收到這封信的，都是母親。

儘管這麼想，千津仍難以置信地看著佛壇的照片。照片上的母親與剛才不同，面帶隱隱約約……若有似無的微笑。希望說出眞相的不是寄信的人，而是逝去的母親……所以，母親刻意留下染血的和服，在死前刻意穿上那件和服拍照……

千津再次搖頭。即使母親與寫信的笹野竣太郎如此期望，我也不想知道那場悲劇的眞相——別說眞相，她根本不願憶起任何有關的事。信裡提到的三個條件，首先是她收到這封信，算是已達成吧。

至於吉武刑警，千津也非常熟悉。案發後，爲了從幼小的證人口中問出蛛絲馬跡，他執拗地糾纏千津。而母親去世兩、三年，吉武退休後，忽然產生疑慮，上門問東問西。接到笹野的聯絡，他一定會喜孜孜地趕到新潟，並樂意接下送信的差事。千津認爲，那場悲劇不單純是父親強迫母親殉情。她依稀察覺迥異警方結論的眞相……不過，這跟想知道眞相是兩回事。況且，不符合「想知道眞相」的第二個條件，「笹野還活著」的第三個條件便沒有意義。

儘管如此，千津依然無法放開這封如繞經遙遠過往送達的信。和服散發的母親氣味，也依然纏繞在千津身上。

剛剛照著穿衣鏡，回頭看到女兒乃里子之際，忽然掠過母親的氣味，千津不禁憶起往昔的母親。不是在這個家，而是那場悲劇發生前，千津和母親在三鷹生活的家……那棟屋子的最深處有著類似的小房間，三十二年前，千津經常從門框處呼喚在鏡前穿和服的母親。小學放學回家，在玄關沒瞧見父親的木屐，她便習慣馬上向母親確認。有時母親會和方才的千津一樣立刻回頭，有時捨不得回頭，忙著綁和服繩帶，母親會透過鏡子凝望她問：「妳爸爸出門了，要不要陪媽媽拜訪代代木的叔叔？……比起爸爸，千津更喜歡笹野叔叔嘛。」然後抿唇一笑。前往車站途中，母親會反覆問千津相同的問題。不，與其說是問千津，或許母親是拚命在內心說服自己：「要去找笹野的是女兒千津，不是我。」

那天母女倆也前往位於代代木的笹野家……不過，那天與其他日子有些不一樣。放學回家，千津發現玄關放著黑色繩帶的木屐……父親在家。然而，裡面四張半榻榻米大的和室，傳出母親的聲音。千津悄悄探頭，看見母親換好衣服，坐在鏡子前化妝的背影。穿和服的肩膀微微顫抖……在生氣嗎？還是拚命忍住想放聲大哭的悲傷？前天晚上，父母的爭執聲吵醒千津……雖然兩人刻意壓低音量，小學三年級的千津仍看得出，爭執聲化爲殘響，沖擊一身華豔和服的母親，導致她背部起伏不定。

如今回想，母親穿的是前天笹野送來的綢緞和服。那似乎是雙親爭吵的導火線，但千津只對不同於平日、華豔異常的和服留下印象。之所以能明確憶起，是當成主臥室使用的對側和室裡，充滿父親的聲息及窒悶的沉默。千津察覺狹小家中的空氣因緊張而僵固，於是悄悄折回玄關。她放下書包走出家門，獨自在巷裡玩耍。一會後，與昨晚睡夢中聽到的差不多，家裡傳出模糊的爭吵聲……又過一會，母親呼喊著「千津、千津」，衝出玻璃門。找到千津，母親狠狠扯住她的手一拉……記憶只到這裡。

回想至此，千津的腦袋就會遭傾軋般一陣劇痛，無法繼續。

實際上，母女倆仍前往笹野家，一如往常待兩小時，隨著夜色逼近，才踏上歸途……悲劇發生在當晚千津入睡後，所以千津沒聽見任何爭吵、慘叫或呻吟。隔天一大早到家裡幫傭的清子，發現兩人倒在內室。趕去派出所前，清子急中生智，先帶千津到她家，因此千津並未目睹父母流出的鮮血。然而，案發後，警官詢問千津，她吐出一句「媽媽衝出玻璃門，抓起我的手……」，便頭痛欲裂，只能拚命搖頭，設法甩開疼痛。

至今依舊沒變。

千津又是一陣頭痛，急忙把信塞進母親和服袖裡、將和服放回櫃子，告訴自己絕不能再想起那場悲劇及笹野的信，而後像要揮開一切，猛然站起。

話雖如此，若想忘就能輕易忘記，三十二年來就不會過得那麼辛苦。這天晚上，笹野的信潛入淺眠的千津夢中，不容分說就要將她拖回過去……千津緊握著信，在雪國的車站下車，到站前派出所詢問笹野住院的醫院位置。但壓低帽緣，像要掩藏臉龐的巡查表示鎮上沒有那樣的醫院。千津死了心，決定折返車站，巡查卻叫住她。回過頭，這次終於看清帽緣下的臉龐。巡查面無表情，頂著古代陪葬土偶般異常樸拙的相貌，提出奇怪的問題：

「現在是下雨，還是下雪……？」

巡查執拗地逼千津回答。的確，漆黑的天空不斷落下冰冷的顆粒，打濕千津的頭髮和肩膀，分辨不出是雨還是雪。巡查把支支吾吾的千津當成嫌犯，咄咄逼人……千津喘不過氣，驀地驚醒。

半晌，胸口悸動不已，比連續低音般的雨聲，更強烈地擊打黑暗。她知道爲什麼會做這種夢。巡查如土偶般的臉，和記憶中的吉武刑警一模一樣。七、八年前，吉武上門說的話，至今千津仍忘不了。

聲稱雖然退休，但就是放不下的吉武，告訴千津案發當晚，雪轉變成雨的時間點有一些爭議。千津根本不記得那天曾下雪，或許雪從傍晚有一搭沒一搭地飄落，在半夜一點左右化成雨。離開笹野家後，千津沒直接回家，母親將她寄放在附近幫傭的女孩家，她在那裡吃了晚飯。約莫晚上十點，幫傭的清子揹著睡著的千津回家。母親走出玄關，把千津抱進屋。清子聽見裡面的房間傳出主人葛井遼二呼喚著太太的名字「須美」。恰恰從這一刻起，紮紮實實下一小時的雪。就在人們擔心會變成大雪的十點半左右，悲劇發生。寄住在隔壁戰爭遺孀家的大學生，打開遮雨窗查看雪勢，聽見葛井家丈夫的斥罵聲，及分不出是呻吟或尖叫的女聲……接著是彷彿痙攣發作的男聲。

情況不太對勁，但騷動很快歸於平靜，大學生認為應該不嚴重，便置之不理。不過，依須美供稱的內容，悲劇就是發生在那個時刻。須美抱著女兒回房，哄著入睡後，原本打算再前往代代木的笹野家……晚上十點，清子見到的須美已換上睡衣，之後須美改穿和服，準備去找笹野。猛烈的雪勢像白色的魔物，以宛如業火般的漆黑火舌，灼燒著須美的身軀……丈夫看不下去，咒罵妻子是婊子。為了斬斷妻子與笹野的關係，丈夫抓起菜刀……須美身中一刀，昏厥過去，但仍感覺到丈夫痙攣的喉嚨擠出絕望的叫聲，舉刀刺進自己的胸口。

這符合大清早趕抵現場的警官，從穿睡衣的葛井遼二，及一身華服的妻子想像出來的情節。在此一階段，警官還不曉得葛井的好友、妻子的情夫笹野竣太郎這號人物，但由妻子豔麗的妝容，他敏銳察覺乍看像殉情的案件背後，肯定有男人牽涉其中。

問題在於，住在案發現場後方的土木師傅的證詞。葛井遼二是日本畫壇的中堅畫家，而三鷹市那一帶聚集許多退伍軍人、銀行家等，屋舍頗爲豪華，只有葛井家後面有棟破屋，一名年近六十的土木師傅獨居。當天晚上他喝了酒，八點左右就在暖爐矮桌裡睡著。他半夜醒來上廁所，透過格子窗看見葛井家紙門上映出龐大的男人身影——之所以確定是男人，是因師傅目睹對方打開紙門查探外頭的狀況。男人像外國人般高大，師傅以爲是見過幾次的日本畫老師。不過，時間是關鍵。師傅沒看時鐘，不清楚正確時間，但外頭確實下著雨。

若證人看到的是雪，便能推斷人影是即將行凶的葛井遼二。棘手的是，案發一小時後雪變成雨，等於是除了倒地的葛井遼二及妻子，現場還有一個男人……待警方查出笹野，浮現笹野殺害須美的丈夫，布置成強迫殉情可能性，於是木土師傅的證詞變得十分重要。不排除是笹野和須美共謀犯案——女方換上和服，是想利用三層布料重疊在腹部這一點。等笹野殺害丈夫，再讓笹野幫忙刺一刀，僞裝成受害者。不過，原本主張當時下雨的土木師傅改口，說仔細想想應該是雪，所以，最終採信當初的強迫殉情論，宣布破案。唯獨中年刑警吉武持不同看法。

這名退休刑警執著於土木師傅原先的證詞，直到宣布破案，仍無法拋棄千津當晚發現笹野也在家，爲了包庇喜歡的叔叔而選擇沉默的推論。

然而，千津頭痛欲裂，將退休刑警趕了回去，巴不得立刻忘掉他的來訪。豈料，刑警那土偶般的撲克臉，及宛如要吞沒黑暗的洞穴般的嘴，不斷重複問「是下雨，還是下雪」，至今仍殘留在記憶一隅。

是下雨，還是下雪……？

這句話出現在夢中，還有一個理由。今天傍晚，千津剛要離開母親的房間，忽然發現周圍變得明亮，於是望向庭院。只見變薄的雲層透出光，將昏暗的雨絲照得晶瑩閃爍……千津注視著這一幕，想起小時候曾問身旁的父母：

「雪是白色的雨嗎？」

冬季某天，千津和父母坐在緣廊欣賞下雪的庭院，隨口提出這個問題。千津覺得應該與夢有關，父母詫異的神情清晰地浮現眼前……忽然，千津隱約聽到二樓乃里子的房間傳來哭聲，立刻起身。

千津躡手躡腳爬上二樓，悄悄打開房門，發現乃里子點著床頭燈睡著。女兒緊閉的雙眼，到線條仍顯得稚氣的臉頰之間，掛著兩行淚水。

夢見在學校被欺負嗎？

千津心疼地嘆息。乃里子的嘴唇像在回應，逸出一句呢喃。

「只有我遭到排擠。」

聽起來是這麼說，千津忍不住出聲反問：「遭到排擠？」

「眼前必須擔心的，不是無可奈何的往事，而是乃里子的處境……爲了忘記那場悲劇及笹野的信，最好專注於解決乃里子的問題。」

或許是前晚的自言自語傳入女兒夢中，隔天乃里子的表情十分明朗，千津鬆口氣。可惜好景不常，翌日起乃里子便尋找各種藉口，經常關在房裡不出來，顯然是在躲避母親。

五月最後一天，女兒一回家就說「我很累」，想直接從玄關上樓。千津原想叫住她，詢問「要不要一起喝紅茶？媽媽想和妳聊聊」，脫口而出的卻是一聲尖叫：「那血是怎麼搞的！」

乃里子邊上樓，邊脫下制服外套，露出的白衣肩上有塊黑色污漬，明顯就是血跡……不是單純的黑，而是鐵鏽般帶著些許赤紅的黑，如幼兒張開手掌似地擴散。

「怎麼會有血？」

乃里子進房脫下上衣，難以置信地搖搖頭。

「我只在國文課堂上脫下外套……因爲很熱，同學紛紛脫掉。」

乃里子皺起眉，發現母親眼中的擔憂加深，急忙改口：「啊，對了，午休時間有同學受傷，我扶她去保健室時也脫下外套。」

然後，乃里子觀察著母親的表情，好奇母親會如何解讀她臨時編造的謊言。剛剛這番說詞完全是謊話，在十五歲的女孩心中，比起遭到霸凌，讓母親知道自己遭到霸凌，更難以忍受。

儘管明白——不，正因明白這一點，千津什麼也無法說出口，只能帶著同情回望女兒驚懼的目光，像要溫柔地擁抱上去。

不過，第三天乃里子便主動承認撒謊，告訴母親自五月初的照片事件以來，班上就發生完全只能說是霸凌的行爲。而讓她坦白的契機，這回也是血。

六月二日，這天沒有社團活動，乃里子卻比平常晚兩小時以上才回家，提著書包踏進千津所在的廚房，把書包翻過來放到餐桌上。

「幫我打開背面的拉鍊，拿出裡面的東西。」

乃里子要求。

「我不敢碰，媽幫我拿出來。」

乃里子解釋，直到搭上回家的電車，坐下來之前，都沒發現異狀。把書包放到膝上，才察覺書包背面塞了什麼東西……她打開拉鍊，不禁皺起臉。書包散發出腥臭，惹得周圍兩、三名乘客轉頭關切，她只好提早一站下車，走路回家。

仔細一瞧，書包背面不自然隆起。

「是生物嗎？」

千津猶豫著不敢伸手，乃里子說：「不是生物，但要小心，可能會受傷。」

千津打開拉鍊，提心吊膽地探看，發現像刀子的物體。她下定決心抓住——沒抓好刀柄，指頭感覺到刀刃劃過的痛楚，但她無暇理會。除了痛楚，還有一陣戰慄爬過全身，她立刻鬆手。

刀子像生物般在桌上彈跳一下……震動一會，持續發出喀噠聲響。

那是一把普通的水果刀。不尋常的是，長約十五公分的刀刃布滿鐵鏽般暗沉的紅色。很像前天女兒上衣沾染的顏色……千津一眼看出那是血。

「是誰這麼可惡……」

千津大受打擊，聲音沙啞。女兒反倒放大膽子般，表情變得冷靜：

「我知道是誰。是照片中央姓大田的女生……她爸是醫生，應該不難弄到血。可是……」

「可是？」

「霸凌的細菌大概已擴散到全班。前天，大田傳出沾血的面紙，坐在後面的同學趁我脫下外套，印在我的上衣……肯定沒錯。」

乃里子承認，前天的血跡也是受到霸凌的緣故。然後，宛如內心決堤，她說出這一個月以來的遭遇。

「我被班上排擠。」

乃里子吐出一句，與上星期的夢囈一樣。帶著稚氣的嘴唇不適合「排擠」這種乖僻的字眼，千津覺得很不自然，但現下不是在意這些的時候。

「妳願意全部告訴媽媽，眞是太好了。其實我隱隱約約察覺，沒想到居然這麼嚴重……」

千津只應一句。乃里子像要安撫母親話聲中殘留的不安，放柔語氣：「昨天以前，還能認爲是出什麼差錯……這下擁有確實的證據，反而好對付。」

千津抱住頭，視線緊纏在刀子上。接著，她轉向乃里子問：

「妳還沒告訴三井老師？那立刻打電話……明天我就去找老師。」

乃里子搖搖頭，「不馬上打給老師也沒關係……」

「妳在猶豫什麼？這是犯罪啊。搞不好這些血眞的跟什麼犯罪有關。況且，新學期一開始我就拜託過三井老師，說妳看上去太乖，可能會變成霸凌的對象，希望多留意。」

「可是……」

乃里子想制止，千津甩開她站起，走向電話所在的客廳。

——隔天放學後，千津前往高中會客室，和女兒一起坐在導師對面，詳細說明昨天在電話裡提到的內容。

千津說著，心知自己的表情逐漸僵硬。昨天在電話裡誇張地表示同情的老師，面無表情地自我武裝，看著名冊的側臉極爲冷漠。

「我向班上幾個同學不著痕跡地打聽過，大家都說沒那種事。我也無法相信大田同學會那麼做。」

老師推推眼鏡框，鏡片底下的眼珠，從學生移向母親。

「而且那張照片是我拍的，會不會是弄錯？……還有，這把刀子會不會是跟學校無關的人，在電車裡惡作劇放進去的？最近有些人會做出比色狼惡劣的舉動。」

「可是……」

千津想反駁，卻想不到合適的話語，神情有些困窘。乃里子唐突地對母親說：「媽，老師講得沒錯，或許是在電車裡被人塞進去的。」

她隨即站起，抓住困惑的母親的胳臂。

「我說過沒什麼，媽太誇張啦。」

乃里子幾乎呈九十度深深鞠躬，推著不知所措的母親肩膀離開。

「媽也發現了吧？老師怪怪的。」

踏出學校後，不管千津說什麼，乃里子都撇著頭忽視，來到經堂車站，在咖啡廳坐下後，才總算開口。

「嗯，可是，妳爲什麼突然……」

「老師是一夥的。」

「一夥？妳的意思是，老師也參與霸凌？」

千津想一笑置之，微笑卻僵在臉上。女兒的目光極爲嚴肅。

「若是老師，就有辦法抹消照片上的我。我看過取景窗的構造，老師想必是以手指遮住鏡頭，所以手指的影子蓋過站在邊緣的我，融入後面同學的黑色制服般消失……一定是的。之前上衣的血，也是在三井老師的課堂沾上的，而且那時候老師在座位之間走來走去，叫過我一次……還有上星期點名，老師跳過我。老師似乎特別注意我，以爲是弄錯，原來是故意的。」

「如果妳懷疑老師，爲何不早點告訴我？」

千津說完，才想起昨天乃里子曾阻止她聯絡老師。

「我沒把握……可是，剛剛我坐得離老師較近，看到名冊。」

「……」

母親以眼神反問，乃里子解釋：

「老師的名冊上，只有我的名字以黑線畫掉。」

她難以置信地搖頭，接著說：「就像我遭到退學……或死掉一樣。」

想起老師那石膏像般的側臉，千津無法對女兒的推測一笑置之，於是勸她以身體不適爲由，請假一星期，找父親商量看看。但乃里子反對，認爲期中考將近，現在的課程十分重要，而且逃避只會讓那些人更開心，甚至變本加厲。

「何況，不曉得那是毫無理由的霸凌，還是有什麼目的……雖然我隱隱覺得是有人懷著某些目的，但也得看對方接下來怎麼出招。」

下個星期，乃里子帶著比先前更明朗的表情上學。

聽到大門關上的聲響，千津擔心大半天……隔週的星期五，回到家的乃里子神情一如往常，千津問：「今天沒事嗎？」

不料，乃里子搖搖頭。「有東西夾在歷史課本裡。可能是昨天夾的，但我今天才發現。」

她從書包拿出課本，把夾在裡面、折了兩折的紙交給母親。千津打開，只見白紙上有一團明信片大的黑漬，看不出名堂。

「大概是影印的照片或畫。」

乃里子說，千津凝目細看，發現邊緣有個形狀像木屐的東西。

不是像木屐，那根本就是木屐……一時沒看出來，是因爲木屐掉落般翻倒一半，露出鞋齒的部分。發現是木屐的瞬間，千津明顯感到自己臉色變得蒼白。

「怎麼？」

乃里子問，千津打馬虎眼：「沒事。這黑漬看起來像血，我聯想到上次的刀子。」

「可是，這怎麼會是對我的霸凌？」

這麼一來，只會加深謎團——乃里子說得悠哉，彷彿樂在其中。千津知道女兒其實非常堅強，但畢竟是母親，一眼看出她故作明朗，益發擔憂。不過，唯獨此刻，她無暇顧及女兒。「吃晚飯前我想睡一下。」乃里子離開客廳後，千津走到裡間，在佛壇前坐下，卻望向約三坪大的後院……今天也下著雨……不是梅雨季節陰鬱的雨，而是和笹野的信送來那天，沒收乾淨的午後陣雨般，帶著幽光的白雨。跟遙遠記憶中下的雨如出一轍……難不成眞是往昔的雨？窗外窄廊上有父親穿白底碎紋和服的背影……俯視庭院的父親背影……那與畫家纖細的職業格格不入、魁梧結實的背……雨下著，打濕他的腳。父親在看母親掉落庭院的一隻木屐，那是憤怒的父親砸也似丟出去的。他知道母親穿著換上豔紅繩帶的木屐，準備要去哪裡。

千津在背後的紙門內，偷偷目擊父親一連串的舉動。她清楚憶起繩帶的朱紅，及雨絲的顏色。與其說是烙印在千津的記憶裡，更是烙印在父親的一幅作品中，成爲雖然被稱爲中堅畫家，卻沒特殊傑出成就的父親唯一的代表作，且做爲近代寫實主義的代表作之一，收藏在日本橋的美術館，現在仍偶爾會展示。同時，那也是父親的遺作。然而，比起畫作本身的藝術性，彷彿被擲到地上的女人木屐，透露出與那場悲劇相關的情節，更引起人們的好奇。遭擠出畫壇主流的父親，反倒因人生末尾的那場悲劇一躍聞名……

案發後，母親將有關父親的一切處理掉，唯獨那幅畫，直到死期逼近，依然放在身邊……和母親一樣想忘記父親的千津，看過那幅畫好幾次，即使不願意，仍留在記憶裡。

作品中沒畫出雨絲，只有木屐和花崗岩踏腳石上，殘留剛落下的斑點狀雨滴。但父親題爲《白雨》的這幅畫，評論家讚不絕口。由於整體白亮的氛圍，彷彿看得見綻放白光的雨絲。

據說，白雨就是午後陣雨。

但千津認爲，父親會以那兩個字爲題，與其說是應景，主要是從年幼的她的喃喃自語，所得到的靈感。

「雪是白色的雨嗎？」

冬季某天，千津望著下雪的庭院問。父親以看不出是玩笑，還是正經的表情應道：「不，雨和雪不一樣。差別之大，就像同是男人，笹野與我卻是天差地遠。」一旁的母親問：「那麼，雪國出身的笹野是雪，你是雨？」

母親小指頭捲起垂落眉角的一綹髮絲般撩起。不知爲何，連這麼細微的動作，千津都能鮮明憶起。聽到母親的話，一向冷漠的父親嘴角奇妙地揚起，笑道：

「我才是雪。笹野長得俊，膚色卻完全不搭，根本是老鼠般的灰色，不是嗎？我膚色比他白。千津，對吧？」年幼的她看到父親難得的笑容，回答：「嗯，笹野叔叔是灰色的雨。」

這是很久以前的事，早於那場悲劇。

即使父親與笹野如摯交好友般親密往來，仍暗藏男人之間的競爭意識……將雪譬喻成白雨，幼小的千津只是揭露冰山一角。但遭妻子和唯一的朋友背叛，將妻子的木屐畫成作品時，父親想起女兒的話，以掀倒的木屐比擬妻子的身體……而留下點點雨滴的，是笹野的身體嗎？

這麼一提……

千津想起案發當晚母親穿的和服花樣，在櫥櫃抽屜找到收藏的那件和服。案發前天笹野送來的和服，白色的濃淡花紋如果是上越的雪，灰褐色是積雪下露出的雪國土地，那麼白色就是母親的肌膚，而灰褐色是笹野的肌膚……兩人肌膚交融般的重疊之處，綻放著盛開的櫻花，是不是這樣？

那會不會是笹野對父親那幅《白雨》的答詩？父親身為畫家，看透和服紋樣中笹野潛藏的意圖。會不會是那色彩將父親的嫉妒催化成殺意？

千津忍不住伸向櫥櫃抽屜，赫然回神，停下手。

明明決定不再想起那場悲劇，卻不知不覺來到這個房間，希望能憶起父母的事……千津嘆著氣，準備折回客廳，再次環顧房間，總覺得和兒時記憶中的三鷹住處很像。案發後，為了忘掉父親和那場悲劇，母親在經堂買下與三鷹那幢古老氣派的屋子完全相反的廉價新建案，隨著千津結婚，遷到屋內深處，屋子大半讓給千津夫婦和孫女。最後，她的喜好凝縮在四張半榻榻米的和室及後院，不知不覺變成肖似三鷹的家，變成可謂母親本身的房間。爲了忘掉那場悲劇，母親一輩子都執著於那場悲劇。

看著母親，身爲女兒的千津也覺得非忘記不可，愈是這麼想，愈緊抓住不放……

不，這不是她的責任。有一股她無可奈何的力量作用，把不願扯上關係的她拖向那場悲劇……

爲了逃避笹野的來信，千津的注意力轉向女兒在學校碰到的霸凌問題，但愈是逃避，愈接近那場悲劇……乍看毫無瓜葛的霸凌，與那場悲劇有重大關聯……只能這麼推測。塞進乃里子書包的沾血刀子，與那場悲劇的凶刀有類似之處。而今天影印的畫，毫無疑問是刊登在美術館導覽冊子等資料上的父親作品《白雨》。

千津再度搖頭，好不容易回到客廳。她先上樓確定乃里子入睡，猶豫幾分鐘後，下定決心打了通電話，約好明天下午和對方碰面，便出門去車站前買東西。

三十分鐘後，千津回到家裡。一踏入廚房，千津的腳彷彿凍結，僵在原地。廚房中央，乃里子拿著大學筆記本內頁大小的紙，一臉無力的神情。她與一小時前判若兩人，冰冷地看著母親。

「妳何時起來的？」

「電話響了……不過很快就轉到答錄機。」

乃里子按下答錄機的重播鍵。

「我是大田夏美。」

聽著傳出的聲音，千津臉色蒼白。乃里子嚴厲注視著母親，不願放過她臉上任何一絲變化。

那聲音繼續道：

「明天我想改約兩點半。剛剛接到電話時，我忘記兩點前有事。」

乃里子忽略接下來的道別，自言自語：「原來是媽？」

「什麼？」千津顫聲反問。

「指使大田夏美霸凌我的，原來是媽？」

千津搖頭，但乃里子無法相信般搶著搖頭。

「不，我打給大田同學，是想問那張照片是不是眞的有霸凌的意思……才會約她明天見面。」

「那妳剛剛去哪裡？」

「車站前……」

「妳是去車站前的飯店吧？爲了從櫃台傳眞這種東西回家。」

千津用力搖頭。

「那是什麼？剛收到的傳眞嗎？」

她搶過女兒手中的紙，彷彿尖叫鯁在喉嚨，發出一聲「嗚」。那是影印的報紙。

〈日本畫壇中堅畫家強迫妻子殉情〉

標題鑽進視野，衝擊化成肉體眞能感受到的尖銳痛楚竄遍全身……即使身處混亂中，千津腦海仍有一隅清醒著。果然不出所料，愈想逃離，終究還是繞回原點。

三十二年前，一月二十一日夜間發生強迫殉情案。二十二日清晨，因前往幫傭的年輕女孩發現曝光……傳眞送來的那篇報導，是當天的晚報，或隔天的早報內容。

「二十二日凌晨五點四十分左右，住在三鷹市白萩町的野上清子（十九歲）衝進三鷹站前的派出所報案，在她幫傭的同町二丁目十二番地的葛井遼二家中，發現丈夫葛井與妻子須美渾身是血，倒在地上。」

報導這麼寫。當時，這件案子轟動全東京。知名日本畫家無法原諒妻子紅杏出牆，拿菜刀刺殺入夜後想外出幽會的妻子，以爲妻子已死，舉刀刺入胸口自殺。由於女人外遇還很罕見，成爲媒體的最佳獵物……妻子外遇對象是丈夫的好友，加上妻子保住一命，衍生出殉情是僞裝，其實是妻子與情人聯手設計的殺夫案嫌疑，天天躍上新聞版面，喧騰一時。然而，身爲案件主角們的獨生女千津，在相隔三十二年後的這一瞬間，第一次讀到相關報導。不，即使經過三十二年，千津仍強烈排斥這起案件，光是掃過第一行，就忍不住閉上眼。她沒必要讀，也沒空閒讀到最後。

誤信母親是霸凌首謀的乃里子說「我要回去學校」，隨即走出客廳。

千津擋住她，不斷解釋：「媽怎麼可能傳眞這種報導過來？生下妳的時候，我下定決心一輩子隱瞞，不讓妳知道。況且，雖然不曉得是誰幹的，但犯人以此爲霸凌的材料。媽爲何非霸凌妳不可？」

乃里子用力搖頭，像要甩開千津的話。

「媽，妳小時候受到排擠吧？這回妳讓我被排擠，好向以前霸凌妳的人復仇。書上寫著，小時候遭虐待的人，成爲父母後，往往會虐待孩子。」

千津搖頭否定女兒的話：

「什麼排擠，媽小時候根本沒受到欺負。案發後，外婆立刻改回舊姓並搬家，切斷所有關聯，所以根本沒有同學知道……沒人欺負我，也沒人排擠我。」

「那為何媽常說夢話『我遭到排擠……只有我一個人遭到排擠』？」

「妳說誰？」

「媽媽。聽著那些囈語，妳在夢裡想起受到霸凌的情景吧？」

「我真的說過那種夢話？」

緊繃的空氣一針戳破，千津愣愣反問。她毫無印象，也沒做過那種夢的記憶……但乃里子之前提到「排擠」時，千津便納悶她怎會知道這種字眼，原來是自己不知不覺教給她的嗎？

乃里子不想再多說，收回冰冷的視線，推開母親走出去。千津擋住女兒，兩人撞在一起，她失去平衡倒在沙發上。倒下的瞬間，千津放開乃里子，雙手掩住臉。原本一直忍耐著——或許是三十二年來不斷壓抑的感情，在撞上女兒的瞬間，決堤般一口氣爆發。然而，只有近似嗚咽的聲音短促地衝口而出，下一刻，她已端坐在沙發上，語氣冷靜到連自己都害怕：「是啊，霸凌的舞台不在學校，而是在這個家。」

「這是在承認，妳把刀子塞進我書包？」

女兒更是冷冷反問。

「的確，我是最容易把各種東西放進妳書包的人。但不是的……我的意思是，遭到霸凌的不是妳，而是妳的母親——我。不曉得是誰，可是在妳的書包放刀子，及傳眞過來的人，目的是透過妳進行霸凌。」

「……」

「看到妳上衣的血跡時，我就覺得那是一種訊息……犯人算準在制服換季的前一天行動。妳穿著外套，所以第一個發現血跡的，肯定是妳在家脫下外套時，在妳身邊的家人，也就是我……犯人就是瞄準這一點。得知有人把刀子和影印的畫放進妳的書包，更確定我的猜測……犯人應該不是學校裡的人。那個人利用老師和學生，假裝對妳霸凌，其實是在恐嚇妳的母親。」

漫長的沉默後，乃里子開口：「誰能指使高中的老師和學生，妳心裡有底嗎？」她似乎還在懷疑，偷覷著母親的表情。

千津從內室取來那件綢緞和服，從袖裡拿出信。

「寫下這封信的人想說出眞相……或許是爲了引誘我到新潟的醫院，委託什麼人做出這些事。」

然後，千津提醒開始讀信的女兒：

「上面提到一個刑警吧？」

若是那名退休刑警，或許能策動老師和學生，但乃里子似乎對和服更感興趣。

「這是當時外婆穿的和服？」

乃里子毫不遲疑地攤開。看到破損及明顯是血跡的黑漬，仍不禁別開眼。

「感覺不是外婆，而是這件和服受傷流血。」

乃里子喃喃自語，目不轉睛地檢查破損處，問：「被刺了三刀，外婆怎麼還能保住一命？」

千津解釋，刀子恰恰刺中反折的部位，但乃里子不曉得和服的穿法，千津便捏起裙襬說明：

「像這樣反折起來，只有此處的布料會變成三層。」

「可是，只刺一刀，會流這麼多血嗎？」

千津告訴她，那不全是外祖母的血，因爲外祖父緊接著自殺，摻雜噴濺的外祖父的血。

「外婆爲何要留下這麼可怕的和服，當成遺物？」

千津搖頭表示「不知道」，乃里子便說：

「這會不會是外婆的遺言？不想讓女兒和外孫女知道眞相，及反過來希望我們知道的心情……」

剛上高中的女兒，想法居然跟自己一樣，千津有些不知所措，但乃里子接下來的話更教她困惑。

「爲什麼不想去見寫信的笹野，瞭解眞相？」

乃里子補上一句：

「或者，媽沒必要去見他？」

「怎麼會……？」

「因爲媽知道眞相。」

像在回應這句話，千津的腦袋掠過一陣痛楚。那是每次回想案發當天衝出玻璃門的母親，一定會發作、腦袋彷彿遭到擰絞般的痛……但千津仍直視女兒說：「不，我的意思是，妳怎會知道笹野的名字？明明這封信上沒寫寄件人。」

「那是……這篇報導中……」

乃里子的目光游移，微微發顫。

「不，這是案發不久的報導，應該沒提到笹野的事……」

愼重起見，千津讀著報導的後半，果然沒有笹野的名字。

「更以後的報導，才會提到笹野……還是妳早讀過後面的報導？」

短短幾秒中，母女默默對望。女兒先別開目光，倏然站起。

「是夢話，媽總叫著笹野的名字。」

乃里子憤憤道。

「我要去躺一下。」

乃里子轉過身。目送她的背影踏出客廳，千津叫住她說「還有一個人」。

「我一直忘了……還有一個人能更輕易地在妳的書包放刀子和影印的畫。」

乃里子的背影一震，停下腳步，但很快忽略母親的話，若無其事、滿不在乎地走出去。

千津抱住腦袋，不斷搖頭。沾染血跡的和服、笹野的來信、三十二年前的報導，一切都難以置信。她最無法相信的，是竄遍全身卻說不出口的一句：「乃里子，折磨媽媽的原來是妳？」

不，剛剛乃里子的那句「因爲媽知道眞相」，更帶來錐心之痛……

雪，果然不是白雨嗎？

兩天過後，我望著下雨的後院……乃里子，我寫著給妳的信，忽然想到這樣的事。

大前天晚上，妳無視我最後的呼喚離開，這兩天又恢復以往，跟我說話。我也彷彿一切都沒發生過，扮演平常的母親……但背地裡，我們以沉默互相叫囂著，對吧？

隔天，我找到傳眞機的紀錄，查出是妳先用家裡的傳眞機，傳到車站前的飯店。然後，妳再打電話到飯店：「剛剛傳眞錯誤，可是我把原稿撕掉了，很抱歉，能不能麻煩你們回傳？」恐怕是這麼回事吧。如此一來，就能輕易僞裝成是某人傳眞過來。不料，妳一接到傳眞，我就回來……聽到大田夏美的留言驚慌失措的妳，情急之下把我當成霸凌的始作俑者，加以攻擊，試圖保護自己，對不對？

妳不小心說出不該知道的笹野，但透過這個失誤，我得知許多事。像是那一天，妳讀完吉武刑警送來的笹野的信……可以想見，那退休刑警後來也在我們家附近徘徊觀察，於是妳認識了吉武刑警，並靠著信上提及『三十二年前』的線索，調查當時的報紙，得知外祖父母引發的案件。然後，妳利用今年五月開始眞正發生的霸凌事件，僞裝成霸凌的延續，假裝遭到霸凌，逼我面對過去。當然，我不認爲，妳是爲了折磨我。妳的目的，只是希望我會主動告訴妳那場悲劇吧……連同唯有我知道的事實，及案發過程的一切。

約莫是吉武刑警慫恿「令堂當時是個孩子，但應當掌握某些關鍵」……這是事實。我知道與眞相有關的重要事實，卻一直隱瞞警方和周圍的人……最重要的是，隱瞞我自己。不是什麼大不了的事，只是一點小事。但即使年幼，我仍明白那件事具有顛覆強迫殉情案的重大意義。於是，三十二年來，我不斷處在內疚與自責中，彷彿我是共犯。不過，我沒意識到自己在隱瞞。每當要回想，就會頭痛欲裂，將眞相吞沒到裂縫裡。

我告訴警方，那天晚上我睡著了，什麼都不知道。這是眞的。那一天，離開笹野家，我就在幫傭姊姊家睡著，連什麼時候被帶回家都不知道，一路睡到早上，一次都沒醒來。

所以，我是在去笹野家前，目擊到與眞相有關的細節。那天放學回家，我看到母親在裡面的房間準備外出，一身豔麗的和服打扮。然而，異於那身華美，母親的背影因憤怒與悲傷不停顫抖……我待在走廊另一邊的內室，感受到父親的聲息與窒悶的沉默，根本不敢出聲，於是跑出家裡，獨自玩耍。可是，很快又聽見父母的爭吵聲，不久，母親打開玄關玻璃門衝出來，狠狠扯住我的手，帶我去笹野家。

問題在於，母親穿的和服。嚴寒的傍晚時分，母親外罩和服外套，底下露出的衣物，不是剛看到的華豔和服，而是幾近黑色的深藍樸素和服。從我在外頭玩耍，到母親衝出來，頂多是短短三、四分鐘。在這麼短的時間內，母親如何邊跟父親吵架，邊更換和服的？我不禁納悶，之後內心一隅一直記掛著櫻色與深藍兩色的和服。不知不覺間，我開始想，既然穿深藍和服衝出玻璃門的是母親，那麼，幾分鐘前一身華豔和服坐在穿衣鏡前的，就不是母親。

那會是誰？前一天穿著笹野送來、可當正式服裝的華豔綢緞和服準備外出的，是誰的背影？

既然不是母親，答案可想而知，我卻拒絕這唯一的解釋，以恍然大悟的瞬間發作的劇烈頭痛爲藉口，放棄繼續思考、繼續回想。穿著那件和服的是母親以外的人，這個想像會讓我的人生，留下比那件和服及母親身上更漆黑醜惡的傷。或許是知道這一點，我的身體才會藉著頭痛，設法掩飾那傷口的痛楚。此後三十二年之間……一直到大前天。

大前天晚上，妳離開客廳後，我又頭痛欲裂。但經過三十二年，我第一次鼓起勇氣，窺看那裂痕的內側。在我的眼中，離開客廳的妳，背影彷彿隨時會脆弱地垮下。與其說是妳得知外祖父母之間發生的悲劇，更是身爲母親的我頑固地隱瞞著眞相的緣故，明明平日總說家人之間不該有所隱瞞。……狠下心窺探，原來眞相那麼平凡無奇，根本沒必要耗費三十二年拚命隱瞞。只要細看那天穿櫻花綢緞和服，坐在穿衣鏡前的女人，然後承認那不是女人，而是父親就行。隨著這小小的逆轉，整件案子像齒輪契合在一起，開始反轉……如果穿著那和服的是父親，去見笹野的也會是父親。相反地，爲了阻止父親出門，拿出菜刀的就是母親。那天以前，也是如此。每次父親不在，母親就會帶我去笹野家。那是爲了監視父親是不是去找笹野，如果兩人眞的在幽會，即使只有兩小時，也要妨礙他們……案發前一天，笹野送綢緞和服給母親，是為了向遭兩個男人背叛的女人賠罪吧。然而，笹野卻在那和服上，以新潟的土地譬喻自己、白雪譬喻父親……父親從和服的花色讀出這一點，隔天趁妻子外出，喜孜孜地換上那身和服，大概是為了讓笹野吃驚開的玩笑吧……假裝外出，或許是從後門偷偷回家的母親，窺見父親那副模樣，不難想像是多麼絕望。盛怒之下，母親從廚房拿出菜刀，撞向丈夫……換句話說，案發時間其實是傍晚，母親慌忙以睡衣蓋住父親的屍體，穿上和服外套，帶著我趕往代代木。母親和笹野說了什麼，我不清楚。只是，他們決定將母親殺夫的事實，替換成父親意圖殺害母親，扭打時不小心刺死自己的劇情。入夜後，笹野在我們三鷹的家裡，扮演大聲斥罵母親、握住菜刀的丈夫，就在渾身是血的父親身旁……

他們決定讓早上來幫傭的女孩當第一發現者，所以死亡時間的差距應該能勉強瞞混過去，問題在於父親逝去時的裝扮。比起殺夫，母親更不願世人知道，父親穿著那身和服喪命……那不僅是母親殺夫的證物，更是母親絲毫不為丈夫所愛的可悲證據。母親剝下和服，為父親套上菜刀刺破的睡衣，再換上原本丈夫身上的綢緞和服。這裡出現一個大問題……父親身上的和服遭菜刀刺破，而且只有一處……和服的破損恰恰位在母親穿上後必須反折的腰部。如果破損只有一處，可能被識破，原本高大的男人穿上那身和服，所以不必反折。最後，他們只得把劇情改成父親持菜刀刺殺母親，意圖強迫殉情。為了偽裝現場，母親甚至差點犧牲生命。她要笹野握住菜刀，瞄準反折處最外層的破損刺上來……母親感受著從重疊三層的和服破損處流出的鮮血，與幾小時前丈夫身體流出的血混合在一起，在逐漸遠離的意識中，等待著發現者於黎明造訪——乃里子，這就是相隔三十二年，我挺身面對那場悲劇得到的眞相。這是妳的母親，第一次好好去面對的、我的母親眞實的臉孔。

妳告訴我，我常在夢話中提到「排擠」，其實並不是我一直隱瞞的眞心話，而是我母親的聲音。案發前一晚，父母的爭執聲吵醒我，後來我再也睡不著。隔天晚上，任何聲響都沒吵醒我，一覺到天亮。但在父母漫長的爭吵中，唯有一句叫喊：「只有我一個人遭到排擠嗎？」留在我的記憶裡。仔細想想，這是很重要的一句話，道出了眞相。所以，我才會把那句話隨著眞相，埋葬在體內深處的黑暗中，只在夢境挖起那句話，送進妳的耳裡。

「雪是白色的雨嗎？」幼小的我提問，父親回答：「雪是我，雨是笹野。」聽到這句話，我覺得雪和雨是同類，只有他們在同一個括弧中，而母親被趕出括弧之外。得知妳被關在教室外，我把獨自站在走廊上的妳，跟孤伶伶待在封閉著笹野和父親的屋外的母親身影，重疊在一起。

這封信寫得太冗長。我打算將這封信留給妳，出發前往新潟。其實我原本想讓妳跟著，最後仍決定一個人上路。因爲我根本不打算聽笹野說出眞相，只想在他死前，問他一個問題。

「你和父親，眞的都不愛我母親嗎？」

母親眞的只是個局外人嗎？我想知道母親那天晚上的吶喊眞正的答案。如果笹野承認他和父親對母親有一絲愛情，我會覺得母親的一生不算虛擲，甚至身爲女兒的我，還有身爲我女兒的妳，這輩子已值得。……提筆時下起的雨，在我準備初次拜訪母親故鄉的此刻，終於綻放美麗的白光……不知爲何，總覺得那件和服破損處流出的鮮血，被淨化成純白色，從天而降。

直到天涯海角

「到白馬岳一張。」

語畢，女人立刻搖頭說「不」，遲疑兩、三秒似地沉默，然後改口：「還是兩張好了。到白馬岳兩張……」

須崎在服務窗口內提醒：

「沒有白馬岳站，但有白馬站。」

是平常那種呆板、冷淡的話聲。須崎是個沒什麼稜角、毫無個性的男人，一穿上制服，便除了JR職員以外，什麼也不是。平日午後，站在中央線沿線小車站角落的JR服務窗口前的女人，也是三十幾歲、隨處可見的女職員外貌。

「那就到白馬。有新宿出發的特急電車吧？」

「對。今天的嗎？」

「不，我要下星期的……」

「請塡一下那邊的申請書。」

須崎以眼神指示玻璃窗另一邊的架子。女人舉起右手，像在回應他的視線。正值六月，女人卻戴著容易誤會是皮膚的白色薄手套，腕間露出繃帶……像在示意她受了傷，無法寫字。

「那麼……」須崎詢問時間日期，輸入電腦，忽然擔心道：

「妳要去白馬岳的哪裡？有些地方在白馬的下一站或上一站下車可能比較近……」

「呃……白馬岳的山峽飯店。」

女人擱在櫃台的皮包口袋裡，插著飯店的介紹手冊。「白馬山峽飯店」這幾個字吸引須崎的目光——不過只有短短一瞬間。「那麼，在白馬站下車就行。」他打好乘車券及特急券，遞出窗口。

報出票價，女人卻無視於他，白手套浮游似地迅速抓起兩人份的票券。

須崎倏地站起，小小的嘴巴迸出難得的喊叫：

「喂，等一下！」

他擔心女人不付錢就要跑掉，但女人很快停步回頭。

「妳還沒付錢。」

聽不懂嗎？女人面無表情，目不轉睛瞪著玻璃窗內的站務員。

幾秒鐘無意義地流逝。這段期間，須崎重複兩次金額，女人將票券拿到唇畔，作勢咬住邊角，像一幅靜物畫般一動也不動。不久，她喃喃自語「忘記了」，掏出兩萬圓紙鈔，拿了找錢，若無其事地轉身離去。

只是這樣而已。

實際上，第一次可說什麼事也沒發生。須崎發現隊伍下一個疑似主婦的客人等得不耐煩，注意力轉回窗口，同時也把女人的事從腦中驅離。

只有「白馬」這個地名，及女人低喃「兩張」的話語留下。

那女人帶著猶豫買下的另一張票，是要交給某個有婦之夫嗎？

須崎應付著下一個客人，朝裡面瞥一眼。

一名女員工背對他在整理文件。說是裡面，這個在車站邊角、兼JR服務窗口的站務室非常狹窄，穿工作服的女員工的背就在近旁，他卻感到無比遙遠……

石塚康子，她已三十四歲，但看在即將步入五十大關的須崎眼中，比起女人，她的背有種還能稱為女孩的年輕張力。

不過，須崎這時感覺到的距離，不是年齡差距的關係，而是一個月前康子提到的話。

「白馬山峽飯店」是須崎和康子一個月前住宿，第一次發生男女關係的飯店。不管在飯店或回程的電車裡，康子都露出不曾在職場上展現的開心表情，歡笑著緊抱須崎不放。然而，待電車靠近東京，她便說「以後我們大概一個月旅行一次吧」，等須崎點頭，又補一句：「不過，在旅行的時候才能有肉體關係。只有離開東京，到回東京前。」

幾分鐘後，兩人在新宿車站走下特急列車時，康子迅速實踐她的宣言。

須崎想要依偎上去，她卻輕輕推開他倚過來的肩膀，說「明天辦公室見」，快步離開月台。一個月過去，她仍以冰冷的背影對著須崎。

話雖如此，他們在職場外也不是完全不見面。

這天他們約好要見面，須崎在歸途中的吉祥寺站下車後，便進入鬧區邊郊的小鋼珠店。

坐落於拐進小巷的邊角小鋼珠店，滲透著郊區落魄的氣息，但仍以霓紅燈及噪音形成的濃妝粉飾出活力。以前只覺得這裡吵，但現在會覺得有活力，不為其他，只因這家店成為他與石塚康子唯一的約會地點。

他會與康子變得親密，也是託這家店的福。從兩、三年前起，須崎每個月都會在回家途中繞到這家店一、兩次，玩個近一小時透透氣。他以前在看完電影回家的途中進來玩一下，意外贏了不少，看來小鋼珠店也是有投不投合這回事。只是站在這家店的機台前，他便感到平靜，中獎率似乎也比其他店高。

四月的那一天，須崎手氣不錯，捧著還算多的鋼珠開心地前往兌獎區，撞到正在物色機台的女人肩膀。那女人隨手將側背包搭在肩上，一副粉領族下班打發時間的模樣。

掃視機台的視線完全沒把撞上自己的男人看進眼裡，但須崎一下就認出對方。不過，對方與在職場上古板的印象判若兩人。

女人在新奇太空梭造型的機台前坐下，投入鋼珠。她的手指動作及蹺腳的模樣，都十分老練。就在她從皮包掏出香菸、叼上嘴時，須崎從她背後彎身，指著台上的一點說：

「這台要瞄準這邊。」

石塚康子驚訝地回頭，輕輕「啊」一聲。隨著聲音噴出的煙，直接撲向須崎，須崎不禁嗆咳，康子笑了。大概是覺得只能用笑矇混過去吧，那是張臉頰緊繃的勉強笑容，但是在煙霧朦朧中，看起來卻耀眼得不可思議。

「剛剛我一時沒認出。」

須崎也在旁邊的空機玩起來，兩人不知不覺聊開。

「跟平常看到的妳完全不一樣，好像很會玩。」

「平常看到的我？我平常都是這樣啊。如果你口中的『很會玩』是像不良少女的意思，我在職場上老是摸魚打混，只要辦公室禁菸不能抽，休息時間我都跑去咖啡廳抽。」

「這樣嗎？看起來不像。」

康子追趕著機台的鋼珠流向，側著臉笑道。

「況且，須崎先生從沒正眼瞧過我吧？」

「……這……」

「沒關係，不用掩飾。不只是須崎先生，男人不會關心我這種女人。我早有自知之明……不過，正因如此，我才會喜歡這種地方。」

「這種地方？妳說小鋼珠店嗎？」

「對，還有賽馬場。過世的父親十分喜歡賭博，算是遺傳到他吧。在這些地方，男人不會去注意女人吧？只會拚命盯著小鋼珠和馬。所以，就算被視若無睹也能安心。」

是被看見丟人的場面，豁出去了嗎？還是小鋼珠店輕鬆的氛圍使然？康子變得多話起來。「我還沒跟辦公室裡的任何人說過。」她先這麼聲明，然後談起兩年前會調職，是在上一個職場的新宿車站和上司處不好，及與家人有關。父親過世是最近的事，但康子有個美女姊姊，父親只疼姊姊，所以她從小就覺得自己沒有父親。康子用如同銀色小球滾動般的輕巧節奏述說著。

一直以為封閉在面無表情的樸素殼裡的女人，居然如此輕易破殼而出，須崎頗為詫異。更令人驚訝的是，連須崎都能輕鬆愜意地與她談天。

「說什麼男人從沒正眼瞧過妳，其實是彼此彼此吧。」

須崎特別不會應付女人，而且是年紀比自己更小的女人。尤其是三十多歲，不那麼年輕的女人。這兩年之間，除了工作以外，他不曾跟女人交談半句。

「兩年來，妳也沒正眼瞧過我吧？」

「……」

須崎覺得這段沉默代表他猜對了，然而，不久後康子卻應一聲：「是嗎？」

「不是吧。我想到一件關於須崎先生的事，應該只有我知道。」

「……」

「就算只有一件事，卻是我關注你的證據。」

「是什麼事？」

「你一緊張，就會搓眉毛兩、三下。」

兩人聊著這些，各自盯著機台。

「不過，我不是特別對須崎先生感興趣。剛剛提過，我有點戀父情結，才會在意須崎先生這個年紀的男人。」

康子側著臉說，須崎也側臉回答：

「這話太狠了吧？令尊不是七十多歲？」

「啊，抱歉。我的意思是，你有一種父親的味道。」
「不……這也是彼此彼此。我算是女兒情結嗎？從方才開始，我就覺得像在跟女兒一起打小鋼珠。」
「可是，令千金跟我不一樣，還很年輕、很新鮮吧？」
「會嗎？她剛成年，是還年輕，但成天懶洋洋，彷彿已厭倦人生，對什麼事都提不起勁，也不會主動跟我說話。」
「只對爸爸這樣吧。」
「那個年紀的妳也是嗎？」
「現在依然沒變……佛壇上的父親遺照，就算想看也會故意避開。」
康子笑著回答，又補一句「要是須崎先生不嫌棄，我可以當你女兒」。
換個角度，聽起來像交往宣言，但應該只是打打小鋼珠，隨口開開玩笑，須崎沒放在心上。
那是當晚最後的對話，康子瞥向手表說：
「今天手氣不太好。我有想看的電視節目，先走一步。」
然後，康子把剩下的少許鋼珠倒進須崎的機台鋼珠盤上，道聲「明天公司見」，離開店裡。她的背影彷彿早就忘了碰到上司的事。

須崎也一樣。雖然爲石塚康子意外的一面感到驚訝，另眼相待，但算不上特別愉快的時光。最後回家前，共輸掉五千圓之多，他覺得是奉陪康子的緣故，不禁有些後悔。不過，即使回家，家裡根本沒半個人。獨生女如同康子說的，帶著絕不會在父親面前表現出來的活潑神情，和大學朋友廝混。妻子大概跟閨蜜出門，不然就是在附近超市打工，賺取出遊的資金。

在玄關的黑暗迎接下，須崎挖出冰箱的剩菜準備晚飯，石塚康子若無其事的一句話，像打火機或火柴的微光，滲透到單調的夜晚空氣中。

須崎準備洗澡，目光忽然停留在脫衣處鏡中倒映的臉。那當然是他的臉，搓搓變得稀薄的眉緣，感覺看見自己不知道的一面。雖然好幾年不曾這樣，但須崎凝望鏡子許久，尋找臉上哪裡殘留青春的痕跡。

康子家在井之頭線的久我山站，趁換車之際，她頻繁地上那家小鋼珠店。

第一天晚上這麼聽說的須崎，在一星期後，同樣是星期二的夜裡，又在中途下車，前往小鋼珠店。上次完全沒約，但坐在同一個座位的康子彷彿在等他，立刻注意到他出現，輕輕抬手打招呼……很快地，每星期二、四在那家店碰面成爲習慣。JR的職場有早班和晚班，而兩人都上早班，六點就能離開辦公室的日子，是星期二和四。

一開始，他們會各玩各的大概一小時，然後要回家之前，坐到彼此旁邊的機台聊一下，僅僅如此。但沒多久，並肩邊聊邊打的時間變得更長。很快地，他們巧妙配合彼此打完的時機，一起離開小鋼珠店，到附近咖啡廳談笑近半小時。那個時候，康子已完全不使用敬語，而是以朋友般的語氣和須崎說話。

兩人沒特別說好，自然而然發展成這樣的關係。

差不多一個月過去，四月最後一天的晚上。

「今天就打到這裡，贏太多了。」

康子找店員搬運幾乎滿出箱子的鋼珠，走向櫃台，拿回一枚印有花紋的華麗信封。她半開玩笑地讓信封像紙飛機一樣在空中滑行，最後在須崎身上的外套口袋裡著陸。

「這是什麼？」

須崎立刻打開信封，裡面裝著飯店住宿券……白馬山峽飯店的雙人房。須崎上星期在兌獎區看到「高級溫泉旅館住宿券」的海報，才向康子說過：「最近連這種東西都有啊？」

「跟太太一起去吧。」

她的笑容跟平常一樣生硬，雙眼像勉強彎起直尺畫出的細線。

「趁著結婚紀念日之類的機會……有效期限到七月底。」

「爲什麼？」

「每次我的鋼珠沒了，你都分一半給我。雖然我覺得做爲小鋼珠店的贈品，旅館住房應該不會太豪華。」

「呃……我的意思是，妳怎會知道我的結婚紀念日？」

「是七夕吧？去年七夕，你向公司的人埋怨過，不記得嗎？『眞不該在七夕結婚，我們是一年只有一天，只有結婚紀念日的夫妻』……」

「我說過這種話？」

須崎頓時想起，但故意掩飾害臊。

「說過啊，用現在這種表情。」

「……」

「瞧瞧，我眞的在關注你。」康子顯然不想繼續討論這個話題，從須崎的機台捏一顆鋼珠過來，面向機台。

「哇，今天手氣絕佳！」

中大獎的鏘啷聲響掩蓋她的驚呼。「不過，在手氣用完前，得見好就收。」

她喃喃自語，把滾出的鋼珠放進須崎的機台盛盤，只說一句「掰」便轉身，旋即又「啊」一聲，想起什麼般回頭交代：「別說是我送的。」

康子離開後，須崎猶豫片刻，把印花信封收進公事包深處。他什麼也沒告訴妻子，等到兩天後的星期四，把信封遞到康子面前。跟平常一樣，在小鋼珠店玩過後，兩人走進咖啡廳。

「爲什麼？」

坐在桌子對面的康子推回信封，問：「太太不去？」

「不，我沒告訴她。」

「……爲什麼？」

「她會開心地表示要去，但如果可以，絕不想跟我同行，而是跟她的朋友和女兒一起……反正我們夫妻不會一起去，實在糟蹋妳一片好意。」

「沒關係啊，畢竟還給我也沒用。」

「不，不是要還給妳。」

連須崎都聽得出自己的聲音愈來愈小。「咦？」康子反問，但他無法順利擠出下一句話。既然這樣，就該趁在小鋼珠店更若無其事地開口，他不禁後悔。避開康子的視線，他盯著丟在桌面不上不下位置的信封。

須崎總算下定決心開口，但康子搶先一步，從對面伸手制止他搓眉毛。

「不必緊張。」

康子安撫道，須崎這才發現剛剛不自覺舉起手。

「須崎先生也許以爲是在勾引我，其實是我在勾引你。不，我早就在勾引你，你只是上勾而已。」

任康子豐腴的手抓住，須崎覺得自己的手比平常更衰老、更滄桑……他抬起目光，發現康子生氣地蹙眉。

「記得嗎？我喜歡賭博。把住宿券交給你的時候，我也賭了一把。你跟太太似乎處得不好，所以我暗暗期待你不會邀太太，而是邀我……你原本打算這麼邀我吧？」

須崎追不上康子的話，愣愣點頭。

「我又賭贏了。從上次起，我的運氣就旺得可怕……要不要再回去打一把？搞不好能賺到去白馬的交通費。」

吞下須崎不知所措的視線，康子笑道。

這就是所謂的一拍即合嗎？

短短的期間內，他們極爲自然地從同事變成玩伴，然後發展成男女關係。

黃金週連假即將結束時，他們用假名佯裝夫妻，入住白馬的飯店。晚上籠罩在東京看不到的無底寂靜中，相互依偎。雖說是自然發展，但生性保守、只經驗過妻子一個女人的須崎，從出發前就一直很不安，擔心能不能在旅行目的地的夜晚，自然地把手伸向女人。在和室大廳用完飯，關在只剩兩人的房裡，邊閒話家常，他察覺自己聲音愈來愈僵，甚至後悔來到這裡。爲了設法制止搓眉毛的衝動，他揉著肩膀，沒想到康子表示：

「須崎先生，要是肩膀痠痛，我幫你揉揉？」

她的手繞上他的身體，說唯有按摩的本事，父親直到去世前都讚不絕口。接下來，趁著按摩結束，像按摩的延長般主動伸出手就行。

須崎不僅鬆口氣，連身心都無比滿足。康子的身體比想像中年輕，保有恰到好處的彈力。沒有年輕女孩那種會反彈對方的任性，而是具有包容須崎這樣逐漸枯萎的身體的柔軟。他覺得不光是年齡的緣故。即使和康子依偎在同一床被子裡，也沒有和妻子共枕的拘束感，連身體都一拍即合。

但他並非純粹感到開心。發生肉體關係後，外遇成爲必然，負擔隨之而來。由於須崎一直是保守人士，連可能會耽溺於這具肉體的不安，以他的年紀來說也是個重擔。不管在職場或小鋼珠店，都沒辦法再像以前那麼隨意。回程電車裡，看著比出發時更歡欣的康子，須崎漸漸感到一絲厭膩……甚至在這一點上，他們也一拍即合。康子的想法似乎與須崎相同，她表現得那麼興奮，或許是要掩飾那種心情。她先聲明「我沒什麼魅力，你應該很快就會膩了，不過……肉體關係，只限於外出旅行喔。」接下來一個月，他們僅維持職場上的關係，及小鋼珠玩伴的關係。

在小鋼珠店，他們反倒保持距離，須崎不禁懷疑康子想回到最初的關係。在職場上的忽略也像是刻意的，他不由得擔心，一趟旅行就讓康子對平凡中年男子生厭，想離開他。所以，一名女客買到白馬的車票那天，須崎盤算著在小鋼珠店碰到康子，就算有些強勢，也要邀她去第二次旅行。沒想到，比須崎晚約三十分鐘進來的康子，以手帕擦著頭髮說：

「外面在下雨，東京進入梅雨季了。」

然後，康子自然地坐到旁邊的機台，側著臉開口：「這個時期沒什麼觀光客，旅館應該比較便宜。差不多該再出去一趟吧？」

「我想去北邊。」康子說。

「爲什麼？」

須崎一問，她便以聽不出是玩笑或正經的語氣回答「我最討厭梅雨鋒面，只有一天也好，我想逃離」。十天後，第二次旅行出發的日子，天氣完全背叛康子的期待。宣告進入梅雨季的東京，傾注著初夏般明朗的陽光，但旅行目的地的磐梯山卻堆積著沉重的烏雲。在郡山從新幹線換乘磐越西線時，開始下雨。抵達旅館所在的翁島小車站，更是下起大雨，原本可透過計程車窗看到的豬苗代湖，也被封閉在陰暗的底片裡，沒有露臉。而且上網找到的廉價旅館，不管是澡堂或房間都相當小，像民宿般乏味，但反倒讓他們整個晚上關在房間裡，凝縮了只屬於兩人的時間。

隔天早上，須崎比康子略微早起。打開窗簾，只見磐梯山的稜線意外地逼近窗戶。高山強韌的線條，在下一整晚雨的餘韻及氤氳中朦朧搖擺著，震懾小小的窗戶及中年男子的惺忪睡眼。儘管強韌，卻有著女性化的柔軟曲線，山顯得益發豐饒。之所以覺得康子的身體比在白馬那一晚更冶豔，是有了第二次的游刃有餘嗎？……須崎暗暗思索，試著撫摸稜線，康子昨晚的身體曲線又復甦腦海。

在近旁睡亂了浴衣的康子看起來很樸素，完全是平凡的職員。但短短幾小時前，籠罩著昏暝，幽白地起伏的身體，以無異於名山的美麗曲線震攝須崎的雙眼。

回到東京後，好一陣子那曲線依然糾纏著須崎不放，但這趟旅程，還有一道他無法忘懷的曲線。

不是別的，就是JR的鐵路。

站在鄉間車站的月台等待歸途列車的康子，俯視鐵路說：

「如果循著這鐵路一直走下去，可以抵達稚內吧？雖然會繞過很多地方。」

接著，她又問：

「是叫宗谷岬嗎？那位於天涯海角的海角，如果從東京搭火車過去，要幾個小時？」

「這個嘛，就算搭一早出發的新幹線和特急列車，還得從稚內坐快一小時的巴士……到海角的時候，約莫是三更半夜。」

坐在長椅的須崎起身探頭一看，磨耗的鐵軌鈍重地反射從雲間灑落的陽光。

「那麼，只要住兩個晚上就能夠抵達。」

她喃喃自語，接著道：「欸，下次我們去更北邊的地方吧。下下次再更北邊……最後到北方的天涯海角就分手。」她說得那麼自然，須崎幾乎要聽漏，但他微微從鐵軌抬起目光。

康子無視於他，站得直挺，張開雙手慢慢前行。她晃動著雙手維持平衡，像走在鐵軌上……

「我們才剛開始，不要胡說八道。」
須崎這麼想，脫口的卻是「能夠到達那裡嗎」。
康子那句話聽起來像喃喃自語，不管怎麼反駁都沒意義。況且，仔細想想，兩人最初就有著「將來要分手」的默契，即使沒去到北方盡頭，他們的關係就結束在這一站，也沒什麼不可思議。實際上，康子獨自走在虛幻的鐵軌上，開口道：
「是啊，或許還沒越過津輕海峽，須崎先生就對我膩了。」
「彼此彼此吧。我倒覺得，年輕的妳會先受夠我離開。」
接著，須崎笑道：
「更何況，就算我們沒膩，也可能碰上意外或暴風雪，非得在離稚內還有一大段路的途中下車。」
康子回以一笑。像只是在說笑，搭上緊接著到站的列車時，他們已忘記這些話。奇妙的是，回到東京後，須崎卻動輒憶起此事。
一開始，是想起在溫泉旅館擁抱的康子，將她的身體曲線與在那小車站看到的鐵路重疊。接著，「分手吧」的低喃在耳畔復甦，且一天比一天清晰。
回到東京後，接近七月底的這一天，須崎在中午過後獨自顧著服務窗口，愣愣想起康子的話。康子爲何會那樣說？忽然，一道女聲響起：

「到磐梯山。」

「沒有磐梯山站，但有磐梯町站。」

「那就到磐梯町站。郡山那段是新幹線吧？」

「是的。今天的票嗎？如果要預約，請塡寫那邊的單子。」

須崎說著，望向女人。五官小巧，過於平庸的長相完全從記憶中消失，但聲音和口氣有印象。染患感冒般有點沙啞的聲音，及漫不輕心的態度……

「可是……」

女人自然地把右手放上櫃台。沒錯，是六月買到白馬的車票的女人……梅雨季已過，鎭上炎熱得像盛夏，女人穿短袖上衣，右手卻仍戴著白手套。

不過，在這個階段，還能認爲是連續兩次巧合。磐梯山的範圍很大，端看她要去哪裡，下車的車站應該也不一樣，但他懶得複查。須崎打了兩張一星期後到磐梯站的車票，白色的手迅速抓走票，直接轉身離開，須崎急忙叫住她。女人回頭，一副不曉得爲何被叫住的模樣，訝異地望著須崎，至此的行動一模一樣。

聽到「車票錢」，她才突然想起般打開皮包，伸進裡面……

緊接著，發生和上次不一樣的事。

從打開的皮包裡，拿出來遞給須崎的不是錢，而是一本小冊子。那家溫泉旅館的名字，及普通民宅般樸素的門面，須崎都記得一清二楚。此刻，他卻覺得是第一次看到的旅館。他一頭霧水，愣愣盯著女人的手套，汗水形成斑駁的污漬，滲透出來。

女人一語不發。

須崎抬起頭時，她只瞇著眼，彷彿從洞穴裡窺探，臉上慢慢漾起微笑。

彷彿忘了分手那番話，八月過一半的時候，康子說「這次去仙台吧。七夕祭典結束，感覺旅館很空」。在仙台的街道散步、在有「仙台的內廳」之稱的秋保溫泉過夜，她看起來都比前兩次開心。進入十月，都市的天空總算散發出秋意，他們前往平泉的中尊寺，順路去花卷溫泉。十月底，他們則前往盛岡，享受比都市早幾步的盎然秋意。

雖然遵守著逐漸往北走的約定，但看著康子笑說「總覺得像櫻花前線之類的花前線……花心前線」，他不禁覺得在宗谷岬提到分手只是個玩笑，不然就是出於三十歲女人莫名憧憬浪漫的心態，想將平凡無奇的男女關係，塑造成羅曼蒂克的連續劇。旅途中，須崎不停想起提分手的那段話，無法全心奉陪康子的笑容，臉上不時籠上陰霾。

「怎麼？你在擔心什麼？上次在花卷溫泉，你也是這種表情。」

他們下榻盛岡市西邊，廣大人造湖畔的旅館。須崎盯著旅館介紹冊子動也不動，康子關切道：

「是擔心太太？」

「不……」

他毫不擔心妻子。第一次旅行的時候，他撒謊「好一陣子沒輪班，但又要開始輪一個月一次的夜班」，後來就一直利用這個謊言。但妻子別說懷疑，甚至因爲方便她跟朋友出門，還會反過來催促：「你這個月不用上夜班嗎？」

「那是錢的問題嗎？如果這旅館太貴，我出一半吧。」

她擔心地望著須崎。

旅費裡，須崎負責旅館錢。康子堅持無論如何都要出一半，所以讓她付交通費。

雖然僅有旅館錢，但雙人份對薪水不優渥的須崎也是沉重的負擔。幸好他瞞著妻子儲存近四十萬的私房錢，勉強可支應。「純粹是有點感冒，東北的秋天好冷啊。」

他以這句話，還有伸向康子身體取暖的手，打馬虎眼瞞混過去，只在心中嘟囔：「不，問題就是錢。」

這趟旅程的車錢確實是康子付的。然而，回到東京幾天後，須崎仍要付出代價……

自從盛夏的那一天，每次跟康子去旅行，幾天後那女人一定會出現在服務窗口，報出相同的地名、索取到同一個車站的票，一毛錢也沒付就離開。

「到仙台……」「到花卷……」

形同在買霸王票——不，比那還要惡劣。

這完全就是恐嚇。

女人沒有提到任何影射的話。但在七月的那一天，她發現默默無語，須崎益發膽寒，於是遞出旅館的介紹手冊時，嘴巴閉得更緊。她深知這麼做，手冊上的旅館名稱勝過一切雄辯。

不塡申請書，也是擔心就算使用假名，筆跡仍會成爲證據。

實在是滴水不漏、老練的恐嚇者。

目前，須崎猜想是小鋼珠店的常客偶然聽到他們的對話，於是當成恐嚇的材料。從對話中，應該可輕易聽出兩人的外遇關係，及何時要去哪裡旅行、兩人在哪裡工作。七月之後，須崎若無其事地在小鋼珠店觀察四周的人，卻沒發現可疑的女人。或許女人有同夥，帶著這種眼光，坐滿店裡的每一個客人似乎都有嫌疑。

還有一個問題，女人搶走JR的車票，究竟有何目的？從這個月初「兩張到花卷的票……」後，女人開始要求來回車票，金額變得相當龐大。須崎認爲是主婦和同夥聯手賺取零用錢，但以零用錢來說，金額已非常足夠。花卷那時候是五萬兩千圓，如果立刻拿去其他窗口退票，就算是拿去票劵鋪變賣，應該也能獲得將近五萬圓的現金。

一開始女人索取到磐梯山的車票時，須崎報告「忘記向客人收錢」，寫了悔過書。從八月女人要求「到仙台」的車票後，須崎就用私房錢塡補形同女人偷走的錢。說是五萬圓，仍在勉強可負擔的金額內，所以還過得去。然而，兩人的「花心前線」繼續北上，女人要求的金額會愈來愈高，私房錢馬上會見底……那麼一來，他就得竄改電腦檔案，染指犯罪。

沒錯，就是勉強負擔得起的金額才糟糕……事到如今，須崎忍不住這麼想。盛夏的那一天，他有些顫抖地目送女人若無其事離去的背影，在心中低喃「還是有巧合的可能性，這點錢我賠得起，先觀察她會不會再來」，等變成「再一次就好」、「眞的再一次就好」、「下次眞的是最後一次」……必須自掏腰包塡補的時候，總會懊悔爲何無法鼓起勇氣面對女人，但隨即又會用「不，我形同那女人的共犯，比起外遇曝光失去的事物，這點錢實在算不上什麼」瞞混過去。

他無法告訴任何人，尤其絕對不希望妻子和康子知道。妻子如果得知，可以想見會擺出什麼態度，康子的反應他也能輕易預測。一旦曉得恐嚇者抓住的把柄是兩人的外遇關係，康子一定會說「我們分手吧」。從仙台之旅後，須崎發現自己四十八歲的身體中碩果僅存的青春，漸漸對康子的肉體產生執著。還有，在那份執著前，成人的理性毫無用武之處……

從盛岡回來的第三天，那女人再次出現，聽到她要求四張車票，須崎暗忖只能據實告訴康子。由於須崎予取予求，恐嚇者的胃口愈來愈大……

不僅如此。最後，女人默默取出一顆小鋼珠，在櫃台上滾動。這天，女人戴著和大衣同色的黑手套，她以黑色指尖滾動著鋼珠……

比起對方索求的金額，須崎更害怕那顆銀色小珠子。是在花卷的旅館吧，脫下衣服時，不曉得哪裡的口袋掉出一顆小鋼珠。上床後，康子調皮地拿那顆小珠子在須崎敞開的胸前滾動調情……完事後，須崎拾起夾在床單皺褶裡的小珠子，在康子身上彈著。小珠子慢慢滾過汗濕的肌膚，掉進各處的凹陷，康子發出細微的呻吟，雞皮疙瘩爬滿全身。

須崎甚至覺得，當時的一切全遭到偷拍，暴露在大中午往來的人潮前。

午休時間的辦公室沒別人，但隔著一片玻璃，路上旅客川流不息。快速電車通過高架橋，轟隆隆的聲響搖晃著小小的辦公室和須崎的身體。

這天須崎打破禁忌，趁著與康子在辦公室獨處，邀她晚上在吉祥寺的咖啡廳見面。然後，他在異於平常、既寬敞又空曠的咖啡廳最裡面的座位，再次確定四下無人，開口：

「我不想讓妳操多餘的心，一直沒說，可是……」

須崎道出來龍去脈。

康子的臉彷彿罩上一層薄冰，凍結住帶著恐懼的神情。等須崎的話告一段落，她低喃著：「是太太。」

須崎蹙起眉，「妳認爲是我老婆指使別人做的嗎？」

康子搖搖頭，像害怕自己說出的話。「沒有別人了啊。誰有機會知道我們什麼時候一起去哪裡旅行？」

「可是，我老婆何必做這種事……」

「爲了讓我們分手。她想奪走我們的旅費，逼我們停止旅行。」

爲了防止妻子發現，他們從不用手機聯絡，但妻子仍可能以某種形式得知，或利用朋友調查。但這種拐彎抹角的報復，不像妻子的作風。須崎難以信服，可是以結果來看，兩人眞的得分手。所以，他漸漸覺得這就是恐嚇者的目的……不，那天晚上還沒談到要分手的事。

「本來說下次要去函館，還是等到明年吧。」

聽到須崎的話，康子稍微恢復平靜，點點頭，只回應：「是啊，這麼一來，恐嚇行爲或許會消失，暫且不要在小鋼珠店碰面，看看情況比較好。」

這天晚上，臨別之際，康子說：

「在辦公室也不例外。從明天開始，我們必須比過去更像陌生人。」

但隔天起，須崎再也無法理會康子。

隔天早上，女前輩說康子打電話向她請假。由於家庭因素，康子年內都無法上班。十一月中旬，康子彷彿算準在須崎休假那天出現，遞出辭呈，收拾辦公桌離職……

「大概是結婚了吧，夏天的時候她曾一臉得意告訴我。不過，眞的很像她的作風，不負責任。石塚小姐一副乖乖牌的樣子，工作似乎很認眞，其實……」

須崎應付著客人，邊背對女前輩聽她沒完沒了的批評。

康子消失後，須崎反倒無法忽略她的存在，經常偷瞄空出的座位。雖然介意前輩的壞話和「結婚」一事，他最耿耿於懷的，還是某天忽然冒出的疑念：跟那些勒索有關的，會不會是康子？

康子立刻回答「是太太」，是不是心裡有鬼，慌忙之下，想讓須崎的目光轉移到妻子身上？後來須崎不著痕跡地觀察妻子，仍看不出妻子與勒索有絲毫關聯。

可是，康子爲什麼……。

須崎想去找康子確認，卻失去聯絡方法。但他仍覺得康子會出現在小鋼珠店，每天都想下車瞧瞧，卻跨不出打開的電車門。那個陌生女子依然在某處監視著他，恐嚇尚未結束。像皮膚般戴著手套的手，在須崎看不見的地方如巨蟲般不斷增殖，他內心惶惶不安……

他的不安成眞。進入十二月，將近中旬時，女人再度出現，混在搶購返鄉預售票的大批排隊民眾中，好整以暇地開口：

「到函館。」

不過，這天有重大斬獲。

爲了輸入日期和時間，須崎必須確認時刻表。離開窗口之際，他聽見裡面的同事說：

「咦，那不是砂原太太嗎？」

「砂原？」

「嗯，以前我在新宿站的晚輩的太太，錯不了。」

「太太」和「新宿」這個站名都引起須崎的注意，但他若無其事地回到窗口，遞出四人份到函館的來回車票，沒想到女人推回兩人份：

「不用，這次兩人份就好。」

然後，像平常一樣，她拿出旅館的手冊。是湯川溫泉「臨海莊」，須崎第一次知道這家旅館。

須崎曾和康子計畫前往函館，但還沒決定旅館。如果眞的去函館，須崎認爲康子一定會挑選這家旅館。那女人果然跟康子有關係……康子在吉祥寺的咖啡廳忍不住脫口而出的「是太太」，指的是砂原太太。康子發現失言，急忙說是須崎的妻子……

須崎想起，康子提過在以前的職場新宿站和上司處不好，又再次想到從白馬回來，抵達新宿站時，康子突然冷漠地背過身子，原來是擔心以前的同事看見。

後來，須崎從同事那裡問出砂原的姓氏漢字，還有比他小五歲、看起來頗年輕的砂原妻子其實已年近四十。只在十年前見過一、兩次，相貌平凡的晚輩妻子，同事會留下記憶，是因爲她在新宿車站的小賣店扒竊被逮，引發軒然大波。

「你那個晚輩還在新宿車站？」

「嗯。雖然出過那種事，但現在他可發達了，換成我得向他低頭。」

須崎附和著同事的感慨，決定二十九日前往函館。砂原的妻子握有二十九日的車票，那天勉強能請假。所以，他把砂原的妻子退回的兩人份車票，其中一份取消，另一份自己留下。

然而，二十九日當天，直到新幹線即將發車，須崎仍猶豫著要不要上車。雖然在鈴聲催促下上車，二十分鐘後就在大宮下車。他給砂原妻子的票是指定席，但座位上空無一人。砂原的妻子，或者搞不好是康子會坐在那裡的預測完全落空。看著擁擠的返鄉人潮中空下的兩個座位，總覺得與康子的旅行回憶全被那空白吸走消失。須崎甚至懷疑，他們真的曾一起旅行嗎？

這天晚上，電視節目偶然拍到下雪的青森車站。車站雖有人潮，但接著映出的港口，只有海面的灰與雪的白，是一片虛無得無可救藥的空間。不過，須崎有些後悔，應該到青森親眼確認那是荒涼世界。如此一來，不管康子只是利用他當砂原的替身，或一旦發現無法替代，就像團紙屑般拋棄他的事實，都能不當一回事。

不過，身體卻有著彷彿真的去過青森的疲勞感。這股疲勞一直殘留到過完年，一月半的時候，妻子難得關心：「最近你看起來很沒精神，要不要去醫院檢查？」

這天下午，那女人又來到服務窗口說「到札幌」。須崎第一次搖頭拒絕：

「妳是砂原太太吧？我有話跟妳說，請在那邊的咖啡廳等我。」女人臉色微變。十分鐘後，須崎離開車站，女人在高架橋下等他，簡短交談後，便解決一切。

「那女人每個月都跟外子出門旅行一次，跟你只是重複那些旅程。前年雪祭期間，我闖入札幌的飯店，逼他們分手，但女方似乎無法忘懷。」

說是一切，聽到這些也就夠了。「所以，那女人調到這一站後，我持續留意她的動靜。去年四月，外子的樣子有些不對勁，我拜託認識的偵探調查那女人，發現她勾搭上新男人，跑到白馬——跟外子第一個回憶之地。」「我不是故意造成你的困擾。我以爲你一定會告訴那女人，這麼一來，她肯定會不知所措……我只是想把外子和女人外遇旅行用掉的一小部分錢，從那女人身上搶回來。」這些話須崎都左耳進右耳出。

康子和砂原去了札幌，跟他卻連海峽前方都沒摸到邊，唯獨這一點莫名沉重地壓在胸口。這天晚上，相隔兩個半月，須崎在回家途中下了電車，前往小鋼珠店，總覺得能見到康子。然而，眞的在店內的機台上看到她的側臉，卻感到突兀極了，他不由得停步。然後，他慢慢走上前打招呼「好久不見」。

「今天砂原的太太供出一切。」須崎接著道。康子彷彿什麼都沒聽見，側著臉繼續打鋼珠。她手氣很好，每回中獎都傳出刺耳的音樂聲，或許眞的沒聽見。不過，須崎仍繼續講下去。

「妳的謊話實在高明，我完全上當。爲什麼不說話？既然那麼會撒謊，最後說句『我眞的喜歡你』，哄哄我也不難吧？『雖然一開始是拿你代替砂原，但我漸漸認眞起來』、『我是眞的愛你，原本打算到仙台就跟你結婚』，妳爲何不撒這樣的謊？那麼，我這種笨男人會立刻受騙，默默和妳分手。」

須崎自以爲冷靜，卻有些鯁住，根本無法打動女人冷漠的側臉半分。須崎盯著那張側臉幾秒鐘，最後拿起一顆小鋼珠，放入機台。其實他想從康子的大衣後領滑入她的身體。可是，一想到花卷那天晚上小鋼珠的愛撫，只是在追憶以前和砂原的一晚，他就覺得荒謬。

須崎放入機台的鋼珠，理所當然般一下偏離軌道，吸入洞裡。須崎背對機台和女人，踩著和來時相同的緩慢腳步離開。

三月中旬，辦公室眾人提起賞花計畫時，須崎稍稍恢復活力。某天，他向妻子邀道：「好久沒一起出門，要不要一起去溫泉？」沒想到妻子意外順從地答應：「去哪裡好？你是專家，列幾個候補選項吧。」那天傍晚，他坐在服務窗口前，思考要去哪裡旅行，一道女聲傳來：

「到稚內。」

接著是「兩張」。光聽到告知出發時日的嗓音，須崎就知道是誰。照著顧客報出的日期和時間輸入機器，他取出一張票，遞出窗口。

「我說的是兩張。」

須崎搖搖頭。與在小鋼珠店最後一次碰面時相反，須崎始終不肯正視對方，卻仍知道康子只有一個人。康子待了很久，欲言又止。或許是發現辦公室有人回來，她急忙扔下錢離開。須崎應付著下一個客人，總算抬起目光，但康子的背影早就消失無蹤。日落前大大傾斜的夕陽，驅走高架橋下累積一個冬天的黑暗，柔軟的陽光告知櫻花前線已然接近，及春季的正式來訪。

小異邦人

在我們柳澤家，每天過了五點，母親打工回來的瞬間，兄弟姊妹的聲音就會此起彼落，彷彿深山裡的回音，響徹整間屋子。

這天也不例外。

「媽回來了！」

首先是蹲在玄關外，玩著生鏽賽車的龍生發出引擎般的低吼。接著，是在玄關門框內狹窄的脫鞋處玩家家酒的奈美和彌生二重唱：

「媽回來了。」「媽回來了。」

十六分休止符後，在六張榻榻米的和室角落，抱膝打電動的晴男陰沉低吟：「媽回來了……」

然後，是在和室中央老式矮桌上寫習題的三郎，結束變聲期的沉著嗓音覆蓋上來：

「媽回來了。」

接著，在壁櫃前扭打成一團的大塊頭小學生雅也，和嬌小高中生秋彥哥，唱出與體格極不協調的兩聲：

「媽回來了。」「媽回來了。」

但現在沒空像這樣說笑。

因爲一分鐘後，來自綁架犯的電話便響起，把我們一大家子捲入驚天動地的大事件。

不過，我還是利用一分鐘，簡單說明電話響起之前的狀況吧。繼小二與高二的不協調音，就讀中三、平常都在隔壁四張半榻榻米的和室彈電子琴的我，會以動聽的A小調音階高高低低唱出「媽媽回來了」，延續兩人的聲音，畫下終止符。

但可能是約一個月前，梅雨開始的時候我減肥過頭，出現暈眩症狀。七月以後，我都會在放學途中去醫院檢查——正確地說，七月四日這天是減重的反作用力發作的第一天，離開醫院我便偷偷跑去麥當勞，沒能及時回家。我走了相當遠的路，前往高橋醫生看診的南池袋醫院，肚子快餓扁了。

因此，那天的「媽回來了」合唱，到秋彥哥就結束。

像平常一樣，母親逐一拍了拍每個人的頭，走到和室中央說：

「大家都餓了吧？媽立刻做飯，先吃這些等著吧。瞧瞧，今天大豐收！」

母親把從超市提回來的塑膠袋內容物全倒在矮桌上。

只見五、六袋過期的零嘴。以前在學校課堂上看到的紀錄片裡，有一身破爛的日本孩童爭先恐後衝向美軍，搶奪他們丟出來的口香糖和巧克力的場面，其實我這些兄弟姊妹也想像那樣衝向點心，卻都故作清高，說什麼：

「媽老是像這樣用點心騙我們的肚子，節省晚飯的量，有夠小氣。」

然後裝出一副不甚情願的樣子，懶洋洋地走到矮桌。由於是每天上演的戲碼，母親只是苦笑：

「龍生，那是什麼話？媽會騙的，只有光顧池袋酒店的男人，而且僅僅是用化妝掩飾一下年齡罷了。好啦，媽今晚也要上班，得快點準備晚飯。最近化妝愈來愈花時間。」

就在母親說完，參拜神社般拍兩下手後，電話應聲響起。

沒錯，以驚人的音量響起——不過，我們家的電話鈴聲本來就大得嚇死人。我們家很窮，擁有手機的就母親一個，所以室內電話不像其他被手機占領的人家那樣客氣。

當時我不在現場，不過能猜出大致的情況。

「實在有夠吵。」

嘮叨著接起電話的是秋彥哥。八個小孩像沙丁魚罐頭般生活在這裡，狹小的六張榻榻米和室形成各自的地盤。從壁櫃到擺放電話的彩色收納櫃一帶，那張榻榻米是秋彥哥的地盤。

「喂……是，咦？」

秋彥哥忽然沉默，很快把話筒遞給母親，催促道：

「媽，接一下。」

「誰打來的？」

母親慵懶起身，接過電話問。

「不曉得。不是惡作劇就是最近流行的詐騙吧，說什麼三千萬怎樣的。」

秋彥哥沒什麼興趣地應著，把仙貝的碎片扔進嘴裡。

「喂？」

母親邊打哈欠邊接電話，應答內容讓旁人一頭霧水：「什麼？我聽不懂，你綁架誰嗎？」很快地又說：「討厭，掛掉了。怎麼這樣？」

母親拿開話筒，環顧圍在矮桌旁的孩子問：

「這裡面有誰被綁架嗎？」

母親舉起手，像在示意「有的話舉手」，或許自覺太蠢，很快就放下。

「怎麼可能，每一個都在嘛。」

母親低喃，秋彥和雅也又完美合音：

「啊，A調不在。」

「可是她今天放學後去醫院啊，說是要吊點滴。」

母親回答，突然搖頭道：

「不過也太慢了吧？我打電話問一下高橋醫生，手機……喂，媽放在那裡的手機誰拿走？」

母親難得有些歇斯底里時，門突然打開，A調用A小調的高低音階唱著「我、回、來、了」，走進家裡。

我的名字叫一代，讀音是「kazuyo」，但大家都理所當然地讀成另一種音「ichiyo」，然後比照我魯莽的個性縮短成「i-cho」（註）——很廉價吧？雖然根本是個屈辱，但我比常人更高的的自尊心，讓我嚴守「這綽號是來自音樂的A小調」的謊言。

那個時候，我沉迷於A小調的曲子，連說話都配合旋律。之所以如此，其實是我將在三個月後的社團發表會上，彈奏蕭邦的瑪祖卡舞曲之一，是A小調的〈小異邦人〉，我愛死那首曲子了。

那叫做憂鬱嗎？總之是一首非常悲切的小調，卻又有種煩膩、自棄的感覺……就像誤闖巷弄，不甘不願飄下的落葉。曲名和旋律都與我天造地設，或者說，那首曲子就是我。

生下我的母親，在我快懂事的時候過世。沒多久，現在的母親帶著男孩搬進家裡。然後一個接著一個，生下六個孩子……最小的彌生好不容易會走的時候，父親去紐約出差，出意外死掉了。父親本來在位於丸之內的纖維大企業工作，在那之前，我們住在大森一棟更寬敞的公寓，過著更像樣一點的生活。可是，公寓還有房貸要付，所以母親帶著八個孩子，搬到現在這處老街租了房子，當天就在附近的超市找到計時工作，然後晚上到池袋的俱樂部上班，獨力拉拔我們八個小毛頭長大。

這些辛苦，你們在上個月播放的電視特別節目裡看到了吧？看到節目的全國觀眾寫信來說「一家人緊密地生活在狹小的家中，凝聚成家族的團結力，眞令人羨慕」，眞是這樣嗎？塞得緊緊的，表示睡覺的時候連自己的腳還是別人的腳都分不清楚。如果放任侵占，會覺得身體都要全被占走了，所以光是守住屬於自己的東西就筋疲力竭，根本沒空想什麼團結……反倒是跟大家在一起的時候，我會覺得自己像誤闖巷弄的落葉。

尤其我正値青春期，又是唯一跟母親沒血緣關係的孩子，這種感覺益發強烈。但不僅僅是我，唯一跟我們不同父親的秋彥哥，還有流著相同血脈的六個弟妹，在這個大家庭裡，各自都是「小異邦人」吧……老是躲在角落，關在自己殼裡般，只顧打電動的晴男，不就是最好的例子？

再說，龍生和奈美雖然都是小學五年級，生日是五月五日兒童節，也就是雙胞胎，可

註──音近日語中的「A調」。

是，那叫異卵雙胞胎嗎？他們的性別、長相和個性完全不一樣，儘管總待在另一個人附近，但連玩的時候都分別在玄關裡外。吃飯的時候也一樣，明明坐在旁邊，中間卻有著一道看不見的門檻或柵欄……彷彿關在不同空間。

——沒錯，以某種意義來說，那起綁架案件成爲一個契機，將一盤散沙的大家庭凝聚一體。

不過，第一通電話打來的階段，我們只當成惡作劇。

「什麼叫綁架？」

快四歲的彌生舉手問，但沒人理她。

「綁架怎麼寫？」三郎開口。

「聽說上次有人在放學路上差點被綁架。」龍生接著道。

「這餅乾比昨天的好吃。」雅也發表感想。

「……」晴男無語。

「要是有人被綁架，我們又能上電視。」奈美出聲。

「就是上了電視，才會有無聊人士搞這種惡作劇。」秋彥哥應道。

母親無視其他孩子亂糟糟的發言，對秋彥哥點點頭，問：

「剛才對方說什麼？」

「綁架了小孩，要我們拿出三千萬之類的。」

「沒說小孩的名字嗎？」

「有嗎……？想不起來。」

母親咂一下舌：

「你就是這副德行，才會老是念白書。媽就能記得比錄音機還正確。」

母親得意地說，重述剛剛的通話內容。

呃，一開始是——

「小孩的命在我手上。」

不是說名字，只說「小孩」。接著是——

「不過，除非有警察找上門，或有什麼特殊情況，我不會對小孩動手，你們不必擔心。就算這麼說，你們應該還是會擔心，所以盡快備妥三千萬吧。一拿到錢，我會立刻釋放小孩。不准報警——不需要提醒吧？我想你們絕不會報警。萬一敢報警，我無法保證小孩的安危。」

啊，母親不是在重述通話內容嗎？這是上星期播的警匪劇台詞吧？

我聽著母親的話，感覺似曾相識，結果是電視上看到的綁架推理劇開頭場面。母親很迷演歹徒的演員，叫我錄起來，所以我立刻把錄影帶轉回那個場面播放，還沒看的母親嚇一跳，驚呼：「一模一樣，或者說根本是照抄……連聲調都像。一定是學這部戲，用手帕把話筒包起來變聲。」

唔，以綁架劇而言，這是很老套的台詞，可能只是巧合。但三千萬這個金額，連最後「明天我會在同一時間打過去。湊齊三千萬，我再通知付款方法和地點」的內容都一樣……跟電視劇不一樣的只有兩個地方。第一是我們家沒有小孩不見，第二是電視裡明確說出「健太的命在我手上」，但打到我們家的電話似乎想避免說出名字，只說「小孩」。

「歹徒確定只說『小孩』兩個字……爲什麼不說名字？只說小孩未免太奇怪。」母親疑惑道。

「如果說出小孩的名字，而那個小孩在家，一下就會被識破是惡作劇。歹徒猜想，至少會有一個小孩還沒回家，才打電話來，但又不曉得是哪一個，所以不能說出名字。歹徒的目的是，就算只有片刻，也要讓我們相信他的謊話，大受驚嚇啊。」

聽到我的話，媽點點頭說「原來如此」，但三郎插話：「會不會不是惡作劇，而是搞錯？」

「我們是大家庭，不過，這年頭幾乎都是核心家庭。如果家裡只有一個小孩，聽到綁架犯提到小孩的命，父母馬上知道指的是誰，還不嚇個半死……就是不小心誤打到大家庭，才會變成這麼奇怪的狀況。」

對於這番推論，母親差點要深深點頭同意，卻又立刻搖頭：「有一點和電視劇不一樣。剛剛那男人挑明：『你們不會因爲家裡有八個小孩，覺得死掉一個也無所謂吧？』很遺憾，三郎，對方並不是打錯電話。」她嘆口氣，再次搖頭道：

「不，一定是單純的惡作劇。我們家頂多擔心今晚能爲全家人賺多少錢，根本沒餘力擔心別的事。如果眞的不會傷害你們，媽希望他多綁架兩、三個回去。」

母親放聲大笑。

可是，我直覺這不純粹是惡作劇，母親似乎有同感。她一定是想用笑聲趕走在耳底縈繞不去的歹徒笑聲……倘若這是預感，還完全成眞了。

隔天，綁架犯依約打來，吐出根本是惡作劇的恐嚇台詞……這算是沒有把柄的恐嚇嗎？以根本沒綁走的小孩當人質，發出不成恐嚇的恐嚇。

啊，兩件事我必須先說明一下。

我還沒好好說明醫生和老師的事吧？

就是高橋醫生，及在我們國中教音樂的廣木老師。雖然得繞點路，不過與後面的發展有關，還請耐心奉陪。

提到剛剛的後續，母親笑著走進廚房，在我的幫忙下，做了八人份的肉醬和可樂餅，匆匆化妝準備上班。家裡沒地方擺梳妝台，大夥稀哩呼嚕吃義大利麵，母親就在一旁拿著手鏡塗塗抹抹。忽然，母親停下塗口紅的手，很快又繼續化妝，擔心地問：

「倒是一代，妳的身體怎樣？只顧接那通電話，我忘了問，高橋醫生說什麼？」

我提過出現暈眩症狀的原因吧？還有放學後會去醫院看病……高橋醫生是那家醫院前任院長的兒子，是母親上班的池袋酒店常客。一開始，他們是在店裡以客人與坐檯小姐的身分認識。由於醫院離家裡有點遠，但仍在可步行前往的範圍內，母親拜託醫生，要是小孩健康出問題時請多關照。

「醫生診斷只是有些疲勞，可是建議我趁這個機會，徹底檢查身體狀況。」

「這樣啊……太好了。那家醫院有很多最先進的厲害機器吧？醫生常常炫耀那些玩意，每次來店裡，都推銷我去做健檢，眞傷腦筋。可是，就算只是疲勞，也不能掉以輕心……都怪我把該做的家務都推給妳，眞對不起。」

「不會啦，是升學考試的課業變重，而且暑假一結束就是發表會，社團活動的練習也變得嚴格，是這些帶來的壓力。」

「哎呀，這樣在社團見到廣木老師的機會不也變多了嗎？對妳來說，這不是最開心的？」

「可是，我負責暖場，要一個人彈鋼琴。老師全神貫注在訓練壓軸的管弦樂表演，只能稍微關心我的練習。不過無所謂……倒是媽亂操心，對我來說才是最累人的，所以別瞎操心。只是疲勞而已，睡一覺就好。」

我露出微笑，但這當然是謊言，其實醫生說斷層掃瞄的結果，在大腦發現疑似腫瘤，需要進一步精密檢查。

「可能是惡性的，除了接受高風險的手術一口氣切除外，只能避免手術，採用不怎麼能期待效果的傳統治療方法，盡量長久地慢慢控制。但不能讓還是國中生的妳一個人決定，我想先跟妳的家長談談。」

聽到高橋醫生這麼說，我想要是母親得知這個消息，八成會驚嚇過度昏倒，便拜託醫生暫時告訴她「只是疲勞，不必擔心」，如果需要商量，就先聯絡學校的廣木老師……

高橋醫生很清楚母親的個性，於是同意地表示「也對」，決定暫時讓廣木老師當我的監護人……在青春期的我看來，將人生和生命交付在心儀的老師手中，實在非常浪漫而戲劇化，比起擔憂健康，更爲此開心。

廣木老師是看出我的音樂才華，指引我未來的伯樂。一年又三個月前，在升上國二的第一堂音樂課，老師走上講台的瞬間，我就對他一見鍾情。老師漆黑的瞳眸和細長的鼻梁，一切形同音樂的化身，根本是一首動聽的歌曲。老師在大學時代，右手遭受嚴重的燒燙傷，不得不放棄成爲鋼琴家的夢想，但看到老師右手戴著白手套彈琴的模樣，我心痛不已。當老師要我們做一首小曲子，當成暑假作業時，無論如何我都想博得老師的注意，於是選用我們家的「媽回來了」那首大合唱，拚命改編成曲子交出去，意外大獲成功。老師認爲我絕對擁有作曲的才華，讓我加入他擔任顧問的社團，親自教我彈鋼琴。

我似乎眞的有彈琴的才能，進步神速。老師希望我一定要上音樂大學，爲了讓我在家也能練習，買一台附耳機的中古電子琴給我，還讓我去他家，彈據說曾是指揮家的父親愛用的平台鋼琴……其實學校禁止老師帶學生回家，所以只有那一次。不過，等我上高中就自由了，老師答應我，畢業後可以去他家，用那架與老師瞳眸一樣漆黑耀眼的鋼琴上課。

我不認爲老師愛著我。我明白老師只是同情貧窮的我，出於施捨的心態對我好……但我才十四歲，不管是同情或其他因素，光是明白老師肯關心我，就夠幸福了。

生病的事也一樣。僅僅是暈眩，不會疼痛，而且高橋醫生態度和藹，說話溫柔，所以我不覺得多可怕。只覺得廣木老師會更同情我、關心我，一個人做起美夢……

對不起。

偏題偏得太厲害。

重要的是，只要你們瞭解那起古怪的綁票案發生時，我處在戀愛的漩渦中就行。雖然一點都不覺得眞實，但生病的事，讓我這十四歲貧窮女孩的人生突然變得非常羅曼蒂克，如果綁票案能再更驚天動地些就好了——這就是我當時的心態。

回到綁票疑雲。隔天下午上完音樂課，我把身體狀況，還有前晚奇妙的電話都告訴老師。

「今天早上醫生打電話到學校來。等今明兩天的精密檢查有確實的結果，我會去醫院，跟醫生碰個面……目前只是可疑的階段，妳不要胡思亂想。副校長得過類似的病，動過手術，我向他請教過，似乎不是高橋醫生描述的那麼危險的手術。」

見我溫順點頭，老師一本正經地問：

「倒是那個綁票犯打來的電話令人擔心……眞的沒少掉誰嗎？妳們家有八個小孩，會不會漏掉誰？」

我聽了也沒笑——眞的不是開玩笑，從以前開始，我們家就爲了人有沒有到齊鬧過不少笑話。以爲大夥都到場，把飯吃個精光，才有人跑回來。或是像電視播的美國電影，把其中一人忘在家裡，全家興高彩烈出門……兩、三年前，記得是奈美吧，玩捉迷藏躲在洗衣機裡睡著，卻沒人發現。隔天早上媽打開電源，洗衣機開始運轉，差點把奈美的小命洗掉。

「這種時候，不可能漏了誰。」

我說著，從秋彥哥開始，在腦中依序想起三郎、龍生、奈美……畫面忽然中斷。晴男的臉我無法明確憶起……他本來就缺乏存在感，我對他只有失焦的照片般模糊的印象。仔細想想，我好幾天沒正眼瞧過晴男。不……是好幾個星期、好幾個月……甚至好幾年了。

雖然偶爾會想看看他，但除了窩在角落打電動，晴男仍老是低著頭，沒辦法清楚看到他的臉。沒錯，搞不好家裡發生跟遺漏相反的情形。因爲一直遺漏，其實人早就不見，卻以爲「只是遺漏」，當成那個人還在視線範圍內……

五官模糊不清的晴男，唯有他淡薄的影子像一層濡濕的衣物，異樣鮮明地貼在腦子裡……

「怎麼？」

老師關切道，我急忙搖頭回答「沒什麼……」，把那張不能說是臉的臉驅離腦海。

老師建議，先看看那個人會不會眞的像昨天在電話裡說的，今天繼續打來，然後爲防萬一，又叮囑：

「最好錄音。學校經常接到騷擾電話，所以備有好東西。」

老師向辦公室借來可裝在話機上的小型錄音機給我。

老師倚著平台鋼琴，爲了塡補偶爾出現的沉默，手指在鍵盤上滑行，彈奏簡短的旋律……我好想在無人的音樂教室永遠和老師聊下去，但當然也很擔心恐嚇電話的事，所以跑到一年B班，把錄音機交給弟弟三郎，要他回家立刻裝上。

八個兄弟姊妹裡，就數三郎最機靈，而且很能幹。那天傍晚眞的打來的自稱綁票犯的電話，三郎確實錄了下來。

放學後，我去醫院又接受斷層掃瞄。一進家門，和昨天一樣，母親和兄弟姊妹們在矮桌旁圍成兩圈，重播剛錄到的通話內容。

「啊，一代，快過來。昨天那男人又在胡說八道。」

我抱著書包在母親旁邊坐下。

「從頭再聽一次。」

主導全場的三郎，按下擺在矮桌中央的錄音機按鈕。

「喂?」

母親一出聲,男人的聲音就緊咬上來。不,這能說是男人的聲音嗎?……異於昨天、尖銳的金屬性聲音,毫無疑問是透過機器變聲。敵人看透我們會準備錄音機,也用機器對抗。

「咦?」母親反問。「聲音很奇怪,聽不清楚。」

「我在問你們三千萬準備好了沒?」

「三千萬……」

「怎麼?忘記了嗎?不是昨天才交代過?……那準備好了嗎?」

「……還沒。」

「『還沒』是什麼意思?『還沒準備好三千萬』,或是『連一塊錢都還沒準備』?」

「……」

「看來是『連一塊錢都還沒準備』吧。眞傷腦筋。昨天我沒警告過嗎?我說不準備三千萬,人質會怎樣?」

「三千萬我怎麼有辦法?你不曉得我們的家境嗎?」

「我在電視上看到,知道你們是大家庭,很貧窮。」

「那怎會找上我們家?就算是惡作劇也太過分。」

「所以不就告訴妳，我在電視上看到了嗎？你們家很窮，但父親很有錢。」
「孩子的爸死了啊。」
「我知道。可是電視也說，父親的父親，**這孩子**的爺爺尚在人世……那個爺爺是有錢人吧？但妳不去投靠孩子的爺爺，一個人努力拉拔孩子長大，電視上對妳稱讚有加。確實是一則佳話，不過小孩被綁票，不拿出三千萬就會沒命，做母親的不肯低頭去要錢，一定會遭世人唾罵，批評妳是狼心狗肺的母親。」
母親突然嗚咽呻吟，擠出鯁在喉嚨的叫聲。
「別再嘮叨了，我知道你在惡作劇。」
「惡作劇？喂，講那種話，我眞的會動怒。妳要耍賴推託籌不到錢嗎？」
「要動怒的人是我。你說的『孩子』到底是誰？如果你眞的綁架小孩當人質，肯定不是我們家，而是別人家的小孩，你應該打去那一家！」
「妳怎能確定？」
「廢話，你一直說綁票，可是我們家八個小孩，從昨天就全都在家，一個也沒少！沒人被綁票。」
「所以我問，妳怎能確定？」

「什麼意思……」

「孩子確實被綁票了，只是本人和妳都沒發現。我就開門見山地說，三千萬，這是保住那孩子的贖金。」

我一頭霧水地聽著錄音，接電話的母親也一樣，發出「唔」的呻吟，陷入沉默。

「噯，我不認爲一、兩天就籌得齊錢。等到明天好了。明天下午五點前，備妥三千萬等我聯絡。屆時我會告訴妳錢要拿去哪裡……聽著，這筆錢妳開口求個幾句，就能輕易籌措。當是爲了寶貝孩子的性命，快籌錢吧。」

電話無情掛斷……

三郎按下停止鍵，端坐在旁的彌生叫道：「我被綁票了，我會被殺掉！」小臉蛋皺得像洩氣的皮球，放聲大哭。她一邊哭，嘴裡吐出在咀嚼的巧克力，一張臉變得慘不忍睹，姊姊奈美拿面紙輕輕擦拭，斥責：「她剛剛在玩綁票家家酒。這個傻瓜，家家酒早就結束。」

後面的龍生露出嚴肅的表情開口：

「被綁票的不是我嗎？」

他站起來，把牛仔褲管捲到膝上。

「那傷是怎麼回事？你跌倒了？」

母親瞪大眼，只見龍生膝蓋布滿紫色瘀青。

「在學校走廊被人從後面推倒的。」

「誰推你？」

昨天母親上班遲到，所以她今天跟大家聊著，邊化起妝。然而，看到龍生的膝蓋，她連忙丟下腮紅刷，捧來當急救箱使用的糖果盒，取出白色藥膏幫他塗抹。

「骨頭有沒有怎樣？會不會痛？要不要緊？是誰這麼壞……」

「不曉得。我爬起來立刻回頭看，可是那人躲進教室還是哪裡的門後，走廊上沒人，不過八成就是綁票犯……」

「什麼意思？」

「今天早上去學校，我一直覺得受到監視……」

「啊，我也是！」

奈美和龍生相視點頭。這是幾年來他們第一次表現出像雙胞胎的默契。小二的雅也奉陪似地舉起中年女人小腿般的胖胳臂，啞聲附和：

「我也覺得在學校受到狙擊。」

「是吧？綁票犯會不會是小學裡的人？好多感覺可疑的老師。」

奈美推測，龍生用力點頭同意。

「我們被監禁在小學裡。學校不能任意離開，跟『牢籠』沒兩樣……我們會不會是渾然不覺地被綁架到學校去？昨天和今天都一樣。」

「所以，綁票犯才不能在電話裡說出綁架了誰。」三郎插入小學生們的對話。

「爲什麼？」母親問。

「我們家四個孩子讀那所小學吧？不管綁架誰，媽都會拿錢出來。所以歹徒也不曉得是綁架哪一個，肯定沒錯……懂嗎？」

即使三郎這麼解釋，母親仍一臉狐疑，似懂非懂。孩子們似乎頗中意這番推論。

「老師都說『離開學校一步，就要小心被壞人綁走』，其實學校裡面最容易進行綁架吧？聚集一大堆小孩，而且很容易得知誰家很有錢，一直監視目標，也不會受到懷疑。」龍生興奮道。

「之前電視上教育評論家說『最近的學校拿孩子當人質』，每一所學校的老師都是綁票犯，監禁全校學生。」連秋彥哥都難得講起深奧的話，一臉得意。

「不是監禁，是軟禁。」三郎拿出尙方寶劍似地亮出國語辭典。「因爲放學大家就能自由離開。你們不也都平安回家？」

「要這麼說，現在被軟禁在這個家不是更有可能嗎？我們現在全都被綁架到這個家裡了。」秋彥哥冒出一句。

突如其來的說法令眾人一陣愕然，面面相覷。確實大家緊緊圍成一團，就像囚犯在牢房商議逃獄計畫。三郎拍手：

「確實有這個可能，哥，絕對沒錯。歹徒雖然說『孩子』，不過他說的其實是複數吧？」

「意思是所有的孩子嗎？」奈美問。

「對，畢竟日語的複數形很曖昧。由於是指所有的孩子，歹徒才沒辦法說出名字。」

幾乎所有人都同意三郎的話。短短期間內，眾人似乎萌生出身爲被害者的團結意識。

「那歹徒是誰？爲什麼綁架大家？」

我帶著些許好奇問，以三郎爲首，眾人紛紛指著母親。

「怎麼會……」

母親當眞了嗎？她的臉色變得鐵青。

「那打電話來的是誰？如果我是歹徒，表示我有共犯？」

只剩下一個人，原本指著母親的三郎改爲指向我。

「我？」我反問。

三郎得意地點點頭：

「每次歹徒打電話來，A調都不在。都是電話掛斷後一會兒才回來……而且聽這錄音的聲音，也可能是女人。」

我覺得有點好玩：

「那就是媽要我幫忙綁架大家？可是，幹嘛綁架你們？」

「錄音裡不是說了嗎？只要綁架我們，爺爺就會拿出錢。爲了把我們養大，媽和A調都很想要錢吧？」

母親認眞地想反駁「可是……」，我制止她，微笑道：

「那更可能是自導自演。除了我以外，七個小孩的自導自演。你們假裝被什麼人綁架。」

「目的呢？」秋彥哥嚴肅地問。「果然是爺爺的錢？」

「對，大家都很孝順，而且爲姊姊著想……心想如果眞的有三千萬，媽媽和姊姊不曉得能輕鬆多少。」

「可是，歹徒打電話來的時候，我們全在這裡。兩次都是。」龍生應道。

「這就是大家庭的好處。即使有一個偷偷溜出去打電話，媽也會遺漏。尤其是媽，注意力都放在可怕的電話上。」

我嘆一口氣，強制結束孩子們的推理遊戲……不，他們接下來也熱中於推理大賽，但我些許的好奇心已消失無蹤。

我對似乎頗爲命中紅心的眾人推理沒那麼感興趣，是因爲對別的事情更好奇……發現了嗎？在我描述歹徒打第二通電話到家裡來的情形中，完全沒提到一個人的名字……還有，我說「大家」的時候，只排除一個人。

沒錯，就是晴男。

這個時候，晴男不像其他人一樣圍在矮桌旁，對歹徒電話的錄音也沒興趣，在離眾人稍遠的地方打電動。我全副注意力都集中在觀察他的表情。

晴男一直沒有把頭從遊戲畫面上抬起來，更令我在意……我覺得他刻意隱藏自己的表情，不讓大家看到。他眞的是我認識的晴男嗎？不過，我記憶中的晴男只剩下模糊的印象，無從比較，但我還是想確認。

睽違許久，仔細一打量，晴男的體型判若兩人。依稀留存在記憶中的晴男，身軀宛如飢餓小難民般細瘦；但現在他肩膀變寬，露出短褲的腳也長了肉，以小學三年級的標準來看，算是普通體格……可是臉……不僅壓得低低的，劉海還長長地垂落在前方，看不清楚，總覺得是完全不同的人……會不會晴男在昨天以前就被綁票，歹徒派來一個長得像晴男的小孩，想瞞過家人的耳目一陣子？我不由自主，毫無根據地懷疑起來。

母親梳妝完畢，與其說是告訴大家，更像是一再提醒自己：「綁票什麼的不必擔心，是惡作劇啦。卑鄙的惡作劇。」等母親出門，我剛要起身為大家準備晚飯，那孩子總算抬起頭……由於太突然，我不是偷看，而是大剌剌迎向那張臉。

垂落的長長劉海間露出一雙眼，散發著陰沉的光芒。瞪著我的那雙眼，全然陌生……鷹鉤鼻、單薄得古怪的嘴唇，與模模糊糊殘存在記憶中的晴男，沒有一點相似。

陌生的臉笑了。

察覺兩隻眼睛之所以扭曲是在微笑的瞬間，那張臉又俯下，不只是我，從每個人的視野中隱藏起來。

那天晚上，我輾轉難眠。

我躺在和母親共同的地盤——鋪在三張榻榻米上的被窩裡，卻瞪著一片黑暗。原就是悶熱的夜，但我怕一閉上眼，陌生的笑容又會浮現……「晴男」在大和室角落抱著膝蓋，縮得小小地睡著，可是我沒勇氣去確認，只靜靜聽著雨聲。梅雨早該結束，離開的鋒面卻在我家鐵皮屋頂遺落一塊烏雲……陰沉的雨聲甚至沾黏到身上，與融入我體內的A小調旋律撞擊在一起，不停發出刺耳的聲響。

凌晨兩點多，母親踏進家門，直接倒在我旁邊的被子上……不久，雨聲裡隱約摻雜著哭聲。起先，我以爲是母親在店裡喝太多，喘不過氣，但那無疑是哭聲。

「怎麼啦？」

我一出聲，母親嚇一跳，撐起身子，旋即撲上來緊緊抱住我，不停哭著說：「妳是最乖的……生下妳的一定是個好女人，媽最疼妳，現在也最寶貝妳。」

第一次聽到母親說這種話。

八成是店裡出了什麼事，我立刻聯想到高橋醫生。

「高橋醫生和媽說了什麼嗎？」

在汗水、脂粉和酒味中，我試著問。一定是醫生把我身上危險的病徵告訴母親，由於擔心我的健康，母親才會說這種話……不料，母親突然收住哭聲，冷冷反問：「高橋醫生？」

「那種爛醫生……不，他是個人渣！那種人的話，妳一個字都不要信！不管他說什麼，都不能答應……絕對要拒絕。那傢伙一直冷酷無情地拒絕大家的懇求。」

母親憤憤不平。難不成母親向今晚光顧店裡的醫生借錢，遭到冷淡拒絕？借錢？該不會是被綁票犯洗腦，糊里糊塗想湊出三千萬贖金？我忍不住開口：

「媽，那三千萬，我來向爺爺拜託怎麼樣？雖然很模糊，印象中爺爺滿疼我的……而且，爺爺知道媽不是爲了爸的財產才結婚，只要我拜託，爺爺應該不會完全不理。」

「哼。」母親嗤之以鼻，「不行。」

「爲什麼？照歹徒說的打給爺爺，搞不好意外地……」

「沒用的。我沒告訴任何人……包括電視節目的工作人員，妳們的爺爺早就在今年一月死掉，財產全由妳爸的兄弟繼承。」

母親長長嘆了一口氣，我驚訝得說不出話。那嘆息漸漸變成哭聲。

「那通電話不過是惡作劇罷了，不必湊三千萬。比起那麼一大筆錢，媽更想要買冷氣的錢。熱成這樣，今年最小的兩個又得爲汗疹受苦。」

不知不覺間，難過的話聲化成酣熟的呼吸聲。母親恐怕不真的相信那是惡作劇。正因想當成惡作劇，才會不時夢囈。直到天色將明，母親在睡夢中不斷告訴自己：「那是惡作劇」、「不過是惡作劇罷了」。

沒錯，如同母親所言，原本這只會被當成一場惡作劇，什麼事都沒發生就結束……包括我在內的柳澤家孩子們，對眞相渾然未覺，在暑假開始的時候，早當成「單純的惡作劇」忘掉，若無其事回到大家庭那種超艱難、超煩人，又頗爲有趣的生活。幾個月後，或許會有人想起「這麼說來，那莫名其妙的勒索電話是怎麼回事？」，然後一笑置之：「眞是有夠誇張，蠢斃了。」而我也會毫不在意，就這麼讓事件過去……除非母親沒對隔天又打來的恐嚇電話撒謊：

「對，我準備好三千萬了。」

我依序說明吧。

隔天早上，母親頂著睡眠不足的紅腫雙眼爲大家張羅早飯，與幾小時前簡直判若兩人。接著，母親不忘叮囑：

「一代，今天還是要去找高橋醫生報到。遵從醫生的吩咐，絕對不會有事。」

看來，母親完全忘記自己的酒後怨言，我只能哄小孩般苦笑著應「好、好」，不知該說什麼，最後吐出一句：「媽，如果今天綁票犯又打來，妳撒謊已準備好三千萬如何？我想知道對方會怎麼反應。」

雖然是臨時起意，卻獲得每個孩子的贊同，母親只能點頭答應。

「也對，不能被莫名其妙的傢伙牽著鼻子走，我們得迎戰。」

十個小時後，歹徒又打來問：「怎麼樣？錢準備好了嗎？」母親便依著我的建議撒謊：「準備好了，三千萬整。」

男人愣住般沉默片刻，只確認：「是眞的吧？」出乎我的預料，對方沒特別的反應，公事公辦地說明當晚交付贖金的方式，最後提醒「務必依照我的指示行動」，便掛斷電話。

……啊，比起接下來的發展，我得先交代中間的十小時發生什麼事。

或許是前晚幾乎沒睡，出門前我又感到頭暈，在母親的勸告下，直接前往醫院，上學就遲到了。

原以爲母親和醫生前晚吵架，但我猜錯了。只見高橋醫生開心地招呼我：「來得正好。我還想早些聯絡妳，告訴妳大腦發現的異常是斷層掃瞄的雜訊，根本不要緊。放心了吧？不必再瞞著妳媽。」

然後，醫生診斷我今早的頭暈純粹是睡眠不足。雖然嘴上逞強，畢竟還是會擔心自身的健康。鬆一口氣後，我變得朝氣十足，直接去學校，等到午休時間，立刻向廣木老師報告這個好消息。

「什麼？原來是這麼回事啊。」

老師一臉驚訝，難以置信地搖搖頭，再三確定：「真的只是這樣嗎？」

「其實在意外的地方發現一個小息肉，但醫生診斷不是惡性的，等大一點再動手術就行。」

「意外的地方？」

「……直腸。」

這可不是青春期的女孩能大聲嚷嚷的部位，我小聲回答後，開朗強調：

「雖是動手術，也只是用內視鏡，很快就能處理完畢。」

老師嘆口氣。「總之，太好了。另一件事呢？希望那邊也能平安落幕。」

我拿出錄音帶，讓老師聽昨天母親和綁票犯的對話。

「若是惡作劇，未免太大費周章。可是，既然沒人被綁票，只能當成惡作劇……」

老師深深嘆氣，看看手表。「繼續觀望吧，妳最好先回教室。」

要離開音樂教室前，老師又叫住我：

「有件事我確定一下。妳會像這樣找老師商量，是喜歡老師吧？」

我扶著門，慢慢回頭。

「當然。黃金週連假去老師家時，我明確地說過喜歡老師。」

我注視著老師，老師也注視著我，卻先別開目光。

「沒事……只是後來妳的態度變得有些生疏……」

「老師才是……」

學校禁止老師與學生私下往來，後來反倒是老師像在躲著我，所以我才會藉口商量事情接近老師——原想這麼解釋，但老師先開口：「那就好。總之，綁票犯預告今天會再打來，要是他提到什麼奇怪的事，立刻打手機告訴我。我眞的很擔心。」

這是我最期盼聽到的話，甚至想著如果能聽到老師親口說出，眞希望那個自稱綁票犯的傢伙再多加油。接著，我喜孜孜地回到家……這天放學後不必上醫院，可以現場聽到母親和歹徒通話。

母親告知「贖金準備妥當」，歹徒便指示：「把錢裝進紙袋，用報紙包起來……我看看，今晚八點放到池袋車站東口的寄物櫃。把寄物櫃的鑰匙……附近有JR的自動售票機，丟在最右邊那台的地上。要若無其事地丟，不能被任何人看見。」

確定母親完全記住，歹徒便默默掛斷。這通電話也順利錄下，孩子們重複播放，七嘴八舌進行推理大賽。

母親沒理會，憤憤地說：

「果然是惡作劇。像唱卡拉ＯＫ，在扮演綁票犯取樂。」

然後，母親匆匆化妝換衣服趕去上班。「連續遲到兩天，今天再遲到，就要丟飯碗了。」雖然母親這麼說，但那逃也似的慌張模樣有些不自然……不過我更介意的是，家裡少一個人。

晴男不見了……

回家的時候晴男就不在，但三郎說「他的遊戲機沒電，大概是去買電池」……可是，自接到歹徒電話，到我轉告廣木老師，經過一小時，現下已六點，晴男仍不見蹤影。

「晴男會不會出事？」

我這麼一說，立刻有人起鬨：

「晴男被綁票了！」

「被綁走的是晴男！」

「哇，原來受害者是晴男！」

「好可憐，我來抓住歹徒！」

小孩子喧嘩起來。

我悄悄把三郎叫到我的地盤，小聲問：

「欸，歹徒的話聲像不像晴男？」

「咦，怎麼會？」

三郎渾圓的雙眼睜得更圓。

「昨天提到或許是自導自演，但不可能是所有小孩一起串通吧。不過，如果只有一個人——晴男，我覺得不無可能。」

「可是，晴男幹嘛要……他爲什麼要做這種事？」

「就電玩啊。他老是玩恐怖遊戲，膩了假的東西，要開始玩現實的恐怖遊戲……」

三郎當場搖頭：

「姊，妳不是身體有問題，而是腦袋有毛病吧？晴男迷的又不是恐怖遊戲，是『熊貓生活』。」

「什麼『熊貓生活』？」

「『電子雞』的進化版。把體弱多病的小熊貓，養成健康大熊貓的遊戲。」

我不禁瞪大眼，此時傳來晴男的話聲：

「我回來了。」

晴男雖然話少，卻十分平常地與兄弟姊妹交談。我望向大和室，晴男加入推理大賽，甚至露出笑容。一想到我看見的根本不是晴男的全部，只是遺漏了他跟一般孩子沒什麼兩樣的聲音和表情，就覺得羞恥極了……不過兩小時後，我更羞恥到無地自容。

晴男和我四目相接，和前天晚上相反，臉上的笑容消失，表情陰暗，陷入沉默……這時，我仍認爲自己的直覺絕不會錯。

然而，兩小時後，我爲大家準備好晚飯，留下一句「我出門一會」，便離家前往池袋車站東口，晚上八點——正確地說，是晚上八點八分，這起神祕的綁票案件突如其來地迎向最高潮，我得知「臉紅」這種說法是錯的，面臨丟臉至極的狀況，反而會血色盡失，面目慘白。

這起案件的結局來得非常突然。我在池袋車站東口的自動販賣機附近監視歹徒，出現一個頂著晴男臉孔的人……

晚上七點五十五分抵達池袋車站，尋找寄物櫃之際，八點過去，急忙跑向自動售票機查看時，已八點五分。車站裡一如往常，人滿爲患。人潮像電視上看到的幽門螺桿菌影像，陰暗卻強而有力、孤單卻滑稽地蠕動著，不躲在遮蔽物後方，也能進行監視……但歹徒指定的右邊地板上散落著垃圾，看不出有沒有鑰匙。當然，我並未抱持期待。這是一起沒有被害者的綁票事件，不會有人把贖金放進寄物櫃，也不會有人把鑰匙丟在那裡。

儘管明白，我卻像著魔般來到車站……總覺得奇妙的綁票犯可能會引發驚人的奇蹟。

而奇蹟——雖然意義與我的預測有些不同，連續發生三次。

經過三分鐘，待在人潮中的我疲憊不堪，打算回家時，有人從背後拉扯我的裙子——回頭一看，出現第一個奇蹟。

那是晴男。

「你果然是綁票犯！」

晴男像打電動時一樣，面無表情地搖頭。

「那你是被綁架了嗎？」

他又搖頭，終於出聲：「被綁架的不是我，是別的小孩。」

「誰？誰的小孩？」

可能是抬頭看我，脖子發痠，晴男垂下頭舉起手。這是第二個奇蹟。他的食指戳上我——指著我。

「我？我被綁架？」

簡直荒唐。

「喏，妳看那邊。」順著他的話回頭，歹徒指定的地點有張熟悉——我熟悉到不行的臉孔。這是第三個奇蹟。一個穿水藍襯衫的男人撿起地上的東西，若無其事走出去。我知道他撿的是什麼。

「廣木老師……老師綁架我？」

聽到我的呢喃，晴男似乎要搖頭，但我無視他，連忙追上老師。水藍背影很快吞沒在人潮中，不過我曉得老師的目的地。

老師用撿起的鑰匙打開寄物櫃，取出印著百貨公司商標的紙袋，我們站在他的背後看著。不，奇蹟還沒結束——這是一起沒有被害者的案件，竟變魔術般冒出贖金，而且廣木老師緊緊抱住袋子。老師若無其事地轉身離開，卻撞到我，赫然一驚。不同於下午的冷靜，那張臉醜陋地歪曲……但我的臉更歪曲、更汗水淋漓。驚訝之餘，從老師懷中掉落的紙袋彈出以報紙包裹的東西……破損處露出鈔票上一本正經的福澤諭吉（**註**）頭像。

「老師綁架我？」

註—福澤諭吉（一八三四〜一九〇一），日本明治時期的教育家、思想家。為日本一萬圓紙鈔上的肖像。

我驀地想起母親的神情。母親知道我被綁票，直到剛剛都努力地籌錢，放進寄物櫃……

但是——

「不是的。」

有人回應。不是老師，而是晴男。老師拚命搖頭……一次又一次搖頭。

「老師是被害者。綁票犯是醫生……他姓高橋嗎？昨天大家在推理大賽中曾提到吧？高橋醫生隨便唬弄妳，要求妳接受檢查，軟禁在醫院。然後，高橋醫生恐嚇廣木老師『支付三千萬，我就不會在醫院動手』。反正醫院本來就只會做一些嚇唬病人的事。」

後來，我們進入站前的咖啡廳，晴男塞了滿嘴的蛋糕，滔滔不絕。我驚訝的反倒不是醫生和老師的事，而是晴男聽著兄弟姊妹的推測，找出眞相——他甚至察覺我和老師兩情相悅，預測出我的行動，今天傍晚想去學校找廣木老師，卻撲了個空，於是跟蹤我到池袋車站。

高橋醫生直接打給廣木老師，只有最初那一次而已。高橋醫生告訴老師綁架的對象，並恐嚇老師拿出贖金，否則身爲醫師，他要怎麼危害人質都易如反掌……當然，這是老師親口告訴我的。這三天來，老師腦海不斷浮現醫生手中的手術刀、針筒和劇藥瓶，想像醫生會以檢查的名義折磨我，痛苦不堪。而且從第二次起，醫生巧妙引導我，採取由我轉達歹徒訊息這種不尋常的聯絡方法……由我親口轉達的歹徒的話，有種莫名的真實感，老師非常難受，甚至懷疑我是共犯。不過，當天下午我說的話，讓老師抹去疑慮。即使如此，老師仍甩不開猶豫，先把錢放進寄物櫃，五分鐘後又轉念「還是全部告訴一代吧」，折回去拿錢時，我們現身了。

「雖然不太可能，該不會媽是同夥？」

「不，妳母親什麼都不知道。」

不過，母親仍隱約察覺，昨晚才會咒罵高橋。「可是，我還是不懂。我並非整天待在醫院，每晚都會回家，也會單獨與老師碰面，老師怎麼不告訴我？只要告訴我，上警局報案不就行了嗎？」

「高橋綁架的不是妳。」

「咦，那人質到底是誰？」

老師拍著額頭，思索片刻，開口道：

「最近那孩子應該就會出面承認，我還是別說。」

我莫名其妙，晴男卻彷彿意會，頻頻點頭。老師以目光讚許「你真聰明」，我頓時臉色蒼白。這天就這樣結束，兩天後的早晨，聞到煮好的飯香，我突然一陣噁心，往流理台吐出些許剛喝下的果汁。

「一代，難道妳……」母親的眉心堆起細紋，我好似誤闖三流家庭劇的老套場面。驀地，我想起老師提到「被綁票的孩子最近會出面承認」，又意識到晴男在池袋車站指的，其實是我的肚子。

高橋醫生檢查我的眩暈症狀時，發現我體內有新生命萌芽，瞞著我向喝醉的母親問出我在和誰交往，再打電話恐嚇廣木老師：「不想讓搞大學生肚子的醜聞曝光，就拿出三千萬，我會以大腸息肉之類的當藉口，在本人不知情的狀況下處理掉。如果你有讓事情曝光、失去教職的覺悟，就請便吧。」然後，拿尚未出生的孩子當人質，設計這起綁票案件。藉毫無所覺的我傳話，破天荒的綁票案件。只要父親支付贖金，剛萌芽的生命就會被當成息肉摘掉，母親連曾懷孕都不曉得，回到日常生活。原本應該是這樣一起特殊的綁票案件。

猶豫到最後，廣木老師做出的決定，前面已提過。最後關頭，老師選擇我肚子裡的小生命，不是教職。

現在許多醫院面臨前所未有的危機，大家知道嗎？高橋醫生採購大量先進儀器，並改建醫院，努力克服經營危機，卻欠下一屁股債，快走投無路。不過，這是後來才知道的事。那天早上，不管是高橋醫生或廣木老師，都不在我的關心範圍內。我得知晴男玩的熊貓遊戲，是孕婦專用的遊戲，可邊玩邊學到有關懷孕的各種知識，才會比我更早察覺懷孕的事及眞相。不過，這也不重要。

這個貧窮的大家庭，也能宛如清晨潔淨的光降臨般，有美麗的新生命造訪——不，正因是這樣一個大家庭，小小異邦人才能放心前來……我全心全意演奏的蕭邦A小調，就是這孩子的搖籃曲。我哼著這首曲子，想到肚子裡的小生命在還不能稱爲「孩子」的階段就被擄去當人質，仍努力存活下來……我不停對他說著：太好了、太好了。

對不起，居然把最重要的一點瞞到結尾……或者說，我只能拐彎抹角，含糊其詞。要大剌剌坦白，去老師家玩的那天晚上，沉醉於鋼琴聲中的兩人發生什麼事，在十四歲的少女心中，可是比直腸長息肉更害臊的情況。

原著書名／小さな異邦人・原出版社／文藝春秋・作者／連城三紀彥・翻譯／王華懋・責任編輯／陳盈竹・編輯總監／劉麗眞・總經理／陳逸瑛・榮譽社長／詹宏志・發行人／凃玉雲・行銷業務部／陳玫潾・出版／獨步文化 城邦文化事業股份有限公司 104台北市中山區民生東路二段 141 號 5 樓 電話／(02) 2500-7696 傳眞／(02) 2500-1967・發行／英屬蓋曼群島商家庭傳媒股份有限公司城邦分公司 台北市中山區民生東路二段 141 號 2 樓・讀者服務專線／(02)2500-7718; 2500-7719・服務時間／週一至週五：09：30-12：00、13：30-17：00・24小時傳眞服務／(02)2500-1990; 2500-1991・讀者服務信箱 E-mail／service@readingclub.com.tw・劃撥帳號／19863813 書虫股份有限公司・香港發行所／城邦（香港）出版集團有限公司 香港灣仔駱克道 193 號東超商業中心 1 樓 電話／(852) 25086231 傳眞／(852) 25789337 E-mail／hkcite@biznetvigator.com・馬新發行所／城邦（馬新）出版集團 Cite (M) Sdn. Bhd. 41, Jalan Radin Anum, Bandar Baru Sri Petaling, 57000 Kuala Lumpur, Malaysia. 電話／(603) 90578822 傳眞／(603) 90576622 E-mail／cite@cite.com.my・美術設計／張裕民・排版／游淑萍・印刷／中原造像股份有限公司・2016 年（民 105）3月初版・定價／350 元
ISBN 978-986-5651-52-7
Printed in Taiwan

國家圖書館出版品預行編目資料

小異邦人／連城三紀彥著；王華懋譯. 初版. -- 臺北市：獨步文化：家庭傳媒城邦分公司發行, 2016〔民105〕
面； 公分.（日本推理大師經典；45）
譯自：小さな異邦人
ISBN 978-986-5651-52-7（平裝）
861.57　　105000314